不问三九
[著]

刺
TATTOO
青

广东旅游出版社

中国·广州

目录

CONTENTS

第一章	第二章	第三章	第四章
CHAPTER ONE	CHAPTER TWO	CHAPTER THREE	CHAPTER FOUR
001	021	043	077

第五章	第六章	第七章	第八章
CHAPTER FIVE	CHAPTER SIX	CHAPTER SEVEN	CHAPTER EIGHT
105	125	151	175

第九章
CHAPTER NINE
191

第十章
CHAPTER TEN
211

第十一章
CHAPTER ELEVEN
235

番外一
EXTRA ONE
257

番外二
EXTRA TWO
273

周罪——罪恶的罪。

去他的罪吧,什么破名儿……
萧老师单方面宣布你从明天开始叫周礼物,

你是我的三十岁礼物。

我想让你知道的就是虽然我有段不堪的过去，
但我想往前走，我想像你一样不回头。

到时候也想问问你，

萧老师……你能不能看着我往前走。

交给我，什么都不用怕。
萧老师是万能的，萧老师能拯救一切。

我下每一笔都试图从身体里剜走腐烂的残留,把新的东西灌注进去,直到我死,直到我皮肉腐烂。

第一章

CHAPTER

ONE

——生日快乐，祝你永远潇洒天真，一如从前。

萧刻看着屏幕上那封简短到只有一句话的邮件，再看看落款处"林安"两个字，心里也说不上来是什么滋味。他喝了口刚泡好的咖啡，稍微有些烫嘴。他放下杯子呼出口气，手放到键盘上，敲了一封回信。

——谢。

只打了一个字，萧刻就点了发送。话不多说，说多了不是他的风格。

萧刻看了一眼时间，八点五十多，快九点，他住的公寓临街，楼层也不高，这个时间外面路灯亮得有些晃眼。

工作群里，消息一直在闪，他最近跟的一个实验到了收尾期，整个小组的人都保持着一种亢奋的状态，等着最后的数据，也实在是时间太久了想早点结束分项目奖金。

群里有人问他：萧老师，今晚最后走的是你不？实验室锁门了没？我手机落那儿了。

萧刻回复：锁了，要去拿吗？

对方说：嗯，我想去拿一下，你在家吗？我去你那儿拿钥匙方便不？

萧刻说：你在北门等我吧，我正好出去，顺路。我大概十五分钟到。

那边立刻发了一大串跪着哭的表情，刷了屏，萧刻笑了笑，关了电脑。

他穿了件小羊皮夹克，裤子把腿形勾勒得很好看，最下面露着很小一截脚踝，无论从哪个角度看过来，这人都是养眼的。唯一美中不足的一点就是踝关节上有一条疤，浅白色凸起，有点儿违和。

萧刻对着镜子抓头发的时候，心里想：这一身儿还真是有点儿不合身份。

换了衣服抓了头发，临出门前还随手拣了个黑口罩戴上了，这副装扮跟他平时上班的模样大相径庭，以至于都站对面了，同组同事没能认出他来。

萧刻伸手摘了口罩，笑了声："晚上好啊，少年。"

"哎，我的妈啊，吓我一跳！"同事先往旁边挪了一小步，缓过神来才笑了，瞪着眼说，"真没认出来啊，这发型跟平时不一样，我都没往你身上想。"

"平时什么样？"萧刻把钥匙递给他，"钥匙用完你揣着就行，明天给我。"

"好嘞，"对方还在笑着，看着他说，"平时也挺帅，但还是在正常范围内的，今天实在是有点儿酷了。穿这样打算干什么去？"

萧刻笑了一声："平时土，今天非主流，反正都差不多。"

"就烦你们这些有资本的还大言不惭地说瞎话。"同事指了他一下，挥了一下手，"不耽误你工夫了啊，赶紧该干啥干啥去吧，你放心，我肯定保守住秘密，不会告诉别人你也有这么……那啥的样儿。"

萧刻问："什么样？"

同事抬着眼皮笑："非让我那么直接啊？什么样你自己心里没数啊，萧帅？"

萧刻笑了一声，跟同事又说了几句话，叫的车到了。同事跟他摆了一下手,跑着去实验楼了。

萧刻坐进车里,司机问:"春风路是吧?"

萧刻"嗯"了一声。

这之后车里就再没人说话了,司机从后视镜看了他几眼,萧刻一直低着头看手机,后来从兜里掏出口罩又扣脸上了。

他是个老师,上课的时候要求学生看着他,多少人的教室他都是目光集中处,和学生用视线交流更是每天都要的。但很奇怪,其实脱了工作服他是不喜欢别人看他的。

别人的视线不至于让他多难受,但总归是不舒服,想皱眉的那种程度。

不怪司机打量他,春风路是条酒吧街,萧刻定位的地点还是苏池,那地方就算在春风路上都得算别有特色的。经常在这片转悠的司机都知道,去那里边玩儿的人应该都是各种各样的奇葩,那里边就像个奇葩聚集处。

司机后来还是没忍住,看着后视镜问了句:"小伙子喷香水了啊?挺香的。"

"喷了。"萧刻说。

司机又问:"你是X大的学生?大几了?"

司机视线里的打量和探寻意味还是挺明显的,萧刻在口罩后面淡淡笑了一下:"你看我像大几?"

"大三大四吧?"司机又看了他两眼,"看不出来。"

萧刻"嗯"了一声,快到地方了,他揣起手机,点头说:"你说是就是吧。"

苏池这地方萧刻很熟悉,他从二十岁出头的时候第一次来这里,到今天他三十岁,算起来快十年了。不过他的确是有一阵子没来了,以至于穿过那条长长的走廊之后发现里面的装修都换了时还有些恍惚,觉得自己进错了门。

"我的天,这谁啊?"离门口不远处有个人正靠着柱子看手机,抬头看一眼,看见他,赶紧走了过来,对着萧刻露在外面的眼睛盯着看了半天,拿着手机的手点了点萧刻,"我眼花了?"

"你说花了就花了呗,"萧刻扫开他的手,手揣进兜里,问,"重新装修了?"

"不装也不行啊,这行是最赶潮的,装修过时了拼不过人家。"

说话的人是这里的老板,姓苏,让别人都管他叫苏池。其实他肯定不叫这名,有回喝酒喝多了说自己名字太土,说不出口,不如苏池好听。那时候他才三十多岁,模样也算英俊风流,给自己弄这么个名也不觉得多难受。过了四十岁再配着这名就显得寒碜了,风格也不搭,萧刻他们就都叫他老苏。

他往萧刻身后看了看,问:"你自己来的?还是小林在外边停车呢?"

萧刻摘了口罩在手指上绕了绕,笑了一下,说:"早不来往了。"

老苏有些夸张地挑眉看着他:"开玩笑还是来真的?"

萧刻抬起眼说:"一年前的事儿了,你说是不是真的?"

老苏张了张嘴没说出话,脑筋那么活的人硬是没想到有什么话好说,最后只能笑了笑:"我说你怎么一年多没过来。算了吧,弟弟,朋友之间分分合合都是缘分,散了就是缘尽了,别惦记。"

萧刻点点头:"真不惦记。"

"那就行,那你玩儿好吧,没事儿来哥这儿找找乐子。"老苏还有别的事儿,跟萧刻说了会儿话就走了。

萧刻在离吧台不远的地方找了张二人的小圆桌,舞台上,歌手在撕心裂肺地吼着唱了一百年的摇滚,还真的是太久没来了,这会儿听着音乐,萧刻觉得脑袋都要震炸了。

服务生过来问他要什么酒,萧刻说:"就啤酒吧,黑啤。"

"好的，要几瓶？"

"两瓶。"

服务生继续问："还有其他需要吗？"

萧刻摇了一下头说："没了，占桌的有低消是吧？你随便上吧。"

服务生之后说了什么萧刻也没听，歌手喊得太卖力了，仔细听人说话有点儿费耳朵，萧刻懒得去听。

结果最后服务生端着果盘、坚果、鱿鱼丝摆了满满一桌子的时候，萧刻有点儿无语了，说："你直接上杯贵点的酒不就得了？你也太实诚了。"

服务生弯下腰说了什么萧刻还是没听清，他摆了摆手，让服务生下去了。

其实这天萧刻压根儿也不是奔着喝酒来的，就意思意思要了两瓶黑啤，喝不喝还得另外打算。本意也不知是要告别过去还是单纯怀旧，但一个人守着这么一桌子显得傻气十足，萧刻皱着眉有些心烦，什么情绪都没了，就只觉得有点儿尴尬。

后来萧刻一边嗑着开心果、松子，一边把两瓶黑啤都喝了。然后他又要了一打，喝到只剩两瓶。

喝得有些高了，脑子里开始闪着一些往事。那时候林安在设计院，他读研，两人经常过来喝酒。林安酒量还挺好，但喜欢装醉，借着酒劲儿说些平时不敢说的，话说得过了还可以推给酒精。

萧刻晃了晃头，这是他近一年来第一次来，来之前没想那么多，想来换了衣服就来了。来了这么一回，估计也是最后一回了，一个人在这儿喝酒，这怎么看都透着股傻里傻气的伤感，忒心酸。

"没桌了是吗？"

正赶上音乐的间歇，旁边有个声音传过来，嗓子听着有点儿哑，一个很低沉的男声。

服务生问:"您几位?"

那人说:"我自己。"

服务生看了一圈,有点儿抱歉:"小桌好像真没了,要不您先随便坐会儿。"

萧刻视线对着的是那人的手,他眯了眯眼,手指很长,手倒是不小。他抬头看了一眼,光线太暗,萧刻都没看清长相。

萧刻是真的喝大了,脑子稀里糊涂的,不清醒。

所以他才在那人迈开步子要走的时候一把抓住了那人的胳膊,抬起眼说:"哥们儿,拼个桌。"

萧刻是真的喝多了不清醒,以至于随手拉了个人就要拼桌喝酒。萧刻当时在心里想,他明明不是这么冒失的人。

那人垂着眼看他,萧刻说:"坐吧,我一个人。"

对方点了一下头,说:"谢了。"

萧刻看着那人走过来坐在他对面,恰好赶上了一个音乐鼓点,灯光一晃,得以看清这人的长相。萧刻的手指在桌沿轻轻叩了一下,在心里吹了声口哨。

——酷。

这人说不上多英俊帅气,但是看着很成熟、很带感。贴头皮的青楂儿,浓黑的眉眼,纯黑色的 T 恤,打量人时的眼神,这些都恰好戳到了萧刻的那条审美神经。

那人点完了酒,服务生走了以后,萧刻抬起手里的那听啤酒在桌上磕了一下,冲着对面说:"萧刻。"

对方手里没有酒,在桌上扫了一眼,拿了一杯没喝的冰水,玻璃杯磕在桌上轻轻一声响,萧刻听见他说:"周罪。"

台上歌手吼得过于撕心裂肺了,音调上不去嗓门来凑,所以其实萧刻只听清了一个"周"字,后面的声音被压住了。不过也无所谓,为了掩饰尴尬，坐一块儿喝个酒而已，名字还真的不那么重要。

后来那人的啤酒也上来了，俩人就着台上震耳的噪声你一口我一口地喝酒。萧刻的眼神偶尔会落在这人身上，看两秒，然后再转开。看多了就发现这人眼神动作都很随性，带着那么点随性的潇洒，看着挺舒服。他们的视线偶尔会对上，那人也不是很在意，平平常常地对视一眼再转开，不刻意，也不尴尬。

一首折磨人的歌结束，萧刻长长地舒了口气。新的歌还没开始唱，台上的歌手也没有说话，萧刻喝多了，脑子不那么灵光，片刻的安静中直直地盯着对面的人看，于是视线再次对接。那人看他一眼，突然开口说："要是耽误你事儿了你就说，我换个座。"

萧刻眨了眨眼，过了半天才反应过来他说了什么，顿时有些尴尬地坐直了，用力摇了摇头："没。"

"那就行，"对面的人笑了一下，他的笑淡淡的，冲萧刻举了一下啤酒，"那你随意。"

如果是平时，萧刻肯定觉得尴尬，不再继续盯着人看了，但他今天喝多了，一切随心。他觉得对面这人挺有型的，他就继续盯着看，反正对方也不在意。他很久没和人喝过酒了，更别提和这样素不相识的陌生人。这种体验几乎没有过，这会儿他觉得挺新鲜。

到了后来台上歌手什么时候走了他都不知道，音乐变成了暧昧又舒缓的情歌，灯光也变成了昏暗的暖黄色。

周罪看着对面明显喝高了的年轻帅哥，他实在是喝了不少。周罪提醒了一句："喝酒适度。"

萧刻拄着胳膊眯了眯眼，手指蹭了一下鼻梁，说："我很少喝。"

他说话有点儿含混不清，但还在坚持说着："我可能两年没喝过酒了，今天第一次……你这发型挺对我眼的……"

不等对方回应，他继续说："我觉得男的像……你这么剃头，贼酷。"

周罪说:"那你也剃了。"

"我不行,我上班不让……"萧刻自己都不知道他说话的声音软软乎乎,配着喝多了有点儿哑的嗓音听着挺好玩,"我是老师。"

周罪挑了挑眉,看他一眼。

"不像啊?"萧刻笑了,指了指自己,"正经是个不错的人民……教师……"

说完他还打了个嗝儿。挺好笑的,但也说不上滑稽。

周罪笑了一下,没说话。

萧刻的长相不用说,平时让人叫"萧帅"都叫惯了,不是没理由的,长得真帅。这会儿喝多了,胳膊往桌上一拄,在酒吧里对他感兴趣的人就不少。不过对面坐了人就没人会过来,都以为他是跟朋友一起的。但他们俩其实话说了总共没几句,要一直盯着他们看就能看出他们不熟或者根本不认识。

过会儿有个人过来,俯下身看着萧刻的脸,问:"喝一杯?"

萧刻睁眼看看,摆了一下手:"不喝。"

"不用这么干脆,待到这么晚不喝杯酒不亏了吗?"这人还不太死心,说话语调又放低了些,"喝多少都行,你说了算。"

这句话很轻,周罪听不见,他只能看见萧刻皱起来的眉,于是他咳了一声,说:"这儿还坐着一个活人呢。"

"哟,你们认识啊?"对方看了周罪两眼,站直了笑了一声,"也没看你们说话,那要不……一起?"

周罪没再看过来,只说了一句:"歇了吧。"

这人挺遗憾地耸耸肩走了。周罪说:"回家吧,人民教师。"

萧刻掏出手机看了一眼时间,点点头:"是得走了。"

去结账的时候,刚好老苏在吧台边上站着,看萧刻跟个生人一块儿过来,也没好奇萧刻是怎么认识的,只是笑着招呼了一声:"要走了啊？"

"嗯，埋单。"萧刻说。

这俩人坐的一桌，自然是合了单，周罪拿了张卡递过去给收银的小哥："刷卡。"

萧刻赶紧掏出钱包抽了张卡扔过去："这张。"

"哎，别抢，"老苏笑着看他们，"你俩不是认识吗？刷谁的不是刷？不是个事儿。"

他认识萧刻时间太久了，萧刻一个眼神过去，他自然接了萧刻的卡，递过去给服务生："刷这张吧，都一样。"

萧刻站吧台边等着刷卡签字，跟老苏说了几句话，等到结完账回头要走的时候发现周罪已经走了。

萧刻跟老苏打了声招呼，也转身走了。

萧刻边走还边想，这人连招呼都不打就走了。

结果才出了门，萧刻就见门边的墙上靠了个人，正低着头抽烟。萧刻看过去，那人抬了一下手："这儿。"

萧刻走过去，问："等我？"

"嗯。"周罪应了一声。

萧刻突然笑了，笑起来眼睛向下弯，很好看。

周罪也笑了一下，塞他口袋里一张名片，说："今晚的酒，谢了。有空找我，回你个礼。"

"客气了啊，不用。"萧刻摆了一下手，"我也谢你今晚陪我喝酒，今天我生日，好歹也算有了个伴儿。"

周罪顿了一下，然后说："生日快乐。"

萍水相逢的一场缘分，这么个陌生人站在身前跟自己说生日快乐，这场面有些滑稽，萧刻是发自内心地很想笑。

他也真的笑了，拿出名片来晃了晃，问周罪："那你打算回我什么礼?"

周罪吸了口烟,道:"别的我也不会,想文身的话找我吧。"

文身这事儿离他太远了,但文身师这个职业他依然觉得很酷,而且莫名地觉得和周罪这人很贴。萧刻点点头:"成。"

一场浅淡的缘分即将结束,萧刻也该回家了。他手里就攥着名片,但他没有低头看,周罪要走的时候,萧刻"哎"了一声叫住这人。

周罪回头,半挑着眉。

萧刻问他:"你姓周,周什么?那会儿我没听清。"

周罪看着他,淡淡地回:"周罪——罪恶的罪。"

萧刻回到家的时候都三点半了,天都快亮了。脱了皮夹克,身上的T恤都有些湿了。八月底的天还是热,皮夹克是有型,就是不透气,闷得难受。他随便冲了个澡就倒在床上睡了,第二天不是周末,他还有课。

好像没睡一会儿闹铃就响了,萧刻拖了十分钟最后还是起了,皱着眉感觉头皮要炸。喝了那么多酒只睡了三个小时,真能作。

上课的时候,前排有学生问他:"萧老师昨晚没睡好啊?"

萧刻点头说:"嗯,失眠。"

"萧帅还失眠啊?愁什么啊?"学生在自己座位上和他聊天,萧刻年纪轻,学生跟他也没什么距离感。

萧刻说:"我愁你们期末怎么过,就看你们交的那作业,期末我放水你们都过不了。"

下课间隙,萧刻趴在桌子上闭眼眯着,不免想起昨晚。本来或许是挺悲伤的一个晚上,没想到情绪都被一个陌生人搅散了。

而且陌生人……还真是挺酷的。

萧刻想到昨晚那人说自己叫"周罪"时候的样子,表情淡淡的。

萧刻在胳膊上蹭了一下头,内心对这人的独特气质还是挺欣赏的。

上完课,萧刻去了趟实验室检索了一遍数据,然后看了一眼保温箱里的透明小鱼。后面没他的课了,他想回去睡觉。

手机响了,他看了一眼,是他老妈,徐大夫。

"今晚回家吗,萧帅?"

萧刻无奈了:"别寒碜我了,领导,萧什么帅啊帅,您有什么指示您直说。"

"没指示。这不是周末了?问你回不回。"电话那边说。

"回吧,回。"萧刻答复。

"那行了,晚上见吧。"

徐大夫说完就干脆利落地挂了电话。萧刻本来想回去睡的,这么看起来也不能实现了。通常徐大夫问回不回的意思就是让他回,而且萧刻也有一阵子没回家了。他对回家没什么抗拒的,跟父母关系都不错,就是徐大夫老喜欢有事儿没事儿问一嘴林安,这让他有点儿无奈。

萧刻跟林安认识多年,关系很铁,到后来,林安来他家里就像回自己家一样自然,跟他父母关系也不错。

但现在……萧刻不是不想回家,是关于林安的事儿,他真的不想再听。

到了家楼下转悠着找车位得找了半个小时,给萧刻转得心如止水。等他上了楼,饭都在桌上摆好了,他爸坐在餐桌边上,两手放在桌上板板正正地看手机。

"坐这么直呢?"萧刻换着鞋问了句。

"嗯,怕伤害我的颈椎,这几天我脖子总疼。"老爸说。

"保护颈椎那你得仰着头,坐这么直再使劲低着头,你这是嫌你的脊柱还不够直。"萧刻走过去摸了摸他爸的后脖子,皱了一下眉,"挺严重了,明天我给你约个按摩,后面你天天准时去。"

"是得按一下，这段时间有点儿头晕了。"老爸放下手机，回头看了一眼厨房，"还没好吗？我可以吃饭了不？"

徐大夫端着一盘小羊排出来，放在桌上，跟萧刻说："看你在楼下转半天了，转饿了吧？洗手吃饭。"

"本来饿，转三圈转饱了。下次我回来不开车了，找车位太累了。"萧刻一边洗手一边说，洗手液牛奶味儿很重，搓一搓就能闻着挺甜的味儿，"洗手液我爸买的吧？"

"啊，学生送的，挺好用的，等会儿你可以拿走一瓶。"老爸在桌上齐了齐筷子，毫不掩饰内心对想吃饭的渴望。

"行，你还收学生东西，出息了啊老萧。"萧刻笑着过来坐下，吃了口饭。

"本来没想要，但真的挺香的。"老爸也笑了一声。

萧爸爸以前是老师，做了多年的高中班主任，经常会有毕业了的学生过来看他，要是带点吃的用的他也就收了，再贵点的烟酒茶什么的他就不收，都退回去。

他们家俩老师一个医生，都是知识分子，交流起来没障碍，萧刻成长的过程中父母给了很大程度的自由，以至于萧刻偶尔表现出的离经叛道会让老妈一脸难以置信，之后愤怒地问他："是不是我们给你自由太多了，把你惯坏了？"

吃完饭，徐大夫切好水果，一起放到茶几上的还有一个方盒。萧刻抬眼看着老妈，用眼神在问这是什么。

老妈垂眼看他，说："上周小林送过来的，生日礼物吧，让给你，他放下就走了。"

萧刻面无表情，拿过来打开，看了一眼他就笑了，林工还挺舍得，这表在国内八万元出头，出去买也要六七万元。萧刻问："林安回来了？"

"都来家里了，肯定是回了，不过之后还走不走我也没问。"徐大夫拿了个橘子在手里剥，看了萧刻一眼。

萧刻点点头："不用问。"

"知道你不愿意说，我也就是把东西转交给你，不用防备着。"徐大夫笑了笑，将剥好的橘子放在萧刻手里，"你们到底是怎么回事，小林以前经常上咱们家，怎么现在就突然不来往了，问还不让问，自己也不说，显得我们多有闲心来回打听。"

老萧也在旁边小声插了一句："是，没想管，就想知道你们是一时闹矛盾啊，还是……"

萧刻昨晚喝多了酒又没怎么睡，头疼了一天，吃完饭缓解了点但也还是疼。他闭着眼靠在沙发上，捏了捏眉心。一年多了，他没跟爸妈说清这事儿，也不想提。

萧刻眼睛没睁，始终闭着，他长长地叹了口气："人都坐家里来了，你们怎么不问……"

"问了啊，没说嘛不是。"老萧抿了口茶，看了看他小声继续说，"你要不想说就不说……我们下回再问。"

"别了。"萧刻又捏了捏鼻梁，吃了瓣橘子，来回看了看他爸妈，说，"我们早就不联系了。"

时间实在是有点儿久了，当初那些纷纷杂杂的矛盾这会儿在脑海中已经有点儿模糊，以至于他说出口的声音平平淡淡，听起来已经完全不在意了。

老两口互相看着彼此，张嘴也不知道说点什么。

"缘分已尽恩怨已了，一切都随风而逝了。"萧刻说完，自己都笑了，又吃了瓣橘子，"就这些，多的不说了。"

电视剧还在继续播着，除此之外，房间里安静了数秒，最后还是徐大夫先开了口："你三十岁了，我就不多说了，凡事自己心里想清楚就行。"

萧刻点头:"好的,妈妈!"

徐大夫瞪了他一眼,也没再多说。

这事儿压着萧刻一年多,他始终不愿意在家提,现在真提了也没像他以为的那么轻松,反而心里像堵着什么,上不去也下不来。萧刻说:"这块表,你收的你还啊,徐女士,我不拿。"

这事儿在萧刻这儿没得商量,他不会拿走。林安甚至都没敢当面给他,因为心里清楚萧刻不可能会收。以前林安就说过他,你这名字没白叫,你有时候真刻薄。

本来萧刻这晚是打算在家住的,但是现在没什么心情。他又跟爸妈聊了会儿别的,正打算找个什么理由走,就接到了方奇妙的电话。

萧刻接起来问他:"有事儿?"

方奇妙扯着他的破锣嗓子在电话里喊:"出来唱歌了萧老师!我今晚可能要喝,真喝多了你好送送我!"

这事儿搁平时萧刻肯定不去,但今天他迫不及待想要出门去透透气。于是,他问了地址,然后跟爸妈说了晚安就出了门。

晚上的风依然燥热,吹在脸上平添人心里的慌乱。萧刻去便利店买了包绿箭口香糖,又拿了瓶冰水。

这么多年口香糖出得五花八门,萧刻却还是偏爱这个有年代感的箭头。超强薄荷口味在嘴里嚼两口,然后一口冰水喝下去,才能明白什么叫在喉咙里撒了把冰。

什么乱七八糟的心思都没了,只剩下凉。

透心凉,很爽。

方奇妙在微信里发了个位置给他,萧刻回复他:OK,等着萧爷。

萧刻在 KTV 里从来是不惧任何人的,自带气场,方奇妙只要一听他唱歌就叫他萧爷。

毕竟当初还年轻稚嫩的时候,萧刻参加了一回选秀节目,唱了首歌拿到了全国三百强的直通票。那时候他就是听室友说起来这事儿跑去凑了个热闹,真让他继续玩他又不干了。票在兜里揣了两天半,他赶紧去退了赛。

自己有多少斤两他心里明明白白的,谁还没有两三首拿手的歌,糊弄糊弄进了前三百也还是早早要被淘汰,他才不去陪跑。

不过他唱歌比身边其他人都好听,这是肯定的。所以那晚在酒吧里他才觉得音乐难听,无法入耳。萧刻按照方奇妙给的地址上了楼,一推开包间的门,立即听到方奇妙的大嗓门:"哎,我萧爷来了!刚才谁说自己唱歌好听了立刻给我滚出来躺平了!"

"萧刻来了?"有人过来搭了一下萧刻的肩膀,打了声招呼。

屋里有点儿暗,萧刻从外面刚进来有些看不清谁是谁,但听声音也听个差不多,这拨人应该是方奇妙的高中同学,一个各人家庭条件都不错、四分五裂又非常团结的小团体,非常奇妙。

萧刻跟方奇妙关系好,有时候会跟他们一起玩,年头多了也很熟了。

"谁刚才跟我充大头了,立刻、马上跪地求饶,不然等会儿一件衣服也给你剩不下!光着回去吧!"方奇妙还在喊着。

萧刻手揣着兜走过去,踢了方奇妙一脚:"弄哪出呢?"

方奇妙回手把他一拉:"萧爷!我都输一万多块钱了!帮我杀他们!"

萧刻有点儿蒙:"怎么输的?"

"唱歌输的!"

"……"

萧刻有些无语,过了半天才弄明白刚才这些人按照系统里给打的分打赌了。方奇妙那一把破锣嗓子不输才奇怪,萧刻胡噜一把他的头发,在他旁边小声骂:"你傻啊?这种打分瞎打,唱好了也不一定就给高分,脑子忘带了?"

"反正我唱得不好肯定是拿不着高分,你肯定比我强啊萧爷!你就来吧,输就输呗,我就是让你出来散散心吼两嗓子,真以为我是让你帮我唱歌来的?"方奇妙也小声喊着说。

"行。"萧刻笑了一下,跟他说,"《你怎么舍得我难过》。"

"好嘞。"方奇妙颠着就去点歌了。

他知道萧刻的规矩,《你怎么舍得我难过》开嗓,这是他最拿手的几首歌之一,当年去参加歌唱比赛也是唱的这个。

但是萧刻很久没唱过了,这歌唱的时候走心才能好听,但哼哼唧唧从来不是萧刻的风格,方奇妙说他这人其实细究的话,心也挺冷的,萧刻同意,也十分欣赏自己这一点。

这样活着可以很酷,让自己永远不显得可怜。

一首歌唱完,萧刻只拿了85分,不过也足以帮方奇妙捞回点银子。边上有人说:"太能赖了你们,还带找外援的!"

"那你也找呗,谁也没拦着,"方奇妙塞萧刻嘴里一片苹果,"来歇歇嗓子,萧爷。"

那天萧刻一共唱了三轮,就三首歌,没让方奇妙赢着钱,但是之前输的也都赢回来了。不过那不重要,方奇妙不是真的在意那点钱,毕竟听萧刻唱情歌是真的挺享受的。

萧刻一口酒没喝,就喝了杯果汁。顺道送了俩人回家,最后剩方奇妙自己了,他倒在副驾座上哼哼呀呀说去萧刻家。

萧刻也无所谓,他们俩从初中认识开始就一块儿骨碌着长大的,方奇妙喝多了,他经常收留。

给这人收拾完扔沙发上又半夜了,萧刻随便冲了个澡就躺下了。昨晚睡三个小时,今天又疯到半夜,岁数大了真有点儿扛不住。不再是二十岁出头精力无限的小伙子了,岁数到了,真熬不起夜。

方奇妙在他家沙发上滚了一宿,睡得还挺香。睁眼发现天光大亮,他把茶几上的手机摸过来看一眼,竟然都十一点了。

"萧刻?"他打了个哈欠,又喊了声,"萧爷?"

"这儿。"萧刻从阳台出来,拎着浇花的壶,"睡神醒了啊?"

"我真不知道都十一点了,我以为也就七八点钟。"方奇妙揉了揉眼睛,"又让我睡沙发,我也是不明白你了,明明还有个房间非让我睡沙发。"

萧刻放下浇花壶,说:"我怕你吐床上,我还得洗。"

"这逻辑,"方奇妙踩上拖鞋去洗手间放水,边走边说,"那你得庆幸我没吐。要真吐了的话,床单你还好洗,我要吐沙发上,你不更难拆吗?"

"我还拆个头,"萧刻冲他笑了一下,"我巴不得你赶紧吐了好给我换新的。"

方奇妙一边放水一边说:"原来跟这儿等着我呢。"

其实萧刻也才醒不一会儿,他缺觉缺得厉害,一睁眼就十点过了。早饭他也懒得弄,直接点了个外卖,送过来的时候,俩人刚好都收拾完。

方奇妙吃着油条,跟萧刻有一句没一句地闲聊天,问他那项目做完了没有。

萧刻说快了。

他俩有一阵子没见面,前段时间萧刻跟实验走不开,天天忙得要命。方奇妙一个国企里的闲散人员,怎么潇洒怎么活。他说萧刻:"你说你图什么啊?当初我让你跟我一起弄公司你非不干,去当那个破老师,有什么好?"

"我就会做实验,我能跟你开个鬼的公司。"萧刻面无表情地喝着豆浆,"你自己发达就行了,我要吃不上饭了还能靠你。"

"我更啥都不会了,我爸那边整天催着让我回公司,还催我结婚。"方奇妙说起这个就想皱眉,"最近两年日子不比从前,太不好过了。"

这个话题萧刻插不上话,他没有这些困扰,虽然年龄也不小了,但家里不会逼婚。他只能无声地喝着豆浆,过了会儿,说:"不然你也跟家里明说算了,说你不结婚了。"

"那我还活不活?"方奇妙想想后果就是一个哆嗦,"我这双腿不想要了?我爸不得弄死我!"

萧刻点点头:"嗯。"

"我也不是……就一定不结婚了,漂亮姑娘我也爱。走一步算一步吧,我就是还没玩够,说不准哪天玩够了我就收心结婚过日子了,我希望那一天晚些到来。"

萧刻不知道说什么,也不多说了。方奇妙问他明天怎么过,萧刻说没打算。

"那你陪我去遛街啊?"方奇妙问他。

"不了,谢谢,"萧刻有点儿忍不住笑,"俩男的遛街辣眼睛,小姐妹吗?"

"真逗,哪儿像小姐妹啊?我多爷们儿你多帅啊!再说也不是逛街买衣服做指甲呀!我要找个文身的地儿。"

萧刻挑眉:"谁要文身?你?"

"啊,我。"方奇妙说,"我问了几个别人介绍的地儿,都排到好几个月以后了,也不知道现在文身的怎么这么多,都扎堆儿了。有点儿名气的都要提前约,我不想约,明天走到哪儿算哪儿吧,看见个店咱俩就扎进去,文得好赖反正我也看不出来,别人也看不见。"

萧刻问他:"你要文哪儿啊?自己看不着,别人看不见?"

方奇妙低着头"唪唪"地笑了半天,才抬头说:"文屁股。我要文只自由的狗，一个可爱的狗头。"

萧刻张着嘴不知道说什么，有时候是真的理解不了方奇妙的"脑回路"。他叫这名不是没道理的，其实他原本叫方思缪，太多奇思妙想了才自己给自己改了名。

"我自己想想也觉得魔性，挺好玩的吧？"方奇妙吃完了站起来说，"你要不陪我去我就自己遛街了，但是我怕文完屁股疼，扭着屁股走路看着有点儿怪。"

萧刻喝完最后一口豆浆，收了桌子上的包装盒和纸袋，抽了张纸擦了擦嘴说："文身师是吧？我认识一个。"

方奇妙有些惊讶："你什么时候认识的？我为何没有听说？"

萧刻看着他笑了一下："前天。巧遇。"

"嗯？"方奇妙眨了眨眼。

萧刻也跟着他眨了一下眼睛，说："一起喝了个酒。"

"什么样的人啊？"方奇妙还有点儿回不过神。

萧刻又一次想起那人说他叫周罪，罪恶的罪。说完就摘了嘴里的烟扔掉了，当时烟头还在地上弹了一下。

萧刻扬了扬眉毛，淡淡笑了一下，说："贼酷。"

第二章

CHAPTER / TWO

其实萧刻当时说出口的时候是有点儿冲动了,本来他时不时脑子里还能想起那天喝酒时对面坐的那人。恰好这时候方奇妙提起文身,他就直接说了出来。

但等真要联系了还是有点儿紧张,毕竟他跟人家真的不熟,总共就互相坐对面几个小时,说不准人家已经把他忘了。

"出息了,我萧爷。"方奇妙坐不住了,催着萧刻打个电话约一下。

萧刻掏出皮夹克兜里的名片,方奇妙看见了突然笑了:"这家我问过了啊,我最开始问的就是他们家,小陶在那儿做的,我就是看他的酷才打算也文一个。"

萧刻抬起眼皮看他一眼:"他也文的屁股?"

"没,文屁股我哪能看见?"方奇妙扒开自己的衣领指了指,"他文这儿了,锁骨上。"

"问了,怎么说?"萧刻问。

方奇妙嗤笑了一声:"他们这儿排得最远,一竿子给我支仨月以后。我就文个巴掌大小的图支我仨月,玩儿呢?"

萧刻没再理他,因为电话已经拨出去了,"嘟嘟"地响。

过了会儿,有人接了起来,问:"谁?"

萧刻本来打算好的开场白都没能用上,因为这声音听起来太年轻了,他那晚听见的声音不是这样的。对面见他没出声,有点儿不耐烦,又问了句:"谁啊?"

"不是周罪的电话?"萧刻看了看屏幕,跟名片上的号码默默对了一下,的确没错。

对面说:"是啊,你找他啊?他干活儿呢,有事儿你说,我帮你传一声。"

萧刻这会儿是真的觉得尴尬了,他和周罪的关系,直接打电话说还行,要中间再通过个人传就有点儿别扭了。他刚想说不用了,对面就催着:"快点啊哥们儿,利索点,我也忙呢。你是要文身啊,还是私事儿?要是文身的话,我们……"

好像电话那边有人打断他,萧刻听见他说:"唉,不知道,没存号。"

"你是要文身吗?"他又问。

萧刻"嗯"了一声。

"文身的,大哥!"他在电话那边喊了一声,然后跟萧刻说:"文身的话,你要不想来店里就加我们微信吧,还是你认识我们老大啊?你认识周罪吗?"

说话这人年龄应该不大,听着也就二十岁出头,萧刻让他这嘴跟机关枪似的突突一遍,莫名觉得想笑。方奇妙在旁边也笑,萧刻说:"算认识吧。"

"认识就认识,不认识拉倒,算认识是咋个事儿?"对面小哥嘴皮子是真利索,语速特别快,"你要是认识我大哥有他微信你就直接跟他说,要没有的话等会儿我发你这号上一个微信,你要想约你就加我,加了说文身的事儿,不闲聊。"

方奇妙在旁边还在笑,萧刻踢了他一脚,跟电话里说:"我也不知道算不算认识,不然你问问他,我叫萧刻,他要觉得认识的话,我想文个身,他要不认识就算了。"

对面直接就在电话里吼上了:"大哥,萧刻你认识不啊?认识就文身，不认识算了！"

那边说了什么，萧刻听不到，就听这人说了句"等会儿啊"，电话里就没声了。过了有半分钟，电话里响起他听过的那把嗓音："上午好。"

方奇妙眼睛都瞪亮了，萧刻清了一下嗓子，说："上午好，你忙着呢吧？不好意思啊。"

"没。"电话里这人的声音还是挺好听的，"你想文身？"

"不是我，我朋友。"萧刻说。

"想文哪儿？多大的图？"

这个问题让萧刻难以启齿，他指了指方奇妙，对电话说："横纵都十多厘米吧，文……腿根儿。"

周罪有几秒钟没说话，再出声的时候带了点笑意，"嗯"了一声。

他们在电话里约了下个周末，周罪让他加一下陆小北的微信，具体想要什么图大致跟他说。萧刻让方奇妙自己加了那男孩儿的微信，加上了才知道他们这家工作室应该真挺火的。

朋友圈里几乎每天都会更新图片，都是工作室的新图，萧刻扫了几眼，都很酷。萧刻对文身其实了解很少，在他印象里，文身还都是青黑色的龙尾，再不就狼头什么的，但是他们的图都很漂亮，跟他以为的文身不太一样。

"感觉我去就文个狗还有点儿浪费了，人家这水平给我文狗，啧。"方奇妙说这话的时候有点儿嘚瑟，眼睛瞟着萧刻，琢磨着他跟刚才电话里那人的关系远近。

"那你别去了。"萧刻说。

"那不行，约都约了。"方奇妙收回视线，接着看陆小北的朋友圈，"我估计给我弄完人家都不会发图，嫌寒碜。"

萧刻懒得再搭理他，留他一个人在沙发上自说自话。

周末一过去，萧刻就又得回到他平淡无趣的教师身份。他周三下午有节课，别的学校这会儿还没开学，他们学校上课都上了两周，学生对此充满怨言，因此上课的时候都没什么精神，不情不愿的。

也不怪学生，天气还实打实的热，就连萧刻出了办公室也热得烦躁。午休结束的第一节课是最难上的，但课表就这么排的，他一个专业选修课得给必修课让道，不能跟人家抢上午的黄金时间。

"睡觉的都睁睁眼，其实我也困，但是课咱们还得上。"萧刻弄好电脑，一抬头，底下还是睡了一片的状态，有点儿无奈，"让你们给我都整困了。"

"来互相踹踹桌子椅子，都踹醒了听课，踹坏了算我的。"萧刻用电脑放了首歌，重金属摇滚轰轰一响，睡觉的都被震起来了。

班长是个挺爱开玩笑的男生，坐在第一排的位置上，也是被震醒的。他歪歪地坐在椅子上，眼睛还没太睁开，看着萧刻说："萧帅别皮了，脑袋要炸了。"

"炸了吗？炸了挺好，别都跑我课上睡觉，回头主任一溜达又说我没吸引力。"睡觉的差不多都坐起来了，萧刻把音量调小了点，"来吧，听完这首歌上课。"

"你挺有吸引力了，要换个别的老师别说摇滚了，在我耳朵边上吹唢呐都不好使。"班长站起来，冲身后拍了拍手，声音挺大地说，"来，都精神精神，起来吧，一个睡就得睡一圈儿。"

萧刻看了他一眼，他冲萧刻一笑："萧帅需要课代表不？"

"课代表就算了，没那么多事儿，有事儿就找班长了。"萧刻也笑了一下，收了音乐正式开始上课。

其实学生在他课上的确是挺热情的，萧刻上课不会一直板着脸，时不时扔几个哏，还挺幽默的。这样的老师学生都喜欢，尤其萧刻还年轻，代沟相对小。学生也都敢跟他开玩笑，萧老师也不介意。

像萧刻这么年轻的老师，他们院很少，通常他们这儿刚毕业的博士都没法带课，就连萧刻现在一周也没几节课，多数时间都是跟实验、做课题、跟项目。他算是带课比较早的，只空了一年，院里领导就给他排课了，虽然带的是专业选修课，但也不错了，再怎么说，工资也至少能提个两千元。

萧刻上完课，从闷热的走廊迈进开了一天空调的办公室，顿时觉得浑身的毛孔都舒展开了。他坐在自己椅子上仰头长长地舒了口气。

"萧老师下课了？"办公室里还有两三个老师，其他的要不去上课了，要不就提前回家了。小梁办公桌跟萧刻的挨着，他们同年进的学校，关系一直不错。

"嗯，再上一会儿我可能要脱水躺那儿了。"萧刻苦笑着说。

"咱们学校每年都张罗着安空调，今年这又过去了，就看明年了。"小梁给萧刻接了杯水，放他桌上。

"谢了。"萧刻喝了半杯水，说，"空调不指望，能晚几天开学就不错了。"

小梁笑了笑，她现在还不用带课，对这事儿还没有深刻的体会。

萧刻还有两个小时才下班，接下来的时间都在准备明天上课要用的课件。一组PPT弄得差不多了，手机在桌上响了一声。萧刻在工作的时候喜欢一口气做完，不太容易被什么事儿打断，所以他只是随意地往手机上瞄了一眼，看到上面那个号码的时候，打字的手指停顿了一下，但也只是停顿一下。

直到彻底做完工作，他才拿起手机滑开那条短信，看到上面写着：一个礼物而已，不至于。

萧刻回复：谢了，不必。

这个号码他倒是挺熟悉的，林安自始至终就这一个号码，没换过。后来联系人让萧刻给删了，但这个号码他不至于认不出。

估计是老妈已经联系林安了，让他把表和其他东西都拿回去。

"下班了，萧老师。"小梁叫了他一声。

"嗯，你先走吧，我存个课件。"萧刻说。

办公室里只剩他自己，萧刻也没空闲时间想太多旧事发呆，中午太热了，他也没什么胃口吃饭，这会儿倒是真的饿了，急着存完东西出去吃饭。

他把U盘揣兜里，关了电脑。萧刻站起来准备锁门出去，手机又在兜里不合时宜地响了。他皱着眉看了一眼，果然还是林安。

萧刻挂了没接，然后一点没犹豫地把这个号码拉了黑。

周五晚上，方奇妙往萧刻手机上发了个位置，是周罪那家工作室的定位。萧刻看了一眼，离他这儿还不算远。

方奇妙用语音发消息："明天我开车过去，我给你打电话，你直接下楼就行。"

萧刻回他：行。

方奇妙又发了一句："马上要跟那么酷的人二次相见了，紧不紧张，萧爷？"

萧刻：紧张个头。

方奇妙发了两个贱兮兮的表情包，萧刻没理他。其实萧刻还真的说不上紧张，毕竟有过一面之缘。

第二天他们是吃了午饭才过去的，萧刻穿了条水洗牛仔裤，简单的黑色连帽衫，看着年轻，还挺有朝气，更像个学生了。方奇妙说他装纯，刻意装嫩。

萧刻斜眼看他，勾起一边嘴笑了："没装，是真嫩。"

方奇妙"哧哧"地笑了半天，说："嗯，萧老师三十一朵花，嫩得能掐出水儿。"

他们到的时候,店里只有一个小姑娘,看着也就二十岁多点,正用一只手往自己指甲上画东西。她看见他们,说:"下午好啊。"

"嘿,小美女。"这种时候方奇妙向来积极,"我们没来错地儿吧?这是文身店还是美甲店?"

小姑娘笑了,往一边的门指了指:"文身店。不过文身的都在那里边儿呢,我就是个看店的,你要是想美甲的话,我也可以给你做,不要钱。"

"跟谁说话呢?"小门里走出个男生,光头,倒扣着一顶鸭舌帽,嘴上还叼了支笔。

"俩哥哥。"小姑娘回头跟他说,"俩帅哥。"

"哈啰。"光头男生跟他们打了个招呼。

方奇妙说:"嘿,小帅哥,之前微信联系过。"

"哦,要个狗头那个是吧?"光头男生抽出嘴里叼着的笔,看了方奇妙一眼,"你俩谁要?"

"我。"方奇妙举了一下手,"在下。"

"嗯,进来等会儿吧。"他冲萧刻和方奇妙歪了歪下巴,然后跟小姑娘说,"给冲两杯咖啡。"说完他就先进去了。

小姑娘冲他们俩说:"你们进去等呗,估计等会儿才能有空,咖啡行吗?"

萧刻点头:"行,麻烦了。"

从那门一进去,里面还是个挺亮的大厅,很宽敞,两面落地大玻璃让室内光线很足。一组沙发摆在中间,对面是一整墙的格子柜,摆了点书,剩下就都是模型和摆件。下面连着张长条桌子,桌上并排放着俩电脑,游戏设备看着挺专业的。厅里还连着三扇门,除此之外,就是椅子和架子,以及各种各样的文身设备。

水泥楼梯直通二楼,萧刻抬头看了看,看不清上面有什么。

小姑娘进来给送了两杯咖啡，让他们俩坐在沙发上等一下。然后她敲了敲旁边一扇门，就只是敲了敲，没说话。

萧刻坐沙发上就一直盯着柜子上一个金属摆件看，也说不出是怎么个形状，两个金属片，以扭曲又平滑的弧度矛盾地扭在一起。

"来了？"

声音在身后响起的时候，萧刻还没反应过来，还是方奇妙用胳膊肘杵了他一下他才反应过来，方奇妙说："跟你说话呢。"

萧刻回过头，一眼看见周罪。

周罪靠着一扇小门，他太高了，感觉再高点，头快顶门框上了。他还是那副装扮，黑短袖绷紧在身上，胳膊上的肌肉很张扬地露在外面。他还戴着手套，跟萧刻对上视线之后说："得等我会儿，半个小时吧。"

萧刻赶紧点头说："没事儿，不急。"

"嗯。"周罪看看他，又看看旁边的方奇妙，转身又进去了，只不过这次没再关门。

方奇妙在一边玩手游，没抬头，小声说："不错。"

萧刻没理他，能听见文身机的嗡嗡声，偶尔夹杂着几句人声交流。其中有一句萧刻听得比较清楚，是周罪说了一句："疼得受不了就说，可以歇会儿。"

听话音，对方应该是个姑娘，不过也没怎么听她出声，话不多。

后来是光头小哥先弄完出来的，他在另外一个房间给别人文了个花式英文。方奇妙从手机里抬起眼看他，问："完事儿了啊，小帅哥？"

"嗯，你等着吧，我大哥估计也快了。他给你弄，你那小图个把小时完事儿，不用着急。"他蹲在椅子上戳了几下手机。

"那要不你给我文啊？"方奇妙看着他，"反正我那图简单，谁弄都一样。"

"我不给你文,我今天活儿干完了。你是我大哥接的,他不要钱,那是他的事儿。"小哥说话很直,都没抬头看方奇妙,继续说,"我不替我大哥接图,也不替他还人情。"

方奇妙笑出了声,说:"没打算不给钱,我也不认识你大哥,没什么人情不人情。你文吧,给你钱。"

小哥摇头:"不文。"

"三千元?"方奇妙问他。

"不。"

"五千元?"方奇妙放下手机,接着说,"其实我让你大哥给我文我还真挺别扭的,毕竟他是跟我朋友认识,不是我。就你来吧,你正常怎么收费?我给你翻倍。"

小哥看他一眼,又看了一眼萧刻,萧刻点了一下头说:"他们不认识。"

方奇妙说:"八千元?"

小哥:"给钱。"

方奇妙乐出了声,直接拿手机给他微信转了八千元。小哥收了钱,冲方奇妙招了招手:"进来。"

方奇妙把手机和外套都扔给萧刻就跟着进去了。萧刻没想跟他一块,对别人在这人屁股上画画一点儿兴趣都没有。过了会儿,他听见小哥说:"我给你简单画个手稿你看看样子,文出来大致就这样。"

方奇妙说:"不用画,你就按表情包那个狗头来就行,贱点的。"

小哥声音有点儿不耐烦:"我们这儿从来不照着图来,都是原创,你要能接受我就自己给你画,不能就算了。"

"OK,你画。"方奇妙说。

过了会儿,萧刻又听见小哥问他:"这样行吗?"

方奇妙听起来很满意:"行,太行了。"

小哥"嗯"了一声，然后说："裤子脱了，你要文哪儿你自己没数啊？我往你裤子上文？"

方奇妙问他："文屁股疼不疼？"

"还行吧，肉多。"

小哥最后说了一句："我干活儿的时候不爱说话，你也闭嘴。"

方奇妙答应着："OK。"

后来门关上了，萧刻就听不见他们说话了，前厅里小姑娘用音响放着慢吞吞的英文歌。萧刻坐在沙发上继续盯着架子上的金属摆件看，时间过去挺久，看得他有些昏昏欲睡。

直到周罪和一个短发女生从文身室出来，萧刻才有点儿清醒了。女生在脖子上文了只白鹤，栩栩如生。白鹤上贴了层塑料膜，估计挺疼的，女生拿手在脖子边一直扇着风。

周罪跟她说："回去先别沾水，最好到明天。"

"好的，辛苦周老师。"那女生冲他笑了一下。

周罪说："客气了。"

他这人好像一直都没什么表情，看起来有点儿冷。

那女生走了之后，萧刻指了指旁边的房间说："我朋友让刚才那小哥给他文了。"

周罪说："我听见了。"

萧刻"嗯"了一声，点了点头，然后就坐在沙发上不知道应该再说点什么。

周罪坐在旁边的单椅上，其实萧刻能看出来周罪不是话多的人，上次俩人在一桌喝酒他也没听见周罪说几句话。不喝酒的萧刻话也不多，气氛多少有些尴尬。

周罪问他："上次你说你是老师，中学？"

"大学。"萧刻的手还揣在肚子前面的兜里，他笑着问，"不像啊？"

周罪说不像，又问他多大了。

萧刻说他博士都念完了，三十岁生日刚过。

周罪又说了一次："不像，显小。"

他们俩现在距离挺近的，跟上次喝酒时候的距离差不多，只不过上次光很暗，这会儿灯开得还是挺亮的。萧刻把周罪看得更清楚了，周罪侧脸靠近耳朵的位置有一条疤。

可能有些年头了，不算太明显，但离得近还是能看到的。

不丑，而且……很特别。

方奇妙那个小图说是容易，但还是弄了快两个小时，出来的时候跟没事人一样，问萧刻："要看看吗，萧老师？"

"不了，你自己回家照镜子欣赏。"萧刻站了起来，把他的衣服手机都递过去。

周罪也跟着站了起来。萧刻往他那边走了一步，蹭了蹭鼻尖，看着周罪："上回我的酒今天不算你还了，你还欠我顿酒。"

周罪顿了一下，然后笑着点头。

"你得找时间还我。"萧刻说。

周罪答得很痛快："行，你找时间。"

萧刻说话的声音不算大，但方奇妙还是都听见了。俩人从店里出来之后，方奇妙把车钥匙扔给萧刻，问："你什么意思啊？"

萧刻坐上驾驶座，方奇妙这会儿应该开不了车。

"你是真的要跟他约酒？"方奇妙还是有些惊讶的。

萧刻点头："认真的。"

他看了一眼方奇妙，突然笑了，笑得还挺痛快，接着换挡倒车，把车从车位里开上路。

萧刻原本就是个爱玩儿的人，主动跟谁亲近起来很难让人招架得住。毕竟颜值摆在这儿——不管远看还是近看都没的说，从小帅到大，身材也棒，学生时代多耀眼的一个人。

于是萧刻直接给周罪打了电话，接电话的还是光头陆小北。萧刻说："找周罪，我是萧刻。"

陆小北在电话里喊："大哥！萧刻找！"

过了会儿，周罪过来听电话，萧刻问他："这不是私人电话吧？"

周罪说："嗯，工作号。"

萧刻也没揪着这个，开门见山："什么时候请我喝酒？"

周罪说："都可以，你定。"

萧刻于是说："那周五。"

周罪笑着应了："行。"

萧刻故意定在周末，第二天他不用上班，晚点睡觉也没关系。那天萧刻穿得也很帅，还抓了抓头发。

他们还是约在苏池，萧刻喝酒只来这儿，习惯了。他没开车，周罪也没开车，周罪到的时候，萧刻已经在吧台边跟老苏聊了好一会儿。萧刻朝他招了招手，喊了声："这儿！"

老苏在旁边问他："你俩混熟了？"

萧刻没说话，只是笑。

周罪来了，老苏就去忙他的了。

萧刻问周罪："你常来吗？"

周罪说："偶尔。"

今天这顿酒让两人聊出了一些默契，最后在轻松的氛围中结束。结账的时候，萧刻大大方方站在旁边等着周罪埋单，之后俩人走出去，萧刻说："你挺能喝啊周老板，你比我喝得都多，看着倒挺淡定的。"

周罪说："我们家都能喝，以后别跟我喝酒，你喝不过我，吃亏。"

萧刻笑了："那下次不喝酒了行吗？"他笑完就皱了眉，手悄悄按着胃。

周罪看见了,问他:"怎么了?"

萧刻叹了口气说:"喝酒胃疼,真不怎么能喝,有损我人民教师的脸面。"

"不能喝就别喝了,以后找我就来店里或者打电话。"周罪说。

萧刻半笑不笑看着他:"下次找你还打工作电话啊?"

周罪笑了,看着萧刻,过了几秒才说:"心眼儿真多。"

他从兜里掏出手机解锁了扔给萧刻。

萧刻拿过来毫不犹豫把自己电话存里面了,然后给自己拨了过来。

临走之前,他跟周罪说:"周老板,我很久没遇到感兴趣、想要结交的人了,身边一直没啥新朋友……但是我年轻那会儿吧……还是很受欢迎的。"

周罪笑着弹了一下他脑袋,说:"你年轻那会儿……我现在看你也就是个小孩儿。"

萧刻掏出身份证给周罪看出生日期:"我三十岁了,货真价实。"

真正帅气的男生就算证件照也一样好看,周罪看着身份证上萧刻比现在嫩上许多的脸,笑了笑,没说话。

两人分别过后,萧刻坐在出租车后座上捂着胃缩成一团。他跟周罪说胃疼根本不是装的,其实在酒吧里他就已经疼出汗了,也就是装着像没事人似的。

他以前胃就不好,所以后来很少喝酒。但也不是每次都会中招,就像上次他生日那天也喝了不少,但没觉得胃疼。

这次他是真疼着了,回到家腿都软了。可能跟他没吃晚饭直接开喝有关系,胃太空了。

这回胃是真的跟他闹了脾气,一疼疼了好几天。萧刻天天吃药顶着,早晚都喝养胃的粥,油腻腥辣一点都没敢沾。

组里同事都知道他胃不好,有个老师还送了他一箱猴菇饼干,说让他养胃。萧刻简直哭笑不得,感觉自己"萧黛玉"附体了。

　　他把那箱猴菇饼干拍了照,发给周罪的私人号码。下面又跟了一条:下回真不喝了,喝成萧黛玉了。

　　两条消息石沉大海了似的,压根没收到回复。

　　萧刻就猜周罪不是这么好套近乎的。不过无所谓,他也没指望周罪能回。

　　他现在就连上课都得带着水杯,渴了就喝温水。好在天气渐渐凉了,要还像前段时间那么热,估计他就算渴着也灌不下去这一杯一杯的温水。

　　上次那个班长主动过来给他接热水,萧刻说:"谢了啊。"

　　"不谢。"班长站在讲桌边上跟他聊天,"你年纪轻轻怎么跟老头儿似的,还胃疼?"

　　"老头儿才能胃疼?"萧刻失笑,"我中学就开始胃疼。"

　　"那你还有病根儿,老毛病更难弄。"小班长说,"回头我介绍个中医给你吧萧帅,我家一亲戚,让他给你调调。"

　　"再说吧,我不爱喝中药,太苦。"萧刻说。

　　小班长说:"你咋跟小孩儿似的?"

　　萧刻看了他一眼,说:"黑板帮我擦了吧。"

　　萧刻这年纪的老师就这点不好,学生总觉得跟他亲近,萧刻又不想时刻摆着老师的架子,这样就经常让学生跟他没距离,没点老师和学生的样子。

　　不管男生女生,萧刻都不想离得太近,得避嫌,本来挺和谐的师生关系再遭人多想就不好了。

　　萧刻对自己这点还是挺放心的,他从明白这些开始就只愿意结交比自己大的人。

想到这个,萧刻就不由得又想起周罪了。自从上回喝过酒之后,他就没再打过电话,之前发的两条短信是头一回联系。

方奇妙微信问他:你跟他现在多熟了啊,萧老师?

萧刻:你怎么跟个姑娘似的这么八卦?

奇妙大动物:小秃头让我这周去补个色,你一起吗?

萧刻:哪天?

奇妙大动物:周日吧。

萧刻:去。

萧刻肯定去,他也琢磨着该联系周罪了。

周五晚上,萧刻回了趟家,在家里住了一宿,周六下午才走。徐大夫说林安已经把表拿走了。

萧刻说:"谢了,妈。"

"不用,我太了解你了。我之前就是不知道究竟怎么回事儿,要不我也不会收那表。"老妈看着萧刻,叹了口气,"小林说了,你们闹翻原因不在你。"

萧刻摇头:"不重要,都无所谓,过去了就是过去了。"

"以后有事儿别瞒着家里,你不说我们只能担心,你不管怎么,我和你爸都不会怪你,这你知道。"她给萧刻削了个苹果,放在他手上。

萧刻半天没说出话来,就咔嚓咔嚓地啃苹果。直到一整个苹果都吃完,他才一把抱住老妈,拍了拍她的后背,说:"我就是怕你们跟着上火,不是有意瞒你们。"

老妈也拍了拍萧刻的后背,难得温柔的语气:"我就你一个儿子,只要你开心。"

"嗯。"萧刻点了点头,放开她,"那就说个开心点的吧,老太太。"

"什么开心的?"

萧刻笑了,冲她眨了眨眼睛:"最近认识了一位很酷的艺术家。"

这位"艺术家"着实是很酷,萧刻已经预计到自己想跟人交心还有很长一段路要走。但是萧老师毫不畏惧。

周日萧刻去店里之前没跟周罪打招呼,反正他是跟方奇妙一起去的,有正当理由。他们过去的时候前厅没人,上回的小姑娘没在。后面也只有陆小北在玩游戏,和朋友语音"开黑"。

"快!我身后有人!三十五度三十五度!快点!"

"厉害啊,刚才吓死我了!"

"闭嘴吧,扶朕起来。"

方奇妙走过去,陆小北戴着耳麦听不见脚步声。方奇妙用手机的一个角顶住他光光的后脑勺,压低声音说:"打劫,别回头。"

"劫个头啊!"陆小北压根儿没当回事儿,摘了耳麦回头看,看见方奇妙和萧刻,打了声招呼,"过来了啊?"

"嗯,你先玩着吧,不着急。"方奇妙说。

"那你俩坐那边等会儿吧,我马上完事儿。今天店里小妹没在,等会儿我给你们泡咖啡。"陆小北说完就回过头接着玩了,萧刻四处看了一圈,没看见周罪。

他走过去问陆小北:"周罪没在?"

陆小北抽空仰头看他一眼,往头上指了指,说:"楼上好几个屋,你上去了就喊吧,看他在哪个屋里。"

他语速还是那么快,不过萧刻还是听清了,他拍了一下陆小北的肩膀,说:"谢了,玩儿吧。"

萧刻于是踩着水泥楼梯上了二楼。这儿整体风格就是水泥和石头,看着很原生态,加上墙上那些装饰和架子上的文身器材,看起来冷冰冰的,但是很酷。

楼上是个面积很大的文身室,几张椅子都摆在那里,文身设备要比楼下多很多,一整个架子的色料。

也有几个小房间，萧刻压根儿不用喊，因为房间门没关，他已经看见周罪了。

那是间画室，地上摆着几个画架，墙上还挂着很多画。桌子上放着画具，倒是摆得很规整。

周罪背对着门盘腿坐在地上，腿上放了块画板。低着头的姿势让他的后背有了点弧度，肌肉的线条也显了出来，看上去有种力量感。

他听见脚步声回过头，看见萧刻的时候有一瞬间的讶然。

萧刻扬了扬眉："上午好，周老板。"

"好。"周罪打了声招呼，他嘴里还叼着支铅笔，这会儿摘了下来，也放下了手里的画，手在地上撑了一下，站了起来。

"你画你的呗，不用管我。"萧刻站在门口没进去，视线在屋子里的一张张画上停留，其实他是门外汉，看不懂画，但还是觉得很震撼，画里的力量他能感受到。其中大部分是国画，水墨图里少数几张带了一点点色彩，调和了那份庄重严肃。还有些油画和水彩，素描和铅笔画也有，但是不多。

"都是你画的吗？"萧刻问他。

周罪说："多数吧，也有别人的。"

"字也是你写的吗？"萧刻指了一下墙上挂的两幅字，其实不用周罪说，他也能猜到是这人写的，不知道为什么，就觉得像是出自他手。那种粗犷的力量感，很贴这个人。

周罪点了点头："嗯，瞎写。"

萧刻看着这一屋子的字画，突然又觉得周罪在他心里的印象和之前有点儿不一样了。具体怎么不一样也说不上来，但还是有细微的变化。他视线落在周罪刚刚在画的那幅上，是用铅笔画的灵猴，眼神犀利，牙齿也很尖，是一个蹲伏的姿势。看过去就像一只凶狠的恶猴要从纸上跳出来一样。

"好看。"萧刻的眼睛还停在那张画上，直到周罪走过去把画板拿了过来。

周罪用手机拍了张照片，然后把画摘了下来卷成筒递给萧刻："给你吧。"

萧刻有点儿蒙："这么随意的吗？"

"嗯，别人订的图，我先试试。"

"文完就是这样的？"萧刻展开那画又仔细看，透过画也觉得周罪这人真的很酷。

"肯定不是，不一样。"周罪不怎么在意地说，"这个没铺色，就是简单看个样，而且皮肤和纸区别也很大，两种质感。"

"嗯，会比现在的效果好吗？"萧刻问。

周罪点头："会。"

"酷，"萧刻看了一眼周罪，竖了一下拇指又重复了一次，"酷。"

周罪带了点笑，问他："想来一个吗？"

"不了，"萧刻摇头，"怕疼。"

周罪点头说："我也怕。"

中间是文身室，这边就是简单的卧室和画室。周罪在收拾画具，萧刻没出去，就在门口靠着，俩人有一搭没一搭地聊着天。他们都不是善谈的人，但气氛还好，不会冷场。

聊完，萧刻才知道原来店里不是只有两个文身师，还有五个，只不过不是每天都在，常在的就他和陆小北。陆小北是周罪的徒弟，周罪只有这么一个徒弟，陆小北跟他很久了。

周罪给萧刻拿了盒牛奶，插了吸管递给他。萧刻接过来，一时也想不到什么话题了。倒是周罪主动问了他："怎么过来的？"

"我朋友补色，我就跟他一起过来了。"萧刻看着周罪，想了想，又加了一句，"我发短信你怎么不回？"

周罪说:"没看见。"

"骗人了吧,周老板?"

"不骗人,我不怎么读短信,未读短信到上限不提醒了。"周罪摸出手机滑开了屏,在屏幕上点了几下,然后问萧刻,"你怎么了?"

"还真没看见啊!"萧刻有点儿不敢信。

"没必要骗你。"周罪淡淡地说。

萧刻斜睨着他:"那你要看见了呢?回吗?"

周罪说:"不知道。"

萧刻猜他其实看到了也不会回,不过这在他这儿真无所谓。三十岁了,不是十七八岁的年纪整天纠结这些小事儿。萧刻说:"周老板,加个微信吧。"

周罪没拒绝,还是把手机扔过去给他自己弄。萧刻心说,看他每次扔手机的样子就知道这人没啥私生活,手机里没有怕别人看的东西。

萧刻后来没坐一会儿就走了,方奇妙那边补色很快,萧刻下去的时候,他已经弯腰站在陆小北旁边那台电脑前边,俩人一起开黑了。

萧刻拍拍他:"走了。"

"这么快?"方奇妙一脸惊诧。

萧刻踢了他一脚,回过头跟周罪说:"走了。"

"嗯。"周罪应了一声。

萧刻也没管方奇妙游戏打没打完,扯着衣服把这人拖走了。他今天收获已经挺多了,一幅画,还加了微信。

那天萧刻把周罪送他的那幅画非常张扬地发了朋友圈。下面有不少人问他是谁画的,萧刻全都没回。

因为不知道怎么形容周罪。现在他们也不过刚认识几天,说是朋友本人都未必认。他找了个相框把画挂在了床头,想着每天起床和睡前都看两眼,但是没几天就摘了。这猴儿实在太凶了,有时候没个心理准备,乍一看过去吓一跳。

萧刻发微信问周罪:周老师,能再给张别的画吗?

周罪这次倒是回了,很简单的一个字:行。

萧刻笑了,继续发:我只要你画的,行吗,周老师?

周罪回复:嗯。

萧刻揣起手机,心里挺高兴。周罪这人就属于乍一看挺冷,但是接触后发现和他相处很舒服。他不怎么爱说话,但也不会真的让气氛冷着,没看起来那么有距离感。萧刻总说他很酷,但又不是不近人情。还是随性吧,像是对什么都不在意。

后来萧刻还真的过去取画了,周末一大早就过去了,去的时候店门还没开。是之前那个小姑娘最先过来的,她看到他的时候主动打招呼,说早上好。

萧刻说:"我找周罪。"

"但是他今天上午应该不能来了啊,客户下午才来,估计他也不会来太早。你找他有事儿吗?要不我给他打个电话?"小姑娘给他倒了杯水,掏出手机要打电话。

萧刻拦住她:"不用,我反正没事儿,等他来吧。"

"那行,那你坐这儿或者在里边等都行,我给你找点杂志。"

萧刻那天真的在店里等了周罪好几个小时。他九点多来的,周罪下午两点才来。萧刻一直在前厅看小姑娘给别人做美甲,做得都很漂亮,她乐呵呵的,也不要钱。

萧刻问她怎么不要钱,小姑娘说还是练手阶段,没想要钱,再说这儿是老大的文身店,名号响当当的,美甲要收钱了就占老大便宜了。

萧刻问她:"老大是周罪吗?"

"是啊。"

"你们怎么都这么称呼他?"萧刻笑着说,"挺逗的。"

小姑娘也笑:"刚开始是跟着陆小北瞎叫,后来就习惯了。他太酷了,老板、老师、周哥这些感觉都不合适。"

萧刻"嗯"了一声。

小姑娘收起自己美甲的那些东西,装箱里放吧台底下,笑着问萧刻:"你不觉得他身上贼有江湖侠客的感觉吗?"

萧刻点头:"是。"

后来又来了俩男生,也是这儿的文身师,都约了客户,各自干各自的活儿。其中一个话很多,萧刻说话的时候,他总接茬。一上午就这么聊过去了,中午萧刻还点了顿豪华午餐,跟他们一块吃的。

周罪下午两点跟客户一起来的,这个客户是熟人。他看见萧刻,问:"什么时候来的?"

小姑娘说:"比我还早呢,没开门就来了。我说给你打电话,他说不用。"

周罪跟客户说:"等我一下。"

他冲萧刻招了一下手,俩人穿过小门往画室那边走。他问萧刻想要什么样的画。

萧刻说:"是你画的就行,柔和一点,那个泼猴儿太凶了。"

周罪让他自己挑,萧刻一眼就看上了一幅油画。那幅画色彩偏暗,灰色调为主,画面内容主要是个湖,杂草丛生,破败荒凉。

"这个行吗?"

周罪摘下来给他:"拿去吧。"

萧刻拿到了画就走了,小姑娘说周罪这个活儿天黑也不一定弄得完,萧刻也没必要再等。

第 三 章

CHAPTER / THREE

陆小北跟在周罪身边年头太多了，见过的形形色色的客户也不少。在他眼里，萧刻这人倒是不讨人厌，也挺明白事儿的，每次来的时候话也不多，不打扰他们干活儿。高级知识分子的确是不一样，没怎么了解过，就只是接触几次，陆小北也觉得这人挺有涵养。

后来萧刻又来了几回，通常他过来都是周末，每次都不提前打招呼，想来就来了，也不管周罪在不在。周罪在他就跟周罪说几句，周罪不在他就跟陆小北和徐雯聊。徐雯是前厅做美甲的小姑娘，她还挺待见萧刻的，愿意跟他聊天。

时间长了，萧刻跟他们混得都熟了，另外几个文身师也都见过了，除了有对儿情侣最近出国学习了要明年才回。店里俩电脑是陆小北和那个出国男生的，一人一台，萧刻还以为其中一台是周罪的。

陆小北笑着说："算了吧，我大哥跟个大仙儿似的，手机都不怎么看，别说玩游戏了。"

当时萧刻看了一眼周罪，周罪正在后边椅子那儿给人文身，一个花臂，很费工夫。

萧刻问陆小北："那他平时都干什么啊？"

"就文身、画画，再闲了能做点东西。"陆小北视线从手机屏幕上抬起，看了萧刻一眼，邪邪笑了一下，"或者打发打发闲人。"

萧刻让他给说笑了，眉毛耸起，一脸开玩笑的意思："怎么打发啊？"

"就晾着,"陆小北又低头看手机了,但脸上还挂着笑,"人家坐着他就躲进去画画,别人说话他也不接茬儿呗。"

萧刻听出来,陆小北这话是说给他听的,他也不当回事儿,还是笑。他跟陆小北挺熟了,这小孩儿有时候挺逗的,萧刻也知道周罪偶尔像是躲着他,听了心里没什么感觉,还继续跟陆小北聊着。

那天萧刻总共也没跟周罪说上几句话,周罪一直在那儿文身,就没怎么动过。那客户大哥都睡了好几觉,周罪还是同一个姿势没变过。萧刻看着就觉得后背都快僵硬了,脖子疼。

"你们一直都这样吗?"萧刻问陆小北,"就这么一低头就一天?"

陆小北笑了一声:"何止一天,有时候一个大活儿几十个小时,干完活浑身骨头都咔咔响,跟马上要散架了似的。"

萧刻皱着眉摇了摇头:"那样不行。"

"你也不用操心,"陆小北斜眼看他,笑着说,"我大哥不赶工,最多八小时,干完活儿也有人给他正骨按摩,他骨头算好的了。"

萧刻又看了周罪两眼,皱着眉没说话,又坐了会儿就走了。

陆小北的嘴一刻不能停,萧刻走了陆小北就挨在周罪旁边接着说,笑嘻嘻问他:"大哥,这回不太一样哈?刚刚你听见了吧。"

周罪不搭理他,捏着他脖子把人推到旁边。

陆小北继续贴上来:"你咋不直接打发了呢?"

周罪垂下眼皮扫他一眼:"想说什么?"

陆小北嘴里嚼着口香糖,吹了个小小的泡泡:"我就想说,萧哥这人值得打交道,成熟懂事儿,性格不错。"

陆小北就是耍个贱,跑来招周罪瞪他几眼。其实萧刻第一回和他朋友过来文身的时候,陆小北就觉得挺不一样的,毕竟是他大哥主动给的联系方式,他大哥要是真觉得这人不值得深交,估计也不会给人名片。

但是观察一段时间发现他大哥还是不冷不热那副样子,陆小北还挺失望的。

再看萧刻这边,天天还是往文身店跑,感觉自己心态都年轻了。

每年国庆几天假,萧刻都习惯出去走走,也不会走太远,不去跟人挤飞机,就自己开车去近点的地方转转。今年为了有机会多去周罪店里,萧刻硬是哪儿都没去,总共没几天,都耗在店里了。

但周罪只在店里待了三天,其他时间都没过来。

徐雯告诉萧刻:"老大不是每天都来,他一天排一个活儿,但有时候客户有事儿也会前后串串时间,空出来的时间他可能就不来了。"

萧刻说:"没事儿,无所谓。"

他在店里这么待着,有过来预约文身的还问他:"这位帅哥,你也是这儿的文身师吗?我能预约你不?"

萧刻笑着摇头:"我不是。"

"哟,可惜了。"对方说,"还想着你要是文身师,这么帅,一分散注意力说不准就能少疼点。"

萧刻笑着安慰她:"放心吧,周老师比我帅多了。"

"算了吧,周老师我见过。"小姑娘看着年龄不大,估计是个大学生,还挺爱聊天的,"上回我室友文的时候,周老师全程绷着脸,可太严肃了,再帅也吓人,一紧张就更疼了。"

陆小北本来跟她聊着图案和大致排到的时间,听她这么说,挑眉问了一句:"那你看我怎么样?"

小姑娘抬眼又仔细看了看他,有点儿不好意思,说:"还是周老师吧。"

陆小北挺受打击,问她:"我不帅啊?"

"不是,咱们年龄太接近了,我害羞。"小姑娘摸着鼻子说。

萧刻笑了两声,陆小北也有点儿无奈。不过他倒是真的不爱给姑娘文,麻烦。小姑娘面对男文身师总有点儿放不开,要是胳膊上还行,除了胳膊以外的部位,文的时候多多少少都有点儿别扭。他们干这行年头久了,不管往哪儿下笔都是心无杂念的,但女生还是不自在,尤其是腿根或者前胸这种地方。

小姑娘说完,怕打击陆小北,又追加了一句挽回一下:"周老师毕竟年龄大点,跟叔叔似的,稍微不那么尴尬。"

这句话陆小北听完笑了,萧刻听着可就不那么乐意了,这简直扎"迷弟"的心。他学着徐雯的话,说了一句:"不许你这么说我'爱豆'。"

小姑娘被他逗得捂着嘴一直笑,陆小北看他一眼说:"萧哥,你'爱豆'三十五岁,再俩月,三十六岁了,我们不说他也很老了。"

萧刻把手里的杂志卷一卷敲上了陆小北的光头,他不在他们这屋待着了,去前厅蹲着等外卖,扔给陆小北一句:"等会儿兔头送来你别吃了,所有的麻辣兔头都将属于我三十五岁的'爱豆'。"

兔头是陆小北点名要吃的,他就喜欢那辣乎乎的味儿。那天没等到周罪来萧刻就走了,他就是闲着的时间习惯性过来打个转,不是非得见到人。

三十岁的萧刻跟二十岁左右的时候不一样了,那会儿他高调张扬,现在就只想在平淡的生活里留点记号。

萧刻喜欢花。二十岁的他出去遛弯儿要是遇见个花店,肯定要进去捧束红色的出来,明艳热烈,就像萧刻这个人,灼热耀眼。

萧刻想起来好像还可以给"爱豆"送花,留着还能改善室内环境。

萧刻躺床上订了束花,让人明天送过去——是按陆小北提起来的数字订的。

三十五朵不算很多,绑得紧一点也就是挺小的一捧。

萧刻给徐雯发微信问第二天周罪什么时间排了工作,徐雯说下午。萧刻于是跟客服说:"麻烦下午帮我送到这个地址,上午没人接,谢谢。"

第二天下午两点,萧刻订的花准时送到。当时周罪正在文身室里做准备,颜料摆了一小台面,下午要用的色多,他正在调色。房间门没关,陆小北提溜着一束花随便敲了两下门,周罪抬眼看他,示意他有事儿就说。

陆小北故意扭着胳膊进来,把花往他腿上一扔,眨了眨眼:"请问周先生在吗?有您的花。"

周罪挑眉看着他,不知道他在作什么妖。

"你'迷弟'让送的。"陆小北指了指他腿上的花,红艳艳的一捧,"惊不惊喜啊周先生?"

"拿走。"周罪没放下手里东西,看了一眼花就跟陆小北说,"别瞎闹。"

"我瞎闹啊?"陆小北哭笑不得,"也不是我订的。真是你'迷弟'让送的,萧哥说了,一天一束,先来一个月的。"

"哟,萧哥?"今天文身的是个挺酷的姑娘,她看看花看看周罪看看陆小北,"'迷弟'?"

陆小北点头:"嗯。"

姑娘于是冲周罪竖了个拇指:"魅力过人。"

周罪有些无奈,继续试着色,没搭腔。他眉毛睫毛都很浓,低头的时候眼睫毛会把眼睛挡得很严,也看不出情绪来。

姑娘说:"这么不想要的话不如给我吧,我等会儿拿去送朋友了。"

她说完就伸手要去拿花。

周罪稍微侧了一下身,轻轻抬了抬胳膊挡了一下,淡淡地说:"还是不了,不太礼貌。"

萧刻说了先送一个月的,就真是按照一个月来的。连续两周天天有花,刚开始都是前厅小姑娘或者陆小北接收,后来送花小哥不干了,说客户要求的,必须老板本人接收。于是周罪每天一脸冷漠地签收一小捧花,再面无表情地拆了插水桶里。

这画面有点儿"违和",但也有种诡异的"萌"感。徐雯偷着拍了段周罪往水桶里扔花的短视频发给萧刻。

萧刻一点没犹豫,给小姑娘发了个88块钱的红包。作为回报,徐雯又给发了俩小视频。

萧刻有些天没过去了,知道见着周罪人了,给文身店送花这事儿就得被阻止,所以难得的两个周末他都没往店里晃。学校里项目发了点奖金,这次不算多,因为参与人多,分到手不到两万块钱。两篇论文的稿费也到账了。萧刻看着到账提醒短信,心说自己累死累活跟了那么久的项目,就分了两万块钱。

两万还不够他"爱豆"周老师文个复杂点儿的花臂的钱。

本来萧刻感觉自己挺小康的,有车有房,也有点儿存款,但这事儿就看跟谁比,跟周罪一比,显得他有点儿穷酸。但萧刻还挺想得开,不太在意这个。

萧刻躺在床上无聊的时候又翻了翻周罪的朋友圈,很单调,两三个月能发一条,要不就是画,要不就是文身图。萧刻退出来刚想发条消息聊聊闲,没想到聊天界面突然跳了条消息出来。

——萧老师。

——花就算了吧。

连着两条,萧刻看完有点儿想笑。

萧刻眯着眼回了一条:那不能算了,我订了一个月的呢,周老师。

他等着周罪回复,就一直盯着屏幕。看着屏幕上方一会儿是"周罪",一会儿是"正在输入……",也不知道这是多长一段话。萧刻觉得挺有意思的,等周罪那条消息真发过来,他彻底笑出了声。

他突然觉得周老板特别有趣。

——破费了。

萧刻一点没客气,发了一大串的"哈哈哈哈"过去,分了好几行,紧接着又跟了一条:没事儿,别客气。

周罪没再理他,估计也是不知道跟他说什么。

萧刻十分乐观,周罪这种不冷不热的性格,让他觉得也挺有趣。

十一月中旬,学校征求教师意向,下学期带课意向和方便上课的时间要交上去,学校统一做安排。萧刻只报了两门课,都让他上的话,一周也就六小节,时间还挺充裕的。

因为他预计自己下学期时间不会太松,春季通常他得帮郭导看论文,郭导近几年带硕士了,到了春季,毕业论文修修改改挺费精力,他总会往萧刻这儿支两个学生,让萧刻帮着把关,论文改来改去,最后再拿到他那儿。萧刻自己也申请了两个课题,所以下学期他打算给自己多留点时间。

而且他还有别的事儿呢,虽然还有一段时间才到下学期,但怎么也得把时间预留出来。

主任看了一眼他交的意向,不太满意:"就报俩?这学期你报四个才给你俩,你直接就报俩估计也就能给你留一个,万一教务处那边一抽风,再给你都刷下来。"

萧刻笑着说:"没事儿,怎么也得给我留一个。再说空了就空了,要不我现在带课组里有些老师也有情绪,空了就秋季再说吧。"

"你倒挺看得开。"主任瞪了他一眼,估计觉得他不求上进。

萧刻给主任倒了杯水放主任手边,他知道主任其实是向着他的,从他进了学校,主任明里暗里地照顾他。萧刻说:"教务处那边看您面子上都会给我留一个。"

主任回头看了看他,指了他一下,说:"你等着我回头找萧老师告你状吧。"

萧刻笑着:"萧老师还惦记着让你去家里吃饭。"

其实萧刻打小就见过张主任了,那时候他还是萧爸班上的班长,那会儿没少在萧刻他们家吃饭。

萧刻从主任办公室里出来,又收到了徐雯发的视频。视频里头周罪穿着T恤和运动裤,正弯着腰拿把剪刀对着垃圾桶拆花的包装。

他每次看到视频里周罪摆弄他送的花都觉得挺有意思,有种反差感,让人看着特别新鲜。

不过周罪的摆弄也挺简单的,就是每天拆了包装把花往水桶里一插。按徐雯的说法,老大觉得直接扔了不尊重人。

萧刻知道周罪这人心没有他的脸冷,有时候心还挺软和的。这就更有人格魅力了,反正在"迷弟"眼里,周罪就是完美的,多的不必说。

那个周末,萧刻还是没忍住去了店里,周罪正好在。徐雯冲他乐呵呵地摆手,萧刻跟她打了个招呼就去了里间。里头陆小北正蹲在椅子上玩游戏,看见萧刻了吹了个口哨:"好久不见啊花神。"

萧刻弹了他脑袋一下:"你大哥呢?"

陆小北脑袋往后仰,指着他身后那屋:"跟朋友聊天。"

萧刻点点头,在陆小北旁边的椅子上坐下了。周罪跟人聊天,他肯定不会进去,反正他也习惯了,在架子上抽了本书翻着看。

陆小北的眼睛还留在屏幕上,只动嘴跟他说话:"等会儿你可以看看你送来的花。"

"行啊,"萧刻笑了,"我正纳闷呢,我怎么没看见。"

"三桶了都,给我们这儿桶都用了,我还特意出去买了一个。"陆小北乐得很夸张,有时候这小孩儿笑起来会发出驴叫声,笑完了说,

"昨天我干完活儿顺手送了我客户一把花,十来朵吧,你不介意吧?"

萧刻说:"不介意,随便送。"

"真的啊?"陆小北抽空看他一眼,然后又转回去说,"我大哥拒绝好几个要花的小姑娘了,说转手送人不太礼貌。那我等会儿可转告他了啊,我萧哥其实并不介意。"

萧刻拿起手上的书一点没客气地敲在陆小北肩膀上:"破孩子,别欠。"

陆小北又笑出半天驴叫声。

那屋的门开了,里面的人听见动静出来问陆小北:"小北北,乐什么呢?"

"我聊天儿呢,你们聊完了?"陆小北问他。

"我们有什么聊完聊不完的?都是瞎聊。这位谁啊?"那人看着萧刻问。

陆小北这把游戏正好玩完了,摘了脖子上的耳麦,站起来伸了个懒腰,边伸边说:"这是萧刻,我大哥朋友。"

"哎,巧了啊,我也是你大哥朋友,那不就都是朋友吗?"

那人笑着伸手,萧刻过去握了一下,说:"萧刻。"

那人说:"方禧。"

周罪从屋里走出来,萧刻冲他扬了扬眉毛算是打完了招呼。周罪冲他点了一下头,在沙发上坐下了。

方禧问他:"刚跟你说那事儿你赶紧定啊,你定完我看看咱们是开一辆车还是俩车。"

周罪"嗯"了一声算是回答了。

萧刻问:"打算去哪儿啊?"

方禧回答他:"我们有个朋友张罗着上山玩一趟,他家亲戚在山里有房,也不远。一起吗新朋友?"

萧刻看向周罪,问他:"你去吗周老板?"

周罪点头:"可能去,看看时间。"

"哎,那得带上我萧哥,"陆小北从椅子上跳下来,悄悄拍了拍萧刻后背,"我萧哥人贼棒,给你们这群人提升一下学历水平。"

方禧笑着看过来:"高学历?"

"博士都毕业了,你说高不高。"陆小北回道,"我萧哥可是大学老师,你们这群人也就我大哥大学毕业了吧。"

"哟,那得一起啊,"方禧这人喜欢开玩笑,也自来熟,坐萧刻边上问他,"能串出时间吗?估计也就周五早上走,周天儿晚上回,你们要是有双休的话,串个周五就行。"

时间肯定有,他哪有什么硬性时间,找个老师代个课,跟主任说一声就行了。

萧刻也没直接点头答应,而是看着周罪:"方便我去吗,周老板?"

萧刻看起来很单纯,想法毫不掩饰地摆在脸上。说实话,方禧挺意外的,萧刻看着跟平常周罪的那些客户不太一样

周罪回头看着萧刻。萧刻说话总喜欢盯着自己看,周罪一把年纪了,有时候让他盯得很不自在。

方禧在一边一脸饶有兴味地看热闹。

萧刻还在等他的话。

周罪转开眼睛,叹了口气说:"去。有什么方不方便的?都是男的。"

萧刻咬着下嘴唇笑起来还有点儿痞,冲陆小北使了个眼色。

陆小北也冲他飞了个眼儿。

回去之后,方禧就加了萧刻微信,说有事儿直接跟他说。方禧这人有点儿自来熟,这样的人相处起来没压力,不给人慢热的机会。

他发微信给萧刻:萧大宝,会开车不?

一声"萧大宝"直接给萧刻叫蒙了,他跟方奇妙认识快二十年了也没这么被叫过。萧刻有些哭笑不得,回他:会。

方禧说:那成,那你跟老周一辆车吧,你俩换着开,剩下我们开辆商务。

萧刻回复:嗯,行。

方禧这人一看就是人精,生意场上混迹多年,很油。但是油一点不是坏事,不代表这人就是坏人。萧刻看得出来方禧的好意,这种感觉他挺喜欢的,跟周罪的朋友有了交集,也算是离了解周罪这个人又近了一步。

周四晚上,萧刻简单收拾了点东西,拿了点换洗的衣服,带了件棉服。一堆男的出门不可能还拿个箱子,一个包能装下就行了,所以萧刻拿的棉服不算太厚。都收拾完了,时间还早,虽然明天一早就得走,但是萧刻睡不着。

他于是给周罪打了个电话,打的是私人号码。

电话响了半天才有人接,周罪低沉的嗓音在那边响起来:"喂?"

萧刻一听他声音就觉得心情不错。所以他开口的时候声音里就带了点笑,打了声招呼:"晚上好,周老师。"

"你一个真老师,就别这么叫了吧。"周罪的语气听起来很放松,估计已经休息了。声音经过电话一传播,跟平时稍微不太一样。

萧刻说:"行。"

这是他第一次打周罪这个号,存是存挺久了,但是没打过。

周罪问他:"有事儿吗?"

"嗯,我想问问,"萧刻靠在床上,手指轻轻敲着自己的膝盖,"明早我去店里找你吗?还是去哪儿?"

"方禧没跟你敲定?"周罪顿了一下才说,"我以为他跟你商量好了。那你给我个地址,我去接你。"

萧刻说:"好的。"

挂了电话之后,萧刻给他发了个定位,一点没客气。

周罪那边收到位置,看了一下,离他这边不算很远。他皱着眉给方禧发了条消息,说方禧不靠谱。方禧下午还在群里说他去接萧刻,周罪看见了但是没理他。因为方禧嘴上不着调,让他不太想回。

方禧回消息倒是挺快的,马上说:我看你没回啊,我当你没看着呢。

周罪说:人家要是不问我,明早你就给人家扔那儿了?

方禧先是发了个"哈哈",然后说:咋可能啊?我打算十点给他发消息来着,你看这不没用着我吗?

方禧接着发过来:萧老师这人能处吧?

周罪:想说什么?

方禧刚开始没回,过了好一会儿发过来一句:周老板,你需要交点儿像萧老师这种不一样的朋友,否则你的生活就只剩死水了。

周罪没回他消息,冲完澡他只穿了条裤子,这会儿站在窗户边上,房间里的温度有些低。周罪这个人是非常无趣的——不管是他的性格还是他的生活习惯,像台刻板的机器。他的心,或者说他的灵魂,也早就被这种生活给腐蚀得只剩个架子。用方禧的话说,他简直不是人。

他自己也没当自己是人。

第二天一早,周罪按照定位去接萧刻。到楼下的时候,他给萧刻打了个电话,萧刻接得很快:"早上好啊。"

周罪说:"到你楼下了。"

"这么早!"萧刻有点儿惊讶,然后说,"那你得等我几分钟,不好意思啊。"

"没事儿。"周罪说。

其实萧刻接电话的时候刚起，他没想到周罪能这么早，早知道就再早起一会儿。萧刻以最快的速度收拾完，拎着包就下了楼，下去的时候头发还没干透。

周罪轻轻按了一下喇叭，萧刻把东西放在后座，然后开门跳进了副驾："不好意思不好意思。"

周罪笑了一下："真没事儿，我来早了。"

萧刻呼了口气，系上安全带："咱们去哪儿找他们？"

周罪说："你没吃东西吧？先吃点东西，高速口等他们。"

"成。"萧刻点了点头，然后笑着看了一圈车内饰，感叹了一句，"酷。"

周罪笑了笑，没说话。

萧刻直观地感受了一下自己和"爱豆"的经济差距，他"爱豆"一辆车比他房子都贵。"爱豆"太富有，这让他很有压力。

他们找了家店吃了点早餐，太早了，萧刻其实不怎么吃得下，就简单吃了几口。周罪应该也是，吃得也不多。

方禧他们比他们俩到得早，过去的时候，方禧他们已经在高速口等着了。萧刻下了车，除了方禧之外还有四个人，方禧给他介绍了一圈儿。

"林轩，搞建筑的。程宁，开饭馆儿的。这俩是老朱、老曹，跟周罪一样，艺术家。"

叫老朱的那个笑了声说："什么艺术家，我卖照片的。"

萧刻笑了一下，方禧拍了一下他肩膀，跟他们说："这是萧刻，老周的朋友。"

他早在群里说过了，这伙人也早知道萧刻是位老师。

"真年轻啊，看得我都有点儿想我年轻那时候了。"林轩叹了口气，"不过我年轻的时候没这么帅就是了。"

"别瞎感叹了，"说话的是老曹，他穿得最少，缩着肩膀说，"咱到地儿再聊，躺冷的。"

"行，那你还跟老周一辆车吧？"方禧看着萧刻说，"有事儿给我们打电话。"

萧刻点点头："行。"

上车之后还是周罪开，他把温度调高了点，看了萧刻一眼，说："穿少了。"

萧刻"嗯"了一声："是有点儿少，我没想到今天这么冷。"

周罪没再说话，只是又把温度调高了两度。

萧刻挺喜欢这样和周罪独处的。虽然周罪不怎么说话，但萧刻也不怎么在意，俩人就这么安静待着倒也不难受。但总不能一直也不说话，萧刻从后座上拿了两瓶水，拧开了一瓶递给周罪，周罪接过去喝了一口。

萧刻也喝了口水，清了清嗓子，问周罪："你从什么时候开始做文身的啊？"

"很久了。"周罪还认真地想了想，然后摇了摇头，"记不清了，有二十年了吧。"

"那么早？"萧刻是真的有些惊讶，"那时候国内没有文身吧？"

"也有。"周罪说话的时候没什么表情，平平淡淡地和他聊着天，"就是少，《古惑仔》还记得吗？那会儿就有了。其实在那之前也有，就是从那会儿开始多了。"

"《古惑仔》谁能不记得？"萧刻笑了，手里的瓶子抛了一下，"但那是香港电影吧？咱们内地这边也有？"

周罪点了下头："有。"

萧刻觉得自己找了个好话题，他很少听周罪说这么多话。他很喜欢听周罪聊文身，就像喜欢听茶师讲茶，听画家说画。一个人把自己熟悉的东西一点一点说给别人听，这件事本身就很吸引人。

"那时候你十多岁吧？怎么接触到的？"萧刻看着他问。

旁边有车超了过去，周罪看了一眼倒车镜，说："那时候我刚高中吧，来了个香港人租我家房子，住在后院。来的时候只拎了个手提袋子，里面装的都是那些东西。"

萧刻问他："是文身师？"

周罪点头说："嗯，挺厉害的人，在香港惹了麻烦才过来这边。偶尔有人找他文身。我有时候会坐旁边看看，时间久了，他就教我。那时候人很好糊弄，学了几天就敢往别人身上刺字，反正歪了丑了也没人介意。"

周罪一边开车一边说话，每句话之间的间隔都有两三秒，像是他在回忆，在从记忆里拣故事给人听。他声音本来就挺低沉，这样慢慢说话听起来就更有味道，像是加了一层岁月做旧感的滤镜。

"香港人不缺钱，让我拿他的色料和机器练手，往人身上戳图。让我照着他的图做，做丑了也没事，他再修。那样练手很快，后来我就能自己打手稿直接画，手也稳了。"

萧刻笑了笑："然后你就出师了？"

"没有。"周罪摇头，笑了笑说，"哪有那么容易的事儿？"

"那时候的图大同小异，青龙、黑蛇、滴血狼头，多数都是这种。"周罪淡淡地继续说着，"放现在看起来很丑，在当时那就是最潮的。也不能说当时审美有问题，是时代和文化背景决定的，还有特定的社会身份。"

他说的几种图太有画面感了，萧刻顿时笑了，坦白说："其实认识你们之前，我对文身的印象也基本停留在这些。"

"正常，你平时接触不到。"周罪笑了一下，"那个时代很好，那是文身的开荒时代。"

"你身上有文身吗？"萧刻突然问。

周罪顿了一下,之后说没有,他眼里带着淡淡笑意:"我不需要拿自己练手,大把的人让我练,多数是看不出好坏的,黑色的一张图文在身上就可以了,文坏了也无所谓。放到现在这叫毁皮。

"后面的文身师就没这么好的环境,文身不是'流氓'的专利了,审美也越来越高,人也越来越较真儿,没那么多皮可以毁。你看到他们身上的文身,有些并不是真的喜欢才文,入行了没作品,身边亲近的人,朋友,包括自己,总要毁几次皮才能练成。"

萧刻是真的听进去了,周罪讲这些的时候有种千帆过尽的沧桑感。他侧头看着周罪,盯着他的眼睛看。周罪一直看着前面,偶尔看看后视镜。

萧刻问:"小北说你上过大学,学的什么?"

周罪说:"国画。"

文身和国画,这两样听起来很难联系起来。周罪看出他在想什么,说:"香港人一直让我学画,大学之前就画画。不会画画做不了文身,文身也是画,另一种形式而已。"

这天周罪讲了很多,萧刻被他学文身的故事深深吸引。周罪说他毕业以后去了很多地方,去了台湾地区,去了日本,去了印度,在美国黑人社区待了很久。萧刻后来都不怎么出声,只是一直听着他说。

萧刻不舍得打断他,很喜欢听他说。听他讲前半生的经历,听一个江湖侠客的"正当年"。

后来周罪淡淡地笑着问他:"萧老师还想听什么?"

萧刻的情绪已经被周罪带过去了,心里很满很涨,产生了一股想更了解这个人的想法。

萧刻也笑了,手指轻轻搓了一下水瓶的瓶底,开口问:"还想听听谈过恋爱吗,周大侠。"

要放平时,萧刻不会问一个刚认识不久的人感情上的事儿,主要是今天听周罪讲自己以前的经历有点儿上瘾，心思一动就问出来了。

周罪先是没出声，萧刻这么一直盯着他看，好像不出声也不行了。周罪于是点了点头，说："有过。"

只有这两个字，多了没再说。萧刻也没再问。

周罪没想聊这个，他看出来了。不想聊就不聊，不非得强迫着问什么。萧刻这点很好，基本不会让人觉得不自在，是一个相处起来很舒服的人。这可能跟他的职业和成长背景有关，这种环境下的人必然是懂礼的。

但他偶尔也刻薄，这似乎并不冲突。

前面有个指示牌，示意前方有个服务区。萧刻说："去个洗手间，然后我开吧。"

周罪向右并了道，驶进服务区。

萧刻下车伸了伸胳膊，其实他不是真的想去厕所。边开边聊，也开了两个多小时，他就是想换换周罪，让周罪坐边上歇着。

再上车之后，两人就换了位置，萧刻系了安全带笑了一声说："我还真没开过这么贵的车。"

周罪只是笑了笑，没说话。

萧刻说："我开车挺稳的，你睡会儿吧。"

周罪调了一下座椅，往后靠着，外套盖在身上，说："怕你无聊。"

"我不无聊，"萧刻笑着说，"你起得挺早的，不睡也闭眼歇着。"

之后萧刻就没再说话，过会儿他看过去，周罪真的靠着座椅闭着眼，像是睡着了。萧刻扫了两眼，感叹周罪长得实在是有型，脸上线条很硬，闭着眼也很帅。

萧刻之前的朋友都不是周罪这一挂的，比如林安。

林安是个性格很温和的人，没什么脾气，遇到事情喜欢讲道理，不爱发脾气。相由心生，样貌也给人很温润的感觉，线条很柔。

萧刻是第一次碰见周罪这类型的,气场太强,也很不好接近,但这恰好是萧刻欣赏的。

车里温度正好,这种状态下萧刻开车也不觉得累,感觉好像没开一会儿就到地方了。快出高速的时候,方禧他们开的商务车追了上来,跟在他们后面下了高速。

前面已经有辆车在等了,方禧跟着那辆车,摇下车窗示意萧刻跟着。

周罪睡着,萧刻怕进的风太凉没敢开车窗,就轻轻按了一下喇叭。结果一转头看到周罪已经醒了,眼睛是睁着的,还带着点刚刚睡醒的迷糊状态。

萧刻冲他轻轻一笑,问:"醒了?"

"嗯,睡着了。"周罪坐起来,外套往身上又扯了扯,看了一眼外面,"辛苦萧老师。"

"周老板客气了。"萧刻跟在方禧他们车后开着,"我还真没来过这边,第一次来。"

周罪看了看外面,说:"我来过几次,还可以。"

萧刻觉得或许他也会喜欢这里。

在高速口等着的人是蒋涛,他老家就在这边。蒋涛家在山上有房子,那会儿他家那边还不是景区,就是住在山上的几户人家,生活不算很方便,但习惯了也就自得其乐。后来景区开发到那边,建了小宾馆和农家院,村民倒是都发了财。

蒋涛很早就出去了,难得回来一次,所以把朋友都叫过来聚一聚。当地人说话有点儿口音,所以蒋涛跟萧刻打招呼的时候让他觉得挺有喜感。

萧刻冲他点了点头说:"萧刻。"

蒋涛咧嘴一笑:"你跟着他们叫我涛子。"

这次同行一共八个人,他们的车只能开到半山,然后背着东西爬上去。萧刻一下车就把带的棉服套外边了,但还是挺冷的。周罪从后备厢里拎了件羽绒服套上,他的东西很少,只有一个背包。

"咱们就先从台阶走,上边有个亭子叫锦华阁,到了那儿就得换路了,谁先上去了就在那儿等着。"蒋涛穿得是最多的,他从小上山下山习惯了带很厚的衣服,到现在也没变。

"行,那咱们就各走各的,上边见吧。"方禧说完话也没急着走,掏出手机开始回消息。

老曹穿得最少,原地蹦了蹦,冲萧刻招了一下手说:"走,咱俩先快些走,让他们在后面磨蹭吧。"

萧刻笑着跟他走了。

"也不知道这大冷天的往山上跑是哪门子乐趣,脑瓜子都有沟似的。"老曹手揣着兜,肩上背着个书包,和萧刻边上台阶边聊天,"消停了找个地儿待个两天,愿意喝的就喝酒,不想喝的就趴窝睡觉,瞎折腾。"

萧刻没法接他这话,只是笑着听他嘟囔。

"你刚接触不知道,这帮人其实都是神经病,没一个正常的。"老曹小步颠着往上蹦,这样能稍微暖和点,"各行各业的奇葩都聚一块儿。我也是神经病,大冬天跟他们往山上折腾,病得不轻。"

这话题,萧刻实在是没法参与,感觉他再说一会儿把自己都带进去了。毕竟他也跟着上山了,他估计也是神经病。萧刻感觉自己给教师行业抹了黑。

萧刻于是赶紧岔开了话题,问老曹是做什么的。

老曹吸了吸鼻子,还在蹦着:"我啊?我做手工的。"

"手工?"

"对,手工。"老曹把手机掏出来,点来点去点出微信二维码递过来给萧刻,手在温暖的兜里揣久了,出来被冷风一吹都冒着白气儿,

"扫吧,趁我飞升之前加上好友。"

萧刻觉得这人真是挺有意思的,掏出手机扫了,老曹微信名叫"曹曹曹你大爷"。

"回去可以去我店里看看,看上什么就拿走。"老曹赶紧把手机揣回去,手也紧紧地捂回去了。

萧刻笑了笑说:"行。"

也不怪老曹冷,他穿得的确少,就穿了件皮夹克,虽然挺厚的吧,但是那东西贴皮肤太凉。腿上一层单裤,脚踝还露着的。老曹看得出年龄要比另外几个都小,萧刻估计他也没比自己大多少。他这一身儿别说上山了,就是在山底下也得冻哭,越往上越冷,萧刻都怕他等会儿受不了。

加上外面的棉服萧刻一共穿了俩外套,他把外面的棉服脱了递过去:"穿我这个吧,你衣服太薄。"

"不用,其实我就念叨念叨,我习惯了。"老曹没接他衣服,看了他一眼说,"等会儿老周上来该以为我欺负小孩儿了。"

"别小孩儿了,我三十岁了。"萧刻挑了挑眉,"你听我管你叫哥了吗?我估计你大不了我多少。"

老曹有点儿惊讶,看着萧刻:"三十岁了?不像。"

"不像也三十岁了。穿着吧,我看你都冷。"萧刻笑着说。

老曹也没再多说,摘了书包把衣服套上,把拉链拉严实了,跟萧刻说:"谢了,衣服都让你穿暖和了。"

萧刻平时往健身房跑得勤,爬这么一截山跟玩儿似的。就是山上景色现在不怎么好,不太美,光秃秃的有点儿荒凉。但是老曹就觉得很好看,沿路走还跟萧刻说美。萧刻想可能因为自己不是搞艺术的,还真体会不到美在哪儿了。

老曹走走停停,给干树枝拍照,后边的人也上来了。

老曹看了一眼他们，回头接着拍照，说："一群老家伙。"

"说谁呢？我听见了啊。"方禧过去踢了他一脚，"穿谁衣服呢？不嘚瑟了？接着穿小皮衣啊！"

"萧刻给我的啊，帅哥衣服不穿我傻啊。"老曹回头往后面看了一眼，问，"老周还不上来？再不上来，萧刻跟我一队了啊。"

林轩从后面伸手夹住老曹的头，抓了一把他头发，嗤笑着说："你欠不欠？"

萧刻其实有点儿惊讶，刚才跟老曹一路上来还都挺正常的，没想到他能这么开玩笑。老曹冲他眨了眨眼，说："老周这人是不是贼没劲？"

"悠着点吧，隔一千米都能听见水花声。"不知道谁说了一句。

萧刻当时淡淡笑着没吭声。

周罪和蒋涛是最后上来的，锦华阁那小亭子都坐一圈人等他们了。

"你们都走这么快呢！"蒋涛带着口音，看着他们，"什么时候都跑我俩前面去了？我俩还故意慢点，怕你们落太多。"

"你再慢点我们都快下山报警了，当你们丢了呢。"程宁在一边玩手机，抬头说了一句。

周罪视线扫了一圈看见萧刻，萧刻也正好看着他，冲他轻轻一笑。

周罪稍微皱了一下眉，然后摘了背上的包，把羽绒服脱了隔空扔在萧刻身上。萧刻接得有点儿晚，衣服盖了他一脸。

羽绒服挺厚的，扑在脸上很软，上面带着点淡淡的柠檬味儿。

萧刻把衣服拿下来直接穿身上，一点没扭捏。他头发还没整理完，边上人都炸起来了。

"哎哎哎，老周！往哪儿扔呢？我也冷了，你再脱一件给我啊！"方禧喊着。

"你谁啊？还让老周照顾你啊，认准自己定位得了。"林轩笑着说他。

其实萧刻很不习惯成为中心让大家都盯着，会很不自在。但这会儿他倒觉得没什么，身上的衣服太暖了，像是从头到脚都被暖阳笼罩。

这次爬山体验还真是挺新鲜的，以往都是顺着台阶走到头再下来就完事儿了，这次在蒋涛他们的带领下，萧刻还走了一段不短的山路。不过也没有很险，走得多了，毕竟山上住户来来回回都要走这儿。

萧刻身上穿着周罪的黑色羽绒服，手揣在兜里特别暖。周罪走在他前边，路上他们没说过话。老曹倒是贱兮兮地过来找萧刻聊天，萧刻之前跟他一起走了一路也算熟了，聊起天来也放得开，没压力。

蒋涛家老房子改成了一栋三层小楼，带着个大院儿，院儿里有只金毛。这会儿不是旅游旺季，老房子挺清闲的，房间有很多。

老曹说："我跟萧刻一间吧。"

"你滚，"林轩一个肘击把老曹"怼"到旁边，"你这么欠，别带坏人家。"

"老曹跟我一间，我看着他，他也就跟我欠不起来。"说话的是老朱，他找了把椅子坐下，"一张床两张床都行，无所谓。"

两人一间，别人都老熟人自己组完队了，最后剩下周罪和萧刻。

方禧看向蒋涛："没房了吧涛子？好像就剩个双人间了。"

蒋涛点头："是，就剩一间了。"

周罪一直没说话，在墙边靠着，一只手拎着背包。萧刻回头看了看他，他没抬头，也没看过来。

萧刻还真没想跟周罪住一间。来之前没想，现在也没想。他们俩现在这刚熟起来的关系是真不太合适住一屋。

"我单……"萧刻的话音跟周罪是一起开始的，他刚开了个头就停了。

周罪说："我自己住。"

一屋子人都看向他，周罪就又重复了一次："我自己一间。"

萧刻笑了一下，跟蒋涛说："我也自己一间。"

这会儿气氛倒是真的有点儿尴尬了。方禧"啧"了一声，跟蒋涛说："行行，给他俩一人一间！"

"你看吧，不如让我跟萧刻一屋呢。"老曹耸了耸肩，"这不浪费资源吗？"

"那你跟周罪一间得了呗。"程宁"哧哧"笑了两声，"你要想欠你就跟老周欠。"

"我才不，他没劲透了。"老曹不屑地说。

蒋涛给萧刻和周罪一人一把钥匙，但是两个房间是挨着的，在二楼。萧刻拿着东西先上去了，这么一天下来，他其实有点儿累了，想歇会儿。没多会儿，周罪也上来了，房子隔音一般，周罪在屋里走路他都听得很清楚。

萧刻脱了外套，洗了把脸，然后躺在床上睡了会儿。他睡得还挺熟，被敲门声叫醒的时候，天都擦黑了。

门口是蒋涛在敲门："快要吃饭了，萧老师。"

"哎，好的，我收拾一下。"萧刻扬声答应着。

萧刻是最后一个下楼的，到了餐厅，人差不多全了，只差他自己。周罪边上的位置是空着的，萧刻很自然地走过去坐下。菜基本都上全了，满满一桌，中间是只烤羊。

有人问他："萧刻会不会喝酒？"

萧刻说："能喝一点，酒量不行。"

"能喝就行，"方禧拿了瓶酒，冲他晃了晃，"白的来得了吗？"

萧刻点了一下头。

他有什么毛病自己知道，所以紧着先吃了点东西垫垫肚子。别人聊着的时候，他几乎都在吃，蒋涛拿了把刀，给他片了一盘羊肉下来放他旁边。菜是真的都很好吃,萧刻直到吃得差不多了才放下了筷子。

萧刻杯里的酒还剩半杯,他站起来说:"跟大家第一次见面,我提一杯。多的不说了,以后慢慢处吧。"

说完他就把杯里的酒都喝了。

老曹第一个接他的话:"行呗,以后慢慢处啊。"

他身上还穿着萧刻的外套,接完话,边上人哈哈都笑了,然后把酒都喝了。老朱跟萧刻说:"别搭理他,他持续性嘚瑟,习惯了就好。"

周罪在酒桌上存在感不强,算起来这是萧刻第三次跟他喝酒了。他话太少了,不问到头上不会主动说话,就算问到了也不一定会吭声。

酒过三巡,大家都有点儿喝多了。

蒋涛慢慢地说:"我常年在外头不回来,有时候真挺想你们的。外面朋友不交心,跟你们比不了。别人我都不惦记了,我就惦记老周。"

蒋涛说到这儿的时候看着周罪,叹了口气。萧刻能感觉到这些人里蒋涛是最实在的,就是那种挂在脸上的实在,说话什么的都很直。蒋涛也看了看萧刻,冲他举了一下杯子:"萧老师,不知道你跟老周怎么认识的,反正这么多年这还是他头一次带新朋友一起聚。我……不多说了,我敬你一杯,感谢你。"

他说得很走心,眼圈都有点儿红了。

萧刻不知道周罪带个朋友怎么就把他激动成这样了,萧刻接了这杯酒,然后笑着摇头:"酒喝了,但我真当不起这声谢,是我自己非跟着来的。"

"那也谢!"蒋涛还是有点儿激动,"你要次次都能跟着,那我次次都感谢!"

"这个是真的得谢了,"萧刻另一边坐的是林轩,他接着蒋涛的话说,"老周活得太酷了,他这一生都很酷,我们之前就怕他把自己给酷出毛病来。其实他以前不这样,以前也挺爱玩儿的,现在有时候跟得了失语症似的,这个……这个老东西太轴了。"

周罪之前一直没吭声,这会儿抬起眼皮看了林轩一眼:"哪个老东西?"

"曹圆儿,老曹这个老东西。"林轩笑着说。

老曹在一边吃菜呢,就躺着中枪了,头都不抬骂了一句:"你个老东西。"

这些人把他和周罪之间的关系有点儿误判了,他俩远没有他们以为的那么熟。但是也不至于让他去特意解释点什么,太矫情了没必要。

他们这次来本身就没什么别的安排,就是找个消停地方聚一聚,把酒喝透了。所以谁也没收着,反正第二天也没事,喝多了就睡,睡到几点都无所谓。

萧刻提前吃了东西,胃里不空,喝到后来倒也还好,没觉得胃里太不舒服。酒桌上的话题从玩笑渐渐转到情感专场了,方禧一本正经地怀念他的前妻。离婚都是自己作的这没的说,朱砂痣蚊子血的事儿是永远掰扯不清的。

他说完,老朱也聊了他老婆,说他老婆是怎么跟他一起共患难的。老朱说完,突然把话题扔给了萧刻,问了一句:"小萧呢?处过对象吗?"

萧刻靠在椅背上,嘴角带着点笑,很自然地答:"当然了,我都三十岁了,三十岁了没个前任那不成有毛病了?"

老朱哈哈笑着:"那说说?"

萧刻没什么不敢说的,抿了口茶,说:"也没什么。看对眼了追,追上了处,处够了分。就这些,不怎么精彩。"

萧刻一句话就带过了他上一段历时几年的感情经历。不是不能说,就是不太想说。而且就这一句话里也不都是真的。

分开了不是因为处够了,是因为前任决定去和别人结婚了。前任家里一直对他俩的事不同意，对方当时红着眼睛说："你能不能等我？"

萧刻抬手搂了人一把，揉了把头发，笑着摇了摇头："不能。"

从想法在对方心里冒头开始，背叛这个事实就已经存在了。在萧刻这儿有些事情不能讲道理，不管结果，有些念头只要生起过，这段感情就算已经放弃了。而且萧刻的性格和他的价值观，使他无法和其他人共享同一个恋人。

萧老师从来都对得起他的职业，自认为还是很当得起"人民教师"这四个字。原则性的问题他从来没有，爸妈教得好。有些事说一不二，不行就是不行，一丝犹豫都没有过。

但是萧刻这人，人前人后，永远会给人留几分，哪怕分了也不会跟任何人说前任的不是，不吐槽不抱怨，也不会拿过去的事儿在酒桌上当谈资，引人骂几句前任。不至于的，在一起的时候都是认认真真的，分开了也给自己和对方共同投入过的情感和岁月留几分脸面。

萧刻自己喝了口酒，白酒辛辣的口感顺着舌尖一直麻到胃里，到这个时候，萧刻才感觉到胃部丝丝缕缕地疼了起来。

酒精上头，萧刻毫不吝啬让自己卖个可怜装弱小，周罪太爷们儿了，在他面前弱一点也不觉得掉价。萧刻扭头看着周罪，他已经有些喝多了。

周罪看过来，低声问他："怎么了？"

喝完酒，他声音有点儿哑了，跟平时听起来不是完全一样。

萧刻轻轻闭了闭眼，然后说："胃不太舒服。"

周罪看着他，酒精让萧刻的脸和眼睛都是红的。周罪没说话，伸手把萧刻杯里剩的酒都倒在了自己杯子里。他杯里装不下，还剩了个杯底。

"你俩干啥呢？"方禧指着周罪，喊着问他，"我可看见了啊，萧刻，你酒呢？"

桌上人都看过来，萧刻笑着讨饶。

"你酒呢？"边上人也跟着起哄，"来，萧刻酒没了，给萧老师再满上！"

方禧拿着酒瓶过来给萧刻倒酒，酒瓶刚挨过来，周罪伸手盖住了萧刻的杯口。方禧咋咋呼呼起着哄，周罪看了他一眼，拿起萧刻杯子把剩的那个杯底给喝了，然后直接把杯子倒扣着放在桌上。

"他不来了，"周罪一只手搭在自己椅背上，淡淡地说，"我来。"

萧刻从这个角度看着周罪，看他冷硬的眉眼。实话说，刚开始他只是对周罪这个人好奇，结交不成也不至于多难受，顶多就是有点儿遗憾。但是这会儿萧刻看着周罪，周罪还看着方禧，眼神淡然，身上还是那种随性的气质。萧刻看见周罪咬肌动了动，侧脸的线条小幅度滑动了两下，这个动作莫名显得这个人可靠。

萧刻闭上眼睛，淡淡笑了笑。

萧刻以前觉得自己酒量还行，现在跟周罪一比，简直被"秒"成渣了。后面他的酒都是周罪替他喝的，他闲下来又吃了点东西，听他们说些没用的话。是真的放松，这种放松他以前没体验过，以前他不替别人挡酒就不错了。

回房睡觉的时候都后半夜了。他和周罪一起上的楼，周罪在他身后问了句："没事儿？"

萧刻回头看看他，说："没事儿。"

周罪点点头，"嗯"了一声。萧刻进门之前跟他说："周老师晚安。"

周罪被这个称呼给叫得笑了一下，很浅，也就嘴边能看出来点笑的样子，他说："晚安，早点休息。"

山上用水还是不那么方便，水龙头的水用来洗漱没问题，但是要洗澡就太奢侈了。萧刻只能收拾收拾躺下了，以为自己会很快睡着，但是竟然好一会儿了都没能睡着。这一晚听他们聊了很多，他脑子里乱七八糟，充斥着很多内容。有过去，有现在。

睡觉之前最后闪过的内容是等他回去了得告诉花店继续给文身店送花，周罪剪断丝带抓着一把花扔在水桶里的样子，他看着很有意思。

这一觉一直睡到了第二天下午，萧刻一睁眼有种不知今夕何夕的意思。环境太陌生了，入眼的一切都不熟悉。缓了好半天，萧刻才回过神来，想起了他这会儿是在山上。

萧刻起来收拾完，换了身衣服，出去看了一圈，没看见人。厨房里，蒋涛的妈妈听见他出来，跟他打招呼："起来了啊？饭早好了，你们都没起。"

"阿姨早上好。"萧刻打了个招呼。

"哎，好好。"阿姨笑起来很亲切，和蒋涛有五分像，口音要重很多，"你们昨晚闹得太晚了，这会儿几乎都起不来了，就出去了一个，剩下的都没起呢。"

萧刻笑着点头："嗯，昨晚喝多了。我们太吵了吧，是不是影响你们休息了？"

"没有的事，"阿姨连连摆手，"我们睡觉都睡得死，听不见。"

萧刻去厨房喝了碗粥，他吃东西的时候一直在跟蒋涛妈妈聊天，萧刻的模样长得好，看起来也不像方禧他们那么不着调，阿姨很喜欢他。问他做什么工作的，萧刻一说是老师，阿姨对他的喜欢立刻又上升了好几度，基本可以说是肃然起敬了。

搞得萧刻一碗粥吃得上不上下不下的，不习惯被人盯着看的他都快不知道怎么咽东西了。

好不容易吃完东西，正准备随便出去转转，他就看见从外面回来的周罪。萧刻有点儿惊讶，打了招呼："早上……下午好吧。"

"起了？"周罪手上拿了个卷成卷的本子和一支铅笔。

萧刻点头："嗯，刚吃了点东西。"

他从房间出来的时候没准备出去,所以没穿周罪昨天那件羽绒服,周罪看了一眼他的衣服,说:"没事儿就别出去了,外面挺冷。"

萧刻想了一下笑着说:"没事儿,你衣服挺暖的。"

周罪看了他一眼,没说话。

萧刻问:"你是出去画画了吗?"

"没,就是出去走走。"周罪眼角有淡淡的笑意,说,"本来想画,但是没能画成,冻手。"

萧刻也笑了,说:"昨天我跟曹哥上来那会儿他手都冒白气儿了,这还怎么画画?"

"大早上的画什么啊?"有人打着哈欠从楼上下来,萧刻抬头看了一眼,是林轩,"这么有情调。"

萧刻笑了笑:"早上吗?"

林轩也笑了,甩了甩胳膊:"下午了吧。昨晚喝太多了,睡得这个累。方禧这老家伙睡觉还老往我这边挤,挤得我做一宿梦。"

他走到周罪旁边撞了周罪肩膀一下,问:"对了,老周,上回我说要文身的那人你给插个队吧,整天磨叽烦疯我了。"

周罪问他:"哪个?"

林轩皱着眉说:"就我那客户,甲方一跑腿的小年轻。你那儿要是方便就将时间给他往前挪挪,钱不用少收,这人吃了我多少回扣,手太黑。"

周罪说:"行。我回去找个时间给他做了。"

"谢了兄弟。"林轩冲他一眨眼,比了个手势,"做了他。"

周罪看林轩一眼,淡淡道:"别欠。"

"哎,妈呀,刚睡醒就这么活跃吗?"方禧也从楼上下来了,刚好听见他们的对话,"老周一个闷葫芦也跟着你们闹?"

这伙人在周罪面前常年拿他性格闷说事儿,周罪压根儿不搭理他们,在椅子上默默抽烟。萧刻就不行了,他怎么能允许别人说他"爱豆"?萧刻抬头跟方禧说:"那得是'真爱粉'才有的待遇,你想加入啊?"

方禧于是摇头笑着没再继续说,只觉得这俩人凑一块儿是真的有趣,挺好。

萧刻找了把椅子反着跨坐下了,胳膊搭在椅背上,也没再吭声。毕竟他跟周罪刚认识不久,开玩笑套近乎也得有个度。

周罪一根烟抽完了,站起来往楼上走,他走到萧刻旁边的时候,顺手抓了一把他头发,按着晃了一把。

很顺手的一个动作,像是觉得萧刻不好意思了,有点儿安慰萧刻的意思。这个动作完全是超出萧刻意料的。所以萧刻半天没反应过来,等反应过来的时候,周罪已经上楼了。

萧刻心里顿时有种说不上来的滋味儿。没想到他都三十岁了还能被人摸脑袋,更重要的是让人摸了脑袋心里还觉得挺受用。

果然还是年轻。

一个周末的时间其实很短,吃几顿饭喝两顿酒基本也就没了。两天多相处下来,萧刻跟大家都熟了,都加了微信,还约好了下次一起出来的时候去哪儿。这几天虽然萧刻总共也没和周罪说上几句话,但两人之间的关系怎么说也比没来之前要近很多。

一伙人跟蒋涛母亲道了别,还拿了点山上的蘑菇和药材。方禧临走之前往椅子下面塞了个信封,里面装了两万块钱。结果还没等走多远就让人撵上来了,是蒋涛的表弟,他不知道信封是谁留的,只能把信封往蒋涛怀里一揣就又跑回去了。

蒋涛眉毛挑得高高的,喊着问:"什么年代了,还弄这出!谁啊,速速出来领死。"

林轩笑着说:"别管谁的了,一点心意。"

蒋涛摇头:"别闹了兄弟,打我脸呢?"

方禧笑得贱兮兮,举起手:"我,是在下。"

"速死吧。"蒋涛把信封往他身上一砸,"上个山还背着也不嫌沉。"

方禧走过去说:"拿着吧,涛子,我们这么多人上来一趟空着手不是那么回事儿,实在是没法往山上背东西,不然你当我还给钱呢?几年没来山上看大姨了,一点心意,别推。"

这事儿他们磨叽了一路,到了停车场还在说,也没说出个结果来。

回去路上还是萧刻和周罪一辆车,下山的时候周罪开着,萧刻坐在副驾座上。他问周罪:"咱们要表示一下吗?"

周罪说:"不用,不算什么事儿,太计较了生分。"

萧刻其实也这么觉得,虽然他跟这些人以前不认识,但是按这两天对蒋涛的印象,那钱估计他不可能要。

山上山下有专门运东西跑腿的,身体不好的想上山也有人抬。下山之后,萧刻找了个运东西的人留了个联系方式,萧刻一说蒋家,那人还挺熟的,像是经常往他们家送东西。萧刻说过几天麻烦他往山上送个东西,费用转账结,那人说没问题。

回去的路上,萧刻就订了个按摩椅,那个头估计得俩人抬着上去。萧刻跟那人联系了,那人说没事儿,再找个人一起就抬上去了。

萧刻挂了电话之后,周罪看了看他,萧刻问:"怎么了?"

周罪摇头,没说什么。

萧老师长得年轻显小,但毕竟是三十岁的人了,处世方面成熟,很妥帖。跟他相处让人觉得舒服,不会累。

萧刻这会儿才觉得有点儿热,周罪的羽绒服他还没脱。萧刻赶紧脱了,回身放在后座上,跟周罪说:"衣服我送去洗一下再给你吧,谢谢周老师的衣服,绝对感受到温暖了。"

周罪说:"留着穿吧。"

萧刻眨了眨眼,挑眉:"我穿过,你不想要了啊?"

"什么话,"周罪失笑,"说哪儿去了。"

萧刻也笑了一下:"我说呢,我这白白净净的小帅哥也不至于让人嫌弃呢。"

"嗯,"周罪竟然很配合地点了点头,慢慢说,"你穿很好看。"

"真的啊?"萧刻看起来挺开心,眼睛笑起来向下弯,"夸我了?"

周罪表情很轻松,也笑了笑:"是。"

萧刻把座椅往后调了调,靠在椅背上闭眼说:"萧老师一表人才,贼抢手。"

他们昨晚睡得都挺晚,今天起得也早。一路上萧刻睡前半段,周罪睡后半段,也没怎么聊就到地方了。

下了高速口,到了他们生活的城市,看着渐渐熟悉的街景,萧刻突然有点儿舍不得开到头。他看了周罪一眼,周罪睡着,还没醒,衣服盖到鼻子,只露了半张脸。

萧刻把车径直开到他自己家,都挺累的,就不吃饭了,各回各家点外卖吧。车开进市区,萧刻才叫醒周罪:"周老师,醒醒了。"

周罪慢慢转醒,往外看了一眼,有点儿惊讶他竟然睡了这么久,还睡得这么沉。

他调整座椅坐了起来,清了清嗓子,皱着眉说:"睡得太沉了。"

"睡呗,"萧刻笑着说,"说明我开得稳。"

周罪拿起水喝了两口,刚睡醒看起来不太想说话。不知道为什么,萧刻觉得周罪的心情没有之前好了,眉眼间都很消沉。不知道他是不是做了不开心的梦。

萧刻是按照去他家的路线开的,周罪开口问:"不吃饭吗?"

"不了吧,"萧刻说,"看你挺累了,回去洗个澡早点休息。"

"嗯。"周罪应了一声，还是没多说话。

车开到萧刻家楼下，萧刻解了安全带，倒是没急着下车。两人都没出声，就安安静静地坐着，气氛静谧而平和。

但到底不能一直这么坐下去，萧刻看了周罪一眼，笑了一声："我走了啊，谢谢周老板带我出门散心。"

周罪摇了摇头，萧刻开门准备下车。周罪却叫住了他："萧老师。"

萧刻回头，手还放在把手上："嗯？"

周罪看了看他，萧刻的眼神一如既往地直接而单纯。周罪开了口，声音低沉："我真的不是好人。"

萧刻眨了一下眼睛，半晌嘴角一扯，扯出个笑来："所以？"

周罪看着他，眼神漆黑，深不见底。

萧刻问得很直接："是在劝我离你远点吗？"

周罪皱了皱眉，像是不知道该怎么说。萧刻的手从把手上拿了下来，认真看着周罪，说："周老板，没跟你闹，也不开玩笑。我是真心想交你这个朋友，你知道这个就行。"

"我知道。"周罪点了点头，看向他，"但是我真当不起。"

萧刻的心渐渐沉了下来，他知道周罪还有话要说。

他没催，安静地坐着等。周罪低着头，萧刻看着他的侧脸，坐了很久。后来周罪还是开了口，等了这么久，萧刻最终只等来了两句话——

"不是一个世界的人，过的也不是一种生活。"

"萧老师，你在人间，我在地下。"

第四章

CHAPTER
/
FOUR

周罪空出几天时间出去不是那么容易的，档期之前都排好的，空出了这两天就代表后面都得加班给补回来。

这人回来之后跟之前一点变化都没有，画画、文身、健身，反正就是很少说话。陆小北最后还是忍不住凑过去，摸着他自己的光头，问周罪："大哥，这次出去玩得咋样？"

周罪没看他，扔给他一句："闲着就去多设计点图，你图快没了吧。"

"哎，你会不会聊天儿？"陆小北"啧"了一声，撞了撞周罪的胳膊，"我萧哥能跟你们玩到一块儿吧？"

周罪在用电脑调一张设计好的图，眼睛都不转，无视他："别瞎琢磨了。"

陆小北一脸"没劲"，抬屁股就走了。

几张图简单调整一下角度就完事儿，结果周罪弄了一个多小时都没弄完，其实他心思根本就没在这上头。直到约的客户到了，他才迅速调整了一下打印出来。

这次要做的是个满背。一回来就直接挑了个最大的活，这是周罪自己的意思。一个满背能把他的时间挤得很满，他的心里就能不那么烦躁。

"周老师，我按你们说的早睡，我昨晚六点就睡了，最近一周也都没喝酒。"这次的客户是个小年轻，估计大学还没毕业，是个玩乐队的。摇滚精神都摆在明面上,眉梢有颗眉钉,手指上也有文身,恨不得在脑门上写上俩字"不羁"。

"行,挺好。"周罪应了一句,然后说,"你先坐着等会儿,我准备一下。"

"好嘞。"小年轻往沙发上一坐,跟周罪说,"周老师,那图我能再看看吗?"

陆小北又给他打印一份出来,还叫了店里另外一个文身师过来,往那人后背上比了比,跟他说:"你看一下,大概位置就这样的。他肩宽跟你差不多,脖子根儿的地方开始上色,就是这儿,是怪兽的一个头。底儿一直到你腰以上。你看下大小和位置行不行。"

几张纸拼成一个大图,图是按他要求设计的,中心是扭曲变形的架子鼓,架子鼓中间破了撑开,冲出一个多头怪兽,两颗尖牙像是要从图里扎出来。他要的这图跟他风格倒挺搭,想要把骨子里的叛逆昭告天下。这图,周罪早就弄完了,满图看着很凶很酷,周罪的风格也挺明显的。

小年轻看起来满意得不行,冲他竖了竖拇指:"没问题,厉害。"

陆小北点点头:"那用我给你做个模拟图看看吗?"

"不用,不用看了,整就完了。"小年轻其实之前在微信看过图了,只是没有现场往人身上比过,没有这么震撼,他指了指自己脖子窝的地方,说,"图最好能到这儿,从正面能看到个小边,别露太多。"

"那加点东西,从后面绕到侧面一点,锁链,还是半截绷起来的架子鼓棒?音符就算了,稍微俗了点儿。"

"行行行,你们说了算,你们太牛了,周老师果然名不虚传。"小年轻越看图越喜欢,快要五体投地了。

陆小北乐了,做了个"停止"的动作,跟他说:"先别急着吹,做完再吹也不急,都没文呢,你这夸是从何而来呢?"

小年轻摸了摸他的眉钉,十分笃定:"文完不会差,你们这儿的图我看过好多。"

"行吧,"陆小北回头冲周罪说了一声,"这也是你粉丝。"

周罪还在收拾文身器材,头都没抬。

为了做这张大图,陆小北也提前把今天的时间空出来了,这种大满背通常他会跟着搭把手,都让周罪自己来太浪费时间。

周罪定位之后,陆小北就能上手跟着一起描线,下面是转印图,描线相对简单。陆小北说:"哥们儿,等会儿我会跟着一起给你勾线,我大哥一小时两千元,之前说过了,我价格是他一半,你省钱了。"

小年轻已经在椅子上趴好了,抬起胳膊给他比了个"OK"。

周罪已经在定点了,陆小北刚准备上手,就听见楼下徐雯喊:"老大,给店里送的花来啦!"

陆小北"扑哧"一声乐了,这么多天没收花,他都忘了这回事儿了。徐雯抱着花在楼下使劲仰着头喊:"今天还有卡片呢,是给你的!"

陆小北看了周罪一眼,周罪面无表情弄他的线圈机,陆小北说:"有字儿没?有字儿就念!"

"有。"徐雯没敢真看,跑着上来递到周罪旁边,"老大,花!"

周罪扫了一眼,示意她拿走。陆小北过来要拿:"我看看写什么了。"

周罪在他之前伸手把卡片拣了出来。

"啧。"陆小北只出了这么一声,然后就一直盯着他看。

周罪看了看卡片,正面只有三个字:好人卡。背面倒是还有两行小字——

周老板,

好人卡还你了。

周罪看着卡片，轻轻皱了皱眉。他把卡片扔在一边，继续在人后背上勾线。他脸上看起来还是没什么表情，依旧是那副冷冷淡淡的样子。但眼里的光分明就软了，嘴角弧度也没那么硬了。

萧刻也是犹豫挺久才让花店给加那张卡片的。

他没想到临走之前周罪会给出那么两句话来，说得好像挺深刻，你在人间我在地下的，挖到根儿上还不就是发了张"好人卡"？

萧刻自嘲一笑，给花店的微信号里发了这么两句话，让人给写上了。

再见着周罪就是周末了。

萧刻拎着羽绒服推开店门，陆小北正蹲在前厅的椅子上，见他进来抬了一下胳膊："哈啰，不争气的花神。"

这称呼把萧刻给逗笑了，问他："这话从何而来啊？"

陆小北刚要开口，萧刻就问："你大哥在吗？"

陆小北往里面指了指，说："楼上楼下不知道，你自己找吧。"

萧刻先在楼下看了一圈，没找着人。楼下是另外两个小哥儿在做文身，萧刻分别打了招呼就上楼了。楼上挺安静，他在休息室里找到了周罪。

周罪躺在床上正在睡觉，身上盖着自己的外套。他睡得像是不怎么舒服，眉皱得很紧，表情不太好。

萧刻放轻了脚步走过去。

周罪侧了个身，原本平躺变成侧身，衣服也就跟着滑下去了。萧刻伸手想帮他扯一下，结果手刚碰到衣服，周罪就突然抓住了他的手腕，眼睛也立刻睁开了。

那一瞬间，他的瞳孔是紧缩的。

这种表情，是萧刻第一次在周罪脸上看到，在他印象里，这人永远都是平静冷淡的。萧刻下意识地愣住了,刚才周罪的表情里满满都是抗拒。他眼里有震惊,有退缩。

"你……"萧刻咳了一声,清了清嗓子,"怎么了这是?我吓着你了?"

周罪盯着萧刻看了好一会儿才回过神来。他长长地吐了口气,松开萧刻,抬起胳膊盖在眼睛上。他刚睡醒,声音很哑:"没事儿,睡糊涂了。"

"做梦了?"萧刻有点儿担心,笑着问,"需要安慰吗,大侠?"

他以为周罪会说不用,没想到周罪坐起来点了点头,说:"嗯,安慰吧。"

萧刻挑起眉,停顿了两秒才笑了一下。萧刻走上前稍微俯身,在周罪肩膀上拍了拍,说:"不怕,萧老师在呢。"

萧刻声音很好听,很年轻。声音是年轻的,脸是年轻的,抬起手臂的时候,胳膊上的肌肉也会变得明显,很有力量。他手上有一股很淡的牛奶味儿,是从老爸那儿顺过来的洗手液的味道。

萧刻自己都要笑了,他其实就是开个玩笑。周罪坐得很僵,碰到他肩膀的时候都能感觉到他肌肉绷得特别紧,但没表现出什么抗拒的举动,只是轻轻闭了闭眼。

萧刻放轻了动作,轻声说:"萧老师保护你。"

这事儿萧刻后来回想起来,觉得挺不可思议的。

"琢磨什么事儿呢?"身后有人拍了他一把,萧刻回头看,是他同组的周老师,"走路都带着笑的。"

萧刻跟他打了声招呼,然后说:"那不能说。"

周老师也是个小年轻,比萧刻早两年到学校,今年也是刚带课。俩人往餐厅走着,萧刻本来打算在学校吃过晚饭再回去,刚走一半就接到了徐大夫的电话。萧刻接起来:"徐女士晚上好,给您请安了。"

徐大夫在电话里说:"今晚我做大餐了,你回不回?"

萧刻失笑:"什么大餐?"

徐大夫还不乐意说,搞神秘:"不说,反正你回不回吧。"

萧刻说:"回,一个小时内。"

"成,回来给我们萧老师买几个橙子,谢谢了。我刚才忘了。"徐女士说。

萧刻答应之后挂了电话,转头跟同事说:"上头来旨了,走吧,尝尝我们家大夫的大餐。"

周老师笑着摇头:"这次先不了,我还有一堆事儿呢,吃完还得回来加班。你走吧,萧老师,下次有机会一定去。"

萧刻点点头,也没再说:"那行,那明儿见吧。"

他知道其实就是家里老两口想他了,他前段时间忙,回家的时间少了。上周末他跟周罪他们出去了也没回,家里萧老师和徐大夫这是想儿子。萧刻回去之前买了挺多水果,怕他们俩在家不记得吃水果,所以他每次回去之前都会买很多。

这次运气还挺好,他刚想停车正好有辆车开走,没费力气就找了个不错的车位。萧刻搬着水果上去,徐大夫给他开门说锅里有菜就跑回厨房了。萧刻把水果搬去了阳台,看着墙边摆的几箱进口水果,扬声问了一句:"萧老师学生来看他了?"

萧刻他爸从书房里走出来,摘了眼镜,跟他说:"我学生不买这么贵的水果看我,知道我不能收。"

"那谁送来的?"萧刻去洗了个手,低着头,其实心里有点儿谱,猜着了。

老萧说:"就不能是我们自己买的?"

萧刻一笑:"你说完自己信不信啊?"

老萧嘿嘿一乐,晃了晃头:"没什么可信度。"

徐大夫端着一个带盖的盆摆上桌，非常坦诚："小林周末过来了，带了好多东西，说了不要，不过都送来了也不能让人再搬走，太难看了。"

"嗯，"萧刻掀开盖子，看见一盆金黄的馅饼，伸手拿了一张，"送来你们就吃。你告诉我一声啊，我不买了。还让我买橙子，这不浪费吗？"

"没敢说。"老妈又去厨房端菜了，"怕你一别扭不回来了。"

萧刻咬了口饼，外皮特别脆，很香，就是有点儿烫嘴，他笑着呼气，有点儿无奈："我小孩儿啊？"

徐大夫笑着给他递了双筷子："嗯，吃吧大孩儿。你爸多烦人，那么多水果他不吃，非要吃橙子。他才跟个孩子似的，作妖儿。"

萧刻笑着看看他爸："吃呗，想吃什么吃什么，惯着我们萧老师。"

老萧还是笑眯眯的，这人天生一副笑面，看着很和蔼，他学生以前都不怎么怕他。

徐大夫不光给做了馅饼，还做了排骨和鱼，还给炒了西蓝花。萧刻吃了很多，很给面子。

吃过饭，老萧给切了个果盘，摆茶几上。老萧近来生活很有情调，猕猴桃和苹果都得切成匀称的花形。萧刻没动，歪在沙发上犯懒。

徐大夫收拾完了走出来，看了一眼茶几上的水果，回厨房给萧刻切了个橙子，小小一盘端出来："吃吧。"

萧刻冲她一笑，说了一声"谢徐女士"，捡起一块吃了。

徐大夫叹了口气，摸了一把他的头发，说："还说不是小孩儿。"

"这怎么了？你也想吃橙子了？"老萧也凑过来拿了一块吃，"我切的怎么不吃？"

徐大夫看他一眼，说："你切的不是他买的。"

"我哪分得清什么都是谁买的？要求太高了，挑刺儿。"老萧摇了摇头，自己切的水果自己吃。

萧刻淡淡一笑，他不是只能吃他自己买的，是他不能吃林安买的。这很别扭，他爸妈可以吃，他不想吃。

"小林找过你了吧？"老妈开了电视，问了他一句。

"嗯？"这话问得有点儿突然，萧刻本来专心致志地吃橙子，这么一问，橙子汁溅了他一下巴，"没。"

徐大夫给他抽了张纸递过来："我看那意思还以为林安找过你了。"

萧刻扔了橙子皮，擦了擦手："说什么了？"

"话里话外都过意不去的意思。"

萧刻低着头，保持着胳膊挂着膝盖的姿势没动，过了一会儿才"哧"的一声笑了，说："以后林安再说，告诉林安往前看……没有回头路了，就别总回头。"

萧刻又在家坐了会儿，然后开车回了自己那儿。路上得走一段高架，也要走段隧道，隧道里不让变道，只能照直往前开。

人生就是这样的，只能一直向前。

高速路上下来再拐个弯就到他家了，萧刻却突然停在路边，掏出手机给周罪打了个电话。

响了四五声，周罪接了起来："喂？"

萧刻笑着问他："我打扰你休息了吗？"

周罪说："没有，还在店里。"

萧刻看了一眼时间，十点半了。他有点儿惊讶："还没回？"

"嗯，加个班。"周罪问他，"怎么了？"

"没，就是突然很想跟你聊聊。"萧刻靠在后座上，长长地舒了口气，"还有多久休息啊你？"

周罪可能是看了一眼时间，然后说："再过半个小时吧。"

"那你忙。"萧刻手指在手机上无意识地搓了搓，"我没什么事儿，就闲的。"

"哎，我不累！"电话那头突然传来陆小北的声音，"你俩可以接着聊，我给你举着电话，聊吧！"

周罪没出声，萧刻一听就能想出那画面，周罪文身肯定戴着手套，上面脏兮兮，都是颜料，陆小北给他举着电话。让人这么一打趣，萧刻反倒笑了，跟陆小北说："不聊了，聊什么你都能听见。"

"换我我能跟你聊一宿，那就没我大哥什么事儿了。"陆小北突然笑出驴叫声，大晚上在电话里听着很神经，"北哥就爱聊天。"

"算了，不欺负小孩儿，挂了。"萧刻这会儿心情变得很放松，一个电话能起这么大作用，这很神奇。

挂了电话，萧刻又坐了会儿才开车回去，在回去这短短的一路上都被刚才陆小北的笑声"驴音贯耳"，导致他自己也带着点笑。

其实他不知道电话那边陆小北出声打趣是有原因的。

周罪这人干活儿的时候没有接电话的习惯，很不方便，所以电话基本都是陆小北接。私人号码很少响，如果响了，陆小北就直接开免提。

这次电话在兜里响了，陆小北走过来从他兜里摸出手机，周罪看了一眼，上面显示"萧刻"。

陆小北手指一滑接通了，刚要开免提，周罪抬头看了他一眼，然后抬了抬肩膀，示意送过来自己接。

那天晚上，陆小北给萧刻发微信：萧哥。

他发过来的时候，萧刻还没睡着，回他：怎么了？

陆小北：萧哥，我认真的。

陆小北：真的。我谢谢你。

萧刻挑了挑眉，打了好几句不同的问话，想了想又都删了。

萧刻这两门课是他们学院最早考试的那一批，基本十二月过个几天就要把试卷准备好了。萧刻不是爱难为学生的那种老师，平时成绩给到百分之四十。作业只要都跟着交，上课抽查点名的几次没有缺勤，平时成绩满分的话基本都能过。

虽然试卷没有很简单，但是平时成绩占四十分都不过也是有点儿过分了。

小班长发微信向他打探情况，委婉地问能不能透露重点。

萧刻让他们好好复习，不给画重点。

小班长非常悲伤地发了一条：通融通融吧，萧帅，书太厚了，我们一点头绪都没有，这得从哪儿开始复习？我背着全班给的任务来的，不问出点东西来我没法交代了。

萧刻回复他：那这样吧，画重点可以，平时成绩压到二十分，你们考虑考虑。

小班长立即说：不了，萧老师，不要重点了，四十分很OK。

萧刻给他回复了个"OK"的表情。

过了会儿，小班长又问：上次拿的药你吃了吗？我过几天再给你拿点儿。

萧刻看着这条短信，想了想回复他：心意领了，药就别拿了。直接把联系方式给我吧。

那药其实萧刻一次都没吃，他实在吃不了中药丸子，要人命了。一兜药丸，他直接拿回去给老萧了，老萧不怕苦，还挺爱吃。

小班长倒也没再坚持，直接发给他一个号码。萧刻存了，打算等这些吃完再给老萧买一些，据徐大夫说效果还不错。

萧刻收起手机，继续琢磨着试卷的难度。其实他都看好几遍了，最后又顺了一遍觉得没问题，给教导主任发了过去。他这学期还有两周的课就完事儿了，考完试，他基本也就是半放假状态。

除了还有个案例研讨要跟以外，他这个冬天基本没什么别的事儿了。

以往萧刻对上班还是放假没太大感觉，但现在不一样了，还挺期待放假的。

萧刻收拾东西准备下班,突然收到一条微信。竟然是蒋涛,他们加了好友还没联系过,聊天界面里除了好友认证,这是第一条消息。

蒋涛:萧老师,是你给订的按摩椅吗?我妈说特别舒服。让你破费了,萧老师,谢谢。

萧刻回他:这么说就生分了,阿姨用着舒服就行。

蒋涛说:那我就不说谢了,以后有用得着我的地方说说。

萧刻笑了一下回他:放心吧,肯定不跟你客气。

蒋涛是个老实人,说话一板一眼的,不像方禧和老曹他们那么自来熟。但是萧刻对他印象很好,山里出来的孩子,身上那股淳朴味儿一直都在。

那个按摩椅花了萧刻一万元出头,跟他给老萧和徐大夫买的是同一款。方禧藏了两万块钱让人直接退了回来,萧刻这按摩椅无论如何不会退回来,长辈用着也的确好,很窝心。他不是那个朋友圈里的人,他是周罪带过去的一个外人,他其实是在替周罪还人情。萧刻心里清楚,周罪也明白。

萧刻现在到了周末就不可能不往周罪那儿跑,心里一直惦记着找周罪玩儿呢,得着空了肯定要去。这周去之前,萧刻还特意绕了趟路,自己去花店把花取了。这天花店给他配的花非常小清新,香槟色配白色,很清新,也很青春,萧刻拿到手里的时候,都觉得自己好像刚十八岁。

徐雯正在前厅给人免费做美甲,看见萧刻进来,笑着打招呼:"嘿。"

"上午好。"萧刻也跟她招呼了一声。

徐雯腾出手来往里面指了指,小声说:"老大在呢,在工作,今天他开工早。"

萧刻点了点头往里面走。

他一进来就看见了周罪，周罪在二楼靠着栏杆那里给人做文身，文的是后肩。周罪是侧身坐的，很专注，萧刻走进来，周罪也没看见。

萧刻在楼下站了挺久，就一直抬头看着工作中的周罪。

认真工作的男人最有魅力，这句话已经被人说烂了。但这会儿萧刻是真的觉得这话有道理。那么专注的周罪，他的每一个动作，每一个眼神，他胳膊绷起的肌肉，他线条冷硬的下巴，任谁看都会觉得很专业，很有魅力。

"周哥，有点儿疼了。"坐在周罪前面的是个壮汉，寸头，穿得倒挺潮的，一看就是个时尚的胖子。

周罪没回应，弄完那一个小色块才停了手，问他："受不了了？歇会儿？"

"没事儿，能挺住，就刚才那儿特别闹心。"壮汉是反着坐的椅子，这样他胳膊能架在椅背上。

周罪调了一下色料，眼睛看图的时候扫到了楼下的萧刻。就是不经意的一眼，楼下本来也总有人，没当回事儿，他刚要继续下手，却突然顿了一下。他转过头往楼下看，萧刻正单手抱着花半倚在沙发边笑着看他。

周罪愣了有好几秒，才开口说："怎么不出个声？"

"我看你太认真了，没敢打扰。"萧刻举起手里的花晃了晃，"周老师，花到了。"

陆小北本来在楼下一个屋里给人做文身，听见萧刻说话，在里头喊了一嗓子："花神来了啊？"

"啊，干你的活儿吧。"萧刻也扬着声音说，"不是来找你的。"

萧刻听见陆小北笑着骂了一句。

他拿着花上了楼，周罪的线圈机嗡嗡作响。萧刻抱着花站在旁边，周罪手上停了一下，用脚钩了个凳子甩到旁边，侧了侧下巴："坐。"

萧刻于是就坐在旁边安静地看着。

他今天在做的应该是头鹰，线是断断续续的，萧刻也是猜的。周罪的图不都是满线的，有的图甚至没有勾线的过程，直接扫色做雾面。今天这图，萧刻只能看出个翅膀的骨架，看着像翅膀，但看多了也像人的蝴蝶骨。

前面的壮汉估计是有点儿疼了，龇牙咧嘴，很狰狞。萧刻看着有点儿想笑，但也不好笑出声来。

"花放下吧。"萧刻还在一边盯着图琢磨呢，周罪突然出了声。

萧刻看向他，勾了勾嘴角："没事儿，抱着吧，不然等会儿直接进水桶了。"

壮汉听见了，笑了一声。

周罪有点儿无奈："别闹了，萧老师。"

萧刻于是点点头，答应得很痛快："行，好的。"

就这么坐在旁边安静地看他干活儿，看着图在他手下变得渐渐清晰完整，这个过程，萧刻觉得很享受，也很神奇。每隔一会儿他就能感受到周罪扬名在外不是没道理的，技术是真的过硬，厉害。最后轮廓出来，看得出是个人头蝙蝠，翅膀里有人骨，乍一看有点儿恐怖。

"累吗？那边有大点的椅子。"周罪侧过头说。

萧刻摇了一下头："不累，不用管我。"

前面坐着的那壮汉倒是挺累的，隔一会儿就得小幅度换个姿势。他前面架子上摆了一堆小零食和饮料，徐雯过会儿就上来问问他想不想吃什么，渴不渴。她也问了周罪两遍，周罪都摇头。

萧刻后来放下了花，去给周罪倒了杯水。打从他坐这儿就没见周罪动过，水也没喝过。

"喝水。"萧刻把水杯递到他旁边，周罪没接，摇了一下头说："不用。"

萧刻没拿走，说："喝，你嘴都干了。"

周罪抬头看他一眼，没说话，摘了手套把水喝了，把杯子放回萧刻手里，然后又换了副手套，挤了点消毒液搓了搓。

"啧，"楼下突然响起陆小北的声音，他抬头看着萧刻说，"挺懂事啊，萧哥。"

萧刻问陆小北："你活儿干完了？"

"嗯，完事儿了。我送我客户回来，一抬头正好看见你送关怀呢。"陆小北说。

周罪头都没抬，清了清嗓，说了一句："闭嘴，画你的图。"

陆小北撇了撇嘴，出去往前厅走了。

前厅里徐雯还在给一个小姑娘做美甲，小姑娘小声地问徐雯："里边……是周老板的朋友啊？好帅啊……"

外面说话其实里面听得见，只不过声音小有些话听不清。萧刻只笑不说话。周罪低头干活不抬头，也不知道是听见了还是没听见。

一直到这儿都是挺完美的一天，萧刻刚刚点了好多菜打算等会儿请周罪吃大餐，还琢磨着用不用再加两瓶酒。

结果思路一下子让陆小北给打断了。

陆小北的声音听起来很愤怒："你来干什么？赶紧滚，滚慢了，北爷给你加速。"

对方的声音很难听，像是声带上割了个口子，沙哑刺耳。这人笑了一声说："不找你，我找周罪。"

那人说他找周罪，陆小北当时就冷笑了一声，说："周罪你想找就找？没有预约你找不着周罪，来，我给你排排档期。"

那人的嗓音听起来实在是让人不舒服，萧刻皱了一下眉，听见他说："我倒是不想找他，但是有人给我托梦了，让我找他说几句话。让开吧，弟弟，还是你觉得你能拦住我？"

"你还是滚吧。"陆小北说,"谁让你传话你让他直接来。他不能托梦吗?托呗,直接给我大哥托。"

那人笑得很夸张,快笑断气了似的。笑完了,那人边咳嗽边说:"你以为他没有呢?你当你那可怜见儿的大哥真梦不着他?"

萧刻下意识地看向周罪,周罪依然在低头上色,手很稳,动作没有一丝异样,还跟前面的人说:"挺住别动,线细怕抖。"

前面的壮汉倒是挺配合,趴那儿不动了,就是一直在"咝咝"地吸气,问:"还得多长时间?"

周罪说:"三个多小时吧。"

"那歇会儿。"壮汉脑门上一层汗,抽了张纸慢慢抬着胳膊擦额头,"我屁股快坐平了。"

"嗯,等我弄完这儿。"周罪答了一声。

外面陆小北还在撵那人走,周罪就跟听不见似的,脸上表情没变过。

"好久不见啊,周罪。"声音在楼下客厅响起来,周罪依然没转头去看。萧刻倒是看了过去,然后非常惊讶,因为听着那个声音,他以为这人的长相估计会很丑。然而并没有,那是一张非常过得去的脸。

这么冷眼看过去还挺帅的,年龄估计得三十大几了。

"我就愿意看你文身。"这人笑着说,找了张椅子搬过来坐下了,仰着头往上看,"特别好看。"

回应他的只有文身机的嗡嗡声。

他这两句话说得萧刻挺纳闷儿,普通关系不应该这么说话啊。他又仔细看了看,那人视线一直停在周罪身上,眼睛都不转的。他的眼神让萧刻不自觉地就想皱眉,不知道怎么形容,总之看着很难受,不舒服。

整个空间里都没人再说话了,楼下另外一个文身师送走客户之后也走了,走前连招呼都没打,实在是这会儿的气氛太压抑了,感觉说什么都很突兀。

周罪一直弄完了半边翅膀才停了手,摘了手套拍了拍前边人的胳膊:"歇会儿吧。"

"嗯,我歇歇。你也赶紧处理一下你的事儿吧,周哥,这还挺热闹。"这人立刻站了起来,一个姿势保持的久了腰有点儿受不了,一条胳膊扶着腰去了厕所。都憋好一会儿了,再不歇,他也真受不了了。

周罪也站了起来,他倒是没扶腰,但是抬手捏了捏脖子,微微仰了仰头。

萧刻光看着他文都觉得累,更别提周罪保持一个姿势好多个小时。萧刻说:"要不要按摩一下?"

"不用,没事儿。"周罪甩了甩胳膊,平静地说,"习惯了。"

"这人谁啊?"楼下的人沉着一张脸,死死盯着萧刻。一双桃花眼本来应该很温柔的,因为眼神太阴沉了,倒显得有些凶。

萧刻看了他一眼,抬了一下手:"哈啰,萧刻。您贵姓?"

"你谁?"这人不回答他的问题,眼神落在他身上,萧刻感觉都快把他烧俩窟窿了。

萧刻勾了勾嘴角:"我不说了吗?萧刻。"

"你跟周罪什么关系?"这人视线在萧刻和周罪脸上转,最后定在周罪脸上,用他粗哑的声音逼问:"他是什么人?"

萧刻刚要再说话,周罪在后面碰了一下他的胳膊。萧刻一顿,周罪出了声,没说别的,只是低低地叫了一声:"萧老师。"

萧刻于是把要说的话咽了回去。

楼下那个人已经顺着水泥楼梯上来了,直奔他们这边,马上要挨上的时候,周罪踢了一下凳子,磕在了他腿上,这人才站住了。

"站那儿吧。"周罪淡淡地说。

"新朋友?"他的眼睛里有血丝,离近了看更吓人。

陆小北从前厅拿了外卖进来,萧刻点的餐送到了,满满一大箱子。陆小北在底下喊:"你传话还没传完?传完就赶紧滚,我们要吃饭了。"

他说完,冲萧刻招了招手:"萧哥,吃饭!"

"哎,来了。"萧刻应了一声,绕过椅子要往楼下走。他没打算掺和周罪和这人的事儿,他现在还没立场跟着掺和。

"我说他怎么给我托梦呢……"这人眼里血丝很多,说完,一把抓住了走过他身边的萧刻。萧刻没想到他能突然伸手,让他抓住了小臂。他抓着萧刻胳膊的手很用力,抠得萧刻有点儿疼。

周罪立刻说:"松开。"

"你心里不虚吗,周罪?"这人斜眼看过去,盯着周罪的眼睛,"你敢让你这位新朋友留在这儿听听吗?"

陆小北在底下骂了一句,说道:"虚个灯笼,别在这儿乱咬了,有话就赶紧说,说完滚!"

周罪之前一直挺淡定的,这会儿也沉下脸。他用力踢了一下凳子,狠狠撞在了这人膝盖上,挺响的一声,听着就挺疼。周罪声音很冷:"让你松手。"

这人还没动,周罪把椅子踢开了,走过来要抓那人的胳膊。萧刻没让他碰着,说了声"没事儿"之后迅速一扬胳膊,反手捏住那人肩膀,那人一吃痛就松了手。萧刻揉了揉胳膊,说:"劲儿不小。"

萧刻冲周罪笑了一下,然后直接下了楼找陆小北吃饭去了。他没兴趣再多听,说实话,跟周罪相关的事儿他都很想知道,但不屑于以这种方式,以一个乱入的旁观者的身份接收这些。他如果想知道,得是周罪跟他讲,不然他不稀罕打探周罪的过去。

吃饭的时候,萧刻一句都没问。虽然问了,陆小北也没打算说,但是萧刻一点儿都不问，这也让陆小北有点儿摸不着头脑。萧刻吃完饭就走了，走的时候没打招呼，因为他抬头没在楼上看见周罪。

虽然今天这事儿跟他没什么关系，但是不影响心情是不可能的。那个声音难听、长相不错的帅哥不知道跟周罪是怎么个关系，他说的几句话信息量都挺大的，萧刻一时间还捋不清。反正也没细想，没有意义，他想得再多也不一定是对的。

那晚睡前很难得地收到了周罪的消息，萧刻点开看，周罪发了一条：萧老师，今天抱歉。

萧刻很快地回复他：怎么就抱歉了？没什么事儿啊。

周罪那头"正在输入"显示了半天，萧刻一直在等，最后只有短短一句话：早点休息。

萧刻抿着唇看着屏幕，后来给回了个"晚安"的表情。

这事儿好像没什么影响，萧刻也不算放在心上，但他后面两周都没去过店里。

"完了，"陆小北一边画图给自己填充待选图库，一边说，"好不容易来了个好人，这又给折腾退了。"

徐雯在一边看他画图，一边偷偷看了一眼给别人做文身的周罪，没敢接话。

"那傻帽儿跟个神经病偏执狂似的，眼珠子一瞪通红的，啥好人不得让他硌硬走。"陆小北想起这事儿就堵得慌，"丧门星似的。"

周罪永远都是那副冷淡的样子，就像听不见他嘟囔一样。

"萧哥这几天联系你了吗？"陆小北看着周罪问。

周罪还是没抬头没出声，但是好像轻轻摇了一下头。

徐雯瞪大了眼睛跟陆小北对视一眼，张了张嘴，对周罪的回应表示惊讶。陆小北更上火了，皱着眉又说："这是真完了，又变回没人待见的老孤狼了。"

文身的客户"扑哧"一声就笑了,她是个挺开朗的姑娘,笑着说:"别闹了好吗?抢破头也抢不着啊,真没人待见我接了啊!"

陆小北说:"稀罕你就拿去吧。"

姑娘抬头看看周罪,说:"大叔考虑小可爱吗?"

周罪一点表情都没给,摇了摇头,只给了句:"胳膊别动。"

"你看,没戏。"姑娘笑嘻嘻地说,"估计我没戏,不挣扎了。"

陆小北很快画完三张小图,拿过去给周罪看,周罪扫了几眼说:"一般,太套路了。别沉在个人风格里,个人风格这东西就是个套子。"

"嗯,我等会儿再改改。"陆小北在这方面从来不顶嘴,很虚心。他跟周罪太多年了,身上本事都是周罪教的。周罪只有这么一个徒弟,年头多了,相处起来没点师徒的样子。

陆小北还惦记着萧刻一直不来的事儿,想了想还是拿出手机给萧刻发了条消息:萧哥,你再不来,你"爱豆"让迷妹收了啊。到时候你别说北北没提前告诉你不够意思。

陆小北等了半天没等到回音,心都凉了:"完犊子了。"

周罪抬眼看他,陆小北说:"没回消息。"

周罪看起来心里没波没澜似的,又低着头去勾线了。陆小北心说:老周,你就装,方禧他们说你闷葫芦都活该,说得好,说得轻。

萧刻开了将近三个小时的会,从会议室出来感觉眼前都一阵阵发黑,今天外面天有点儿阴,会议室灯光强烈了,晃得眼睛疼。手机他一直静音着,开会中间振了几次,回到办公室,萧刻一一点开看,看到陆小北那条的时候一下子乐了。

他回复陆小北:刚开会了。啧,又有人惦记我"爱豆"了?

他回这条的时候,陆小北已经去给人做文身了,没看到消息。周罪拆了花准备扔进水桶,只不过扔进去之前还摘了几片不那么精神的叶子。陆小北看见了,"扑哧"一声就笑了出来。他一笑,前面姑娘吓得一哆嗦,紧张得肩膀都绷起来了。

"没事儿,别紧张。"陆小北出声安抚了一下,"我就笑一下,你吓成这样干什么?"

"你笑得太突然了,我没个准备。"小姑娘也有点儿不好意思,半躺在那儿看手机。

"那咋办?我笑之前还先打个招呼?"陆小北戴着口罩,只露双眼睛,眼睛上边一个泛青的光头,但不难看,整个人看起来还挺酷的。小姑娘文的是脚踝,挺简单的一个小图,趴着睡觉的一只小猫咪,带着天使翅膀和光环的。这种小图对陆小北来说转印都用不着,直接上手,个把小时就完事儿了。

小姑娘说:"不用,我自己稳定一下。"

陆小北一边低头干活一边跟周罪说:"大哥,你能不能把那些花整理一下,前面那几桶有的都烂了,要不都扔了得了。"

周罪没理他,走一边看了看最开始那几桶花。时间的确很久了,有的花都烂得不成样子了。周罪把这几桶都收拾了,但临了还是挑出了一些还没枯得太彻底的又捡了回来。陆小北用眼神偷着瞄他,看他抽出那些还可以的花放在一边,笑着"喷"了两声。

可惜了,萧刻没在,萧刻要看见这场面估计内心得挺感动。不过他要在这儿也不可能看见,周罪怎么可能当着他的面摆弄那些花?

"这周末林哥那客户你抽一天给做完吧,上次没弄完。"可爱小猫咪实在不费劲儿,陆小北边弄边跟周罪说话,"然后周末你还有个黑灰花臂,就遮疤那个,图我跟他敲过了,没问题。本来可以调到别的时间,不然萧哥来了你一直文身还怪没意思的。但是现在也没戏了,人家萧哥不稀罕来了,你就干活儿吧,我约完了。"

陆小北这孩崽子有时候说话很欠,周罪懒得理他。烂花收拾出两桶，拎出去倒了。

周罪出去了，小姑娘从手机上抬起眼，小声问陆小北："这是你们老板吧？"

"对，老板。"陆小北问她："怎么？"

"你这么说话不怕得罪老板吗？"她往门口看了看，笑着问，"生气了扣你工资吗？"

"扣呗，"陆小北换了个手拿机器，扯了扯口罩，戴久了，有点儿闷，"都给他也无所谓，我的就是他的。"

小姑娘顿时笑了，还轻轻挑起了眉。陆小北知道她在想什么，过来文身的姑娘都是站在潮流前线的。

"别乱脑补啊，美女，"陆小北用力晃了几下脑袋，"没那回事儿。"

周罪扔完垃圾回来，陆小北说："这闷嘴儿葫芦还不得憋死我！"

小姑娘抿嘴笑了，周罪看了看他们俩，上楼去画画了。

周罪其实挺想跟萧刻说点什么，上次汤亚维当着萧刻面闹了那么一出，很不好看，也不太礼貌。但是周罪又不知道自己开了口能说什么，说了声"抱歉"之后就接不下去了。

萧老师是个特别好的人，任何方面都是。

萧刻有时候很贴他大学老师的身份，知性懂礼，有同理心，永远不让人尴尬难堪，相处起来很舒服。但有时候也像个年轻的大男孩儿，还有冲动和热情，眼睛里热烈纯粹。一个成熟的脑子和一颗年轻的心，这个组合很奇妙，也非常完美。

这么好的一个人让人没法随便应付，而且萧刻脑筋活络也不可能让人应付过去。

周罪拿起手机，打开跟萧刻的聊天界面，键盘弹出来半天了他还是按不下去，犹豫了挺久还是放下了。手机扔在旁边，拿起了画笔。

——算了。有些人应该一直活在光里。

转眼就圣诞节，萧刻不是不想去店里，十二月他那两门课都期末考了，考完批卷子传成绩，加上学校里一些乱七八糟的事儿，导致他这段时间非常忙。不过忙过这一段儿他就闲了，所以每天工作的时候劲头还挺足。

圣诞节他是一定要去找周罪的，也提前备好了礼物。他给周罪定做了条皮带，老皮匠纯手工做出来的，很贵，老皮匠也很难约。萧刻也是觍着脸借他家老萧的关系一用，走了个后门让人给提前赶了出来，只等着圣诞节去送。圣诞很重要，不只是因为过节，还因为那天是周罪生日。

差不多两个月以前，陆小北说过周罪再有俩月就三十六岁了，萧刻心里记了一笔，后来是问徐雯给问出来的。说他们老大生日很好记，是圣诞节那天。

自上回遇见那人从店里回去那天一直到现在，萧刻没联系过周罪，只在周罪有一天发了条朋友圈的时候点了个赞。还是发的新图，很抽象，但是很酷。

本来前一天凌晨他就想发个生日祝福来着，但想了想还是没发，感觉还是不给提示直接过去更好点儿。只不过萧刻没想到他竟然扑了个空，下午他过去的时候，周罪压根儿没在。

徐雯看见他进来很激动，跟他打招呼："你好久没来啦萧哥。"

"嗯，我最近有点儿忙，学校事儿多。"萧刻冲她笑了一下，给了她一个盒子，里面装的是块蛋糕，他学校旁边烘焙店里的圣诞款。

"我的天，给我的啊？"女孩子拒绝不了漂亮的甜品，本来对萧刻的好感度已经很高了，这会儿整整又升了两级。

"不然呢？这儿就你一个小姑娘。"萧刻笑了笑，"周罪在吗？"

"哎，老大没在，"徐雯看了看表，"都走一个小时了，他好像跟朋友出去吃饭了。"

萧刻眨了眨眼，一时间不知道该说点什么。

"我萧哥来了？"陆小北听见声音从里面蹿出来，撞了撞萧刻，"北北想死你了。"

"别抽风，"萧刻脸上有点儿嫌弃，把手上拎的两大盒小龙虾递给他，特意去给他买的，"微波炉热热，你们一起吃吧，估计凉了。你大哥晚上还回来吗？"

"你是我亲哥。"陆小北接过小龙虾跑进去给另外一个文身师，让他去热，然后又出来了，跟萧刻说，"他估计不回了，他跟方禧他们出去的，那得喝，不知道得到什么时候了。"

萧刻有些无奈地笑了笑，点头说："那行吧，那我走了，圣诞快乐吧，我明儿再来。"

陆小北本来要扯他胳膊，估计想拦一下，但想了想又缩回去了，说："那你走吧，明天见。"

萧刻于是进店里十分钟没到就又走了。

他一边走一边感叹自己自信过头了，没想到周罪能不在店里，早知道不如昨晚提前说一声了，礼物都没送出去。

这几年圣诞气氛越来越浓，满大街都花花绿绿的，特别热闹。萧刻慢悠悠往回开着，昨天夜里下了雪，路边有清扫过的雪堆，好多门店都各自堆了雪人摆在门口，各式各样的，很可爱。

萧刻收到了一条陌生号码发来的短信，红灯的时候他看了一眼，上面没多说什么，只有一句"圣诞快乐"。

萧刻锁了屏，没回。

手机刚放在一边就响了起来。萧刻看了一眼，屏幕上显示"周"，他拿起手机接通了电话。

电话那边很吵，周罪还没出声，萧刻声音里带着令人舒适的笑意说："周先生，圣诞快乐，生日快乐。"

周罪说谢谢，之后停顿了一下，才慢慢地开了口，低声问："萧老师，来吃饭吗？都是你见过的人。"

周罪从进了那间包厢开始就没得着消停。还是上回爬山那拨人，一个都没落，周罪进去的时候，他们全坐在包厢里已经吃上了。

数他来得晚，一进来，话还没说，就被灌了杯酒。喝下去一杯才听见老曹问："你自己来的？萧刻呢？"

周罪脱了外套递给服务生，在椅子上坐下，说："没来。"

"早说啊！"老曹不干了，说，"早说萧刻不来我也不来了，认识八百年了，谁还惦记给你过生日啊！"

"没来？"方禧坐到老曹旁边，也问周罪，"那不行啊，那你得找。"

"找吧，"说这话的是程宁，他们现在吃饭的地方就是他开的酒店，也跟着附和说，"我找个人过去接一下也行。"

"你赶紧找！"老曹敲了敲杯子，"你到底咋回事儿？"

老曹常年这么欠，没人拿他当回事儿。方禧说："打电话啊，你不打我打了！"

周罪有一段时间没跟萧刻联系过了，摇了摇头说："算了。"

"怎么就算了啊？"方禧问。

周罪脸上淡淡的，拿杯子倒了杯茶抿了一口："我自己都没活明白，不是一类人，还是离人远一些。"

方禧和林轩对视一眼，方禧说："说的什么鬼话！有什么活不明白的？谁有你明白？你是自己不想出来。"

周罪笑了一声，吃了口东西，没说话。

老曹在一边接了过去："哎，老周，你别说，我一直就觉得你俩合不来，属性冲上了。"

"什么属性？"蒋涛出声问了句，"五行啊？还是星座啊？你还会看这个呢？"

老朱坐他旁边，说："圆儿的意思是人俩都太爷们儿了，又都轴，有点儿啥事儿谁也不让谁。"

一帮人说了半天，最后话又收了回来。方禧撞了撞周罪胳膊，竖了个拇指："我看人没看错眼过，萧老师人品真没得说。"

周罪还是不出声地吃东西。他比谁都知道那是个好人。

后来周罪摇了摇头，刚要说话，手机在兜里响了。是陆小北，周罪接了起来。

"哎，大哥！"陆小北蹲在椅子上跟他喊，"刚我萧哥来过了，你没在，就又走了！"

周罪挑起眉问他："什么时候？"

"就刚才！"陆小北还在喊着，"刚出去没一分钟呢！"

"行，我知道了。"周罪说完挂了电话。

周罪挂完电话之后，方禧还要说话，周罪突然打断他，说："我打个电话。"说完周罪就站起来走了出去，还带上了门。

萧刻电话接得很快，电话接通后他声音带笑说着祝福。那一瞬间，周罪无法否认他的心是温热的。

萧刻是半个小时之后来的，被服务生带进来，他一进来，包间里的人没心理准备，都愣了一下，随后一哄而上地跟他打招呼，非常热情。不过最热情的还得数曹圆。

萧刻本来就是准备给周罪过生日的，肯定是打扮过的。头发抓了个很帅的发型，穿了件黑色呢子大衣，里面一件烟灰色高领毛衣。萧刻身高一米八出头，肩宽腿长，风衣穿在身上很英俊帅气，也比平时看着成熟。

曹圆坐的位置是"菜口"，身边还有个空位，他扯着萧刻胳膊，拉了过来:"来,萧刻,坐我这儿。"

"行。"萧刻笑着坐下了,往周罪那边看了一眼,周罪也正看着他,俩人对视一眼,周罪冲他点了一下头,萧刻加深了脸上的笑意,眼睛弯起来的弧度很好看。这人的确是帅,每一处都好看,连下巴尖儿都是英俊的。

程宁叫服务生又给加了几道菜,等别人注意力没都放在自己身上的时候,萧刻歪了歪头,用口型小声对周罪说:"生日快乐啊,最酷的周先生。"

周罪也笑了,眉眼都是柔和的。他拿起桌子上自己的酒杯,朝萧刻晃了晃,然后低头抿了一口。

那晚萧刻喝了不少,酒桌上气氛一直是热烈的,萧刻喝多了酒不是话少的人,男人喝酒的话题只有固定那么几个——段子和层出不穷的牛皮。萧刻不怕说段子,他们说什么他都接得住。至于吹牛这事儿他是真不擅长,只能听不能参与了。

他和周罪之间依然是没太多交流,周罪不爱说话,萧刻比他活泛得多。酒桌上看着反倒像他才是这个群体的,周罪才是他带过来的外人。但是两人之间也一直有一种隐形的牵引,气场是合的,就算他们不说话,也始终是有关联的。

吃过饭自然得去唱歌,从酒店后门直接就能去唱K区。那边提前就留了包厢,里面东西都摆好了。萧刻一进去先吃了片西瓜,喝酒喝得嗓子发紧,烧得慌。

"酒就别喝了。"周罪坐在他旁边,跟他说了一句。

"嗯,不喝了,"萧刻转头看他,笑了笑,"我来唱歌的。"

喝酒,其实萧刻喝不过这帮人,但唱歌就不一样了,这是他的主场,而且他也的确很想唱几首歌。

"萧刻唱两首?"方禧站在点歌器旁边问他。

萧刻摇了摇头:"你们唱吧,我歇会儿。"

他们这些人里唱歌最好听的是老曹,是真的不错。其他人反正也还行,周罪、蒋涛完全不唱,老朱、方禧、林轩就是普普通通,也不算很难听。

萧刻一直在周罪身边吃水果,一个果盘都快让他吃没了。

周罪问他:"胃还行?"

"没事儿,挺好的,"萧刻把最后一块瓜吃了,"没疼。"

"嗯。"周罪点了一下头。

萧刻抽了张纸擦了擦嘴,又擦了擦手。他站了起来,低头对周罪说:"听萧爷给你唱个歌儿。"

萧刻酒也喝了不少,酒精让他更能放开。他先把混音几乎全关了,然后拿着麦克风说:"这两首歌送给今天的寿星周先生。"

萧刻唱的都是英文歌,没唱中文的,他不想别人都能听懂的。基本上他刚张嘴唱两句就足够让屋里这些人惊为天人了,萧刻唱歌在普通人群里是能够秒杀一切的,以前方奇妙还说过,他要是有天不想当老师了去酒吧唱歌也一样可以混。

几首歌唱下来,虽然在座的人基本都没听懂,但这不妨碍他们听得出萧刻唱歌好听。一群人很夸张地鼓掌,方禧说:"是真好听,就是听不懂,萧刻,再来首中文的吧。"

"没想让你们听懂。"萧刻笑着关了麦。

第二首还是英文歌,这首歌旋律轻快很多,是首对唱,萧刻一个人唱。

又是喝酒又是唱歌,到最后,萧刻的嗓子已经哑了。他用喑哑的嗓音,对周罪说——

"这是我今天第三次说了。周先生,生日快乐。"

第五章

CHAPTER

FIVE

这一晚过得很漫长，也很踏实。萧刻喝了不少酒，最后是叫了代驾回去的。冲了个澡躺在床上，萧刻闭着眼，这一晚过完是真的踏实了。

萧老师第二天一早就去了店里，他以为自己去得挺早了，但是他去的时候，周罪和另外一个文身师已经在工作了。

"早上好，萧哥。"小哥儿跟他打了声招呼，其实到现在萧刻都不知道这个小哥儿叫什么，在这儿他也就跟陆小北熟一些。萧刻抬了一下手："早上好啊。"

萧刻说完抬头冲二楼也喊了一声："周老板，早上好！"

周罪还坐在栏杆那里，低头看他，也淡淡地笑了一下："好。"

"我还没吃饭呢，你们吃没吃呢？"萧刻问。

"吃过了。"周罪手上动作暂时停了一下，低头跟他说，"旁边有家早餐，你去吧。"

萧刻没去，拎着他的纸袋上了二楼。周罪今天给人文的是满腿，文身的哥们儿上身穿着毛衣，下身只穿了条短裤，半条腿上盖了条毯子。

"昨晚直接回家了，礼物还没给你，"萧刻把袋子放在小桌子上，跟周罪说，"放这儿了。"

"嗯。"周罪看了一眼，笑了一下说，"谢了，萧老师。"

"客气了。"萧刻笑了笑，坐在沙发椅上，找了个很惬意的姿势，他现在发现听着周罪文身机的嗡嗡声都特别习惯,心里很平静。

萧刻点餐的时候问周罪:"小北上午来吗?"

"来。"周罪一边勾线一边回答他,"他有客户。"

于是萧刻额外又多点了些,陆小北来的时候正好跟外卖小哥儿遇上了,他直接给拎进来了。

"谁啊一早上这么能吃,喂猪啊?"陆小北喊着问。

萧刻人在二楼沙发上靠着,陆小北看不见,只能听见他说:"我和你,俩猪。"

"啊,萧哥?"陆小北嘿嘿乐了两声,把袋子拎上来了,"正好我没吃呢,我起晚了。"

俩人在沙发上围着茶几吃东西,周罪在那边嗡嗡地给别人文身,气氛还挺和谐。

"我这个疤能遮住吧大哥?"文身的哥们儿问周罪。

周罪点头:"能。"

"肯定看不出来哈?"他又问。

"不趴你腿上瞅肯定看不出来,趴那儿也不一定能看出来。"陆小北边吃边插了句嘴。

"那就行,我就是要遮这个疤。"这兄弟以一个非常妖娆的姿势躺在那儿,估计一直分着腿也挺累的,主动找人聊天分散注意力,"这疤可给我坏好多事儿了,到现在干点什么的时候我都不敢开灯!人家一看我这腿都吓跑了。"

"文完更吓跑了,黑乎乎一条腿。"陆小北说。

"那不一样,这不是艺术嘛!"哥们儿拍了拍自己的腿,"小时候我们家烧炉子,一个炭球子给我腿烧成这样!"

这人说话挺逗的,跟陆小北你一句我一句聊得挺热闹,后来陆小北客户来了,这哥们儿为了能继续聊,还非让陆小北也在楼上大厅文不可。陆小北的客户是店里的老熟人，一个大学生。这仨人在一起聊得热火朝天，萧刻后来就搬了把椅子坐周罪旁边。

周罪说："昨天睡得晚，你进去睡会儿。"

萧刻想了想，点头说："行，真有点儿困。"

周罪手指往后指了一下其中一个房间："那是我屋，去吧。"

萧刻笑了，站起来说："我知道啊。"

陆小北听见他俩的对话，顿时挑了挑眉毛。

一晚上没见这俩人，咋好像多了几分默契？

从这天开始，周罪话不像以前那么少了，偶尔能主动开口跟萧刻说点什么，也不一口一个萧老师了。萧刻就更是了，比以前还愿意跟周罪多聊几句。

"花来了！"徐雯看见送花的车在门口停下来，朝里面喊，"谁接啊今天？"

没人应声，送花的小哥儿已经拿着花开门进来了。今天是一捧冰山来客和绝代双骄的混搭款，名字很俗，花倒是挺好看的，浅浅的颜色看着很舒服。

徐雯刚要签收，听见周罪从里面走了出来，说："我签吧。"

周罪签了自己名字，拿着花又回了大厅。萧刻正用陆小北的电脑查点资料，见他回来了向后仰头说："我看看今天的好不好看。"

周罪把花放他旁边，自己在沙发上坐下，说："挺好的。"

"周老师，我送你们店里这么多花了，"萧刻扯下来一片花瓣放手指间捏了捏，回头看着他，"你就是回礼也该回我点什么了吧？"

周罪看向他："嗯，你想要什么？"

萧刻笑了笑，眨了一下眼睛："那就给我画束花吧。"

在萧刻看来，周老板有个很好的品质，他好像从来没拒绝过自己。不管萧刻提什么要求，周罪基本都会答应。萧刻管他要画的时候，周罪也一口答应了下来。

"谢谢周老师，不过我不着急，你别赶着画，有空画点儿就行。"萧刻坐在椅子上笑着说。他笑得很满足，笑起来的时候眼里有阳光。之后还抽了枝刚送来的花垫了张黑纸，拍了张照片。

他拍完发了个朋友圈，配文："萧老师等一朵绝世美丽妖艳的大红花。"

方奇妙估计刚好在发朋友圈，萧刻刚发出去就收到了个评论，是一大溜的微笑表情。

萧刻没搭理他，锁了屏，接着看资料。

"周老师，晚上吃什么？"萧刻一边看着电脑一边问着周罪。

周罪说："你定。"

萧刻现在时间多，经常待在店里，偶尔也会叫上周罪俩人一起出去吃饭。

"那吃湘菜吧，之前我同事介绍家店我还一直没去过，去尝尝。"萧刻说。

周罪站在他旁边整理桌上的画纸和书，拿着一本书放回上面的架子上："行。"

书放在架子高处，就算是周罪的身高也得伸长了胳膊才能够着，这要是陆小北，估计就得搬凳子了。他就在离萧刻很近的位置，胳膊抬起来衣服就跟着扯起来，右边的腰露出来一截儿。尽管只是那么几秒钟的时间，也还是让萧刻捕捉到了——周罪系着自己送他的腰带。

那天萧刻跟周罪去了那家湘菜馆，味道还不错，人很多。本来其实不用等那么久的，但是周罪的车太大了，有个车位硬是没能停进去，绕了好几圈才又找了个车位。

"你为什么买这么大的车？"绕圈找车位的时候，萧刻问他。

周罪笑了笑，说："我也想知道。"

萧刻说："下次出来开我车吧，小点儿好停车。"

周罪点头："行。"

其实萧刻的车也没很小，就是正常车型，但是比起周罪的来说还是方便多了。不过他的车通常停得远，店附近车太多，他懒得往里面开，就在外边找空停下了。

俩人停完车往店里走的时候，萧刻还在跟周罪说："你自己得占一个半车位，太浪费资……"

他话还没说完，身后有个人突然打断了他："萧刻？"

萧刻回头去看，果然是熟人。他笑了一下，站住了打了声招呼："王工。"

"好久没见你了啊。"这人走过来拍了拍萧刻。

"嗯，是挺久了。"萧刻笑了一下，问他，"来吃饭？"

"对，跟我几个朋友，"他看向旁边的周罪，周罪一只手揣在外衣兜里，看着一边没看他们，他问萧刻，"这是？"

萧刻也看了一眼周罪，说："是我朋友。"

"啊，"这人也没多说，跟着萧刻一起往店里走，"多久没一起喝酒了，有空大家都叫出来约一次？"

其实这是句客套话，大家心里都清楚。萧刻却自嘲地笑了一下，调侃着说："那好像就不太方便了啊。林工最近还好？"

"小林离职了你不知道？"对方有点儿惊讶。

"离职？"萧刻挑起眉，"原因呢？"

"不知道，问了也不说。"这人又看了一眼周罪，笑着摇了摇头，意有所指地说，"可惜了。"

萧刻明白他在说什么。

这人跟林安在同一家设计院，俩人辈分相当，同年进的院，关系很不错，萧刻以前跟他自然也是很熟的。

周罪看过来，看了看这人。

"可惜吗？"周罪淡淡地问了一句，然后清了清嗓子，长腿一迈先走了，走之前碰了一下萧刻的胳膊，他手插着兜，半张脸埋在衣服拉链里，头也不回，"走了，萧老师。"

可不可惜，萧刻不知道，没心思想。但是他倒是明确地知道周老板的表现可真是太酷了。萧刻笑着跟这位姓王的设计师说："那我就先进去了，王工，我朋友估计饿了。"

"嗯，你快去吧，"对方又拍了一下他的肩膀，"回见。"

萧刻摆了一下手就跑着去追周罪了。

周罪今天这反应有点儿出乎萧刻的意料，这人平时跟个木头人似的少言寡语，刚才竟然主动接了别人的话。萧刻边琢磨边快走了几步，周罪已经在店门口等他了。

萧刻走到他旁边，开口直接扔出一句："不可惜。"

周罪挑眉看他。

服务生过来带着他们上楼，周罪走在前面，萧刻紧跟着他边走边说："周先生，我这人从来不回头看，我的眼睛永远向前。"

周罪回过头，萧刻冲他笑了一下。

萧刻彻底放了寒假，还特意发了个状态炫耀，别的同学朋友陷入年底加班狂潮的时候，他嚣张地放了寒假。大学室友评论问他：还是人？

萧刻回复了个"干杯"的表情，然后放下手机，问徐大夫："老萧按摩还没回？"

"他最近都溜达着回来，走得慢。"徐大夫戴着眼镜正在看一本书，没空理他。

萧刻看了看表，站起来说："我去接他吧，大冷天儿溜达什么！"

萧刻之前给他爸约了个长期按摩，做做肩颈护理，隔几天就要去一次。萧刻在半路上就遇上老爸了，把他给带了回来。

"我说我走走，你看你给我拉回来干什么！"老萧都回来了，还是有点儿抱怨。

"零下二十多度，你看谁在外边散步了？"萧刻喝了一口他爸泡的茶，也喝不明白这东西，喝了一口就放在了一边。

"你管我呢？"老爸瞪他一眼开始喝茶，"我就愿意溜达，我看你是闲的。"

放了寒假时间多，除了在周罪那儿以外的时间基本上都在爸妈这边了，老两口刚开始新鲜几天，新鲜劲儿过了，就把萧刻往外撵，嫌他在家太吵，俩人天天清静惯了，多个萧刻，感觉屋里时时刻刻都是聒噪的。

萧刻笑着说："我够消停了好吗？没让你们摊上个话多的，我新认识个小弟，改天我领回来给你们看看，一对比你们该觉得我自闭了。"

"是吗？那领回来看看。"徐大夫从书里抬头看了看他，过会儿才又说，"你说的就是上回提起的那个很酷的艺术家吗？"

萧刻愣了一下，然后笑了："不是一个人，上回提到的那个不是'小弟'，是'爱豆'。"

"不是啊？"徐大夫又看他一眼，然后低下头接着看书，"他多大了？"

"刚三十六岁。"

"那不小了。"老妈翻了一页书。

"嗯。"萧刻点了点头，然后摸出手机来给周罪发了条消息过去。

——周老板，我妈问我我"爱豆"的年龄。

过了一会儿，萧刻手机振动了一下，是条微信消息。萧刻打开看了一眼，是周罪回复了他，他看完就笑了。

——三十六岁。

萧刻赶紧拿过刚才的茶又喝了一口,茶叶苦丝丝的滋味儿这会儿也尝不出来了。萧刻也不跟老妈聊了,发消息问周罪:你是我"爱豆"啊?

这事儿就不能细想,越想越忍不住想笑。萧刻站起来拿了外套就要走,老萧问他:"干什么去?不在家吃了?"

"不吃了,"萧刻穿了鞋摆了摆手,"找'爱豆'玩去。"

他的"爱豆"太有趣了,天天把萧刻新鲜得不行。最主要是他每天都能看见周罪的改变,这人是真的有变化。他虽然不多说,但萧刻看得到。几乎从他生日那天后,周罪的态度就变了很多。

他是坐进车里要打火了才收到了周罪的回复,看完,萧刻眯着眼笑了好半天。

——我不是吗?

萧刻迅速回了一条:你是。

想了想又跟了一条:你不是谁是?等着我。

萧老师年过三十岁又迎来了人生中一段新风景,灵魂被冲刷得轻盈盈的,觉得生活特别有意思。

另外一边,周罪低头看着手机,眼里带着笑意。

"说事儿呢,您能等会儿再摆弄手机吗?"沙发对面坐着的那人皱着眉盯着周罪,不耐烦地说,"我这图您能不能做啊?"

周罪看他一眼,收了眼里的笑意,放下了手机。他又看了一眼这人拿来的图,淡淡一笑:"我从来不做别人的图。"

"就是不能呗?"这人在自己拿的图纸上弹了一下,"你正常收费,我不用你给减设计费都不行?"

周罪摇了一下头,话都懒得说。

陆小北就没周罪那么淡定了,他指着那图问:"你这图哪来的?"

"找人设计的呗。"这人看着自己的图觉得挺满意的,"我花了小一万块钱呢,这图。"

陆小北又问他:"那你为什么不直接在给你设计图的那儿文?"

"我嫌他贵。"这人回答得很直接,"他们干活儿太慢,工时长,小时价也高,全做下来得差好几万元了。我看你们这儿风格跟他们接近,你们模仿得挺像,有图了在哪儿都一样。"

过来文身的什么样的人都有,"中二"少年最多,周罪对什么都很淡定,淡淡笑着,摇了摇头。

但是这话他能听,陆小北听不了。他几乎是立刻就站了起来"炸"了,说:"没毛病,风格是像,但是你反了。"

"没事儿,我这人就是说话直,别介意。"那人坐在那儿竟然还笑嘻嘻地问陆小北,"要不你给我做?我看你手艺也挺好的。"

"你给我十万块钱一小时我也不做。"陆小北一个冷笑,指着他的图,"就你拿这图,早八百年,我大哥玩儿够的东西,当初这么玩儿的我大哥头一份儿。谁模仿谁啊?捋捋吧,别出来秀智商。"

"你的意思是他们模仿你们?"这人也笑了,脸上露出挺同情的表情,看着陆小北,"你知道我说的是谁啊,哥们儿?这是奉雷老师给设计的图,你们都是干这行儿,不能不认识奉雷吧?你说他模仿?"

"奉雷?"陆小北哼了一声,还要再说什么,周罪叫了他一声:"小北。"

陆小北于是收了声,又看了一眼这人,然后转头走了。

周罪说:"抱歉了,我不做别人的图。另外我价也不算低,比我低的很多,再找找试试。"

周罪说完,就没再抬过头,点进萧刻朋友圈看他的日常。萧老师是个很幽默的人,也很会生活。他喜欢发些东西,周罪还能在下面看到方禧和老曹他们给他评论,他还回复,他们聊来聊去的,看着很有意思。

"哥们儿,你真挺狂的。"对面的人说。

"嗯,"周罪没抬头,说了句,"还行。"

这人什么时候走的都没人注意,陆小北是生气上楼画画去了,周罪是专心看萧老师朋友圈不想抬头。

他说的奉雷在文身这行很有名气,各地的文身师都有跑去找他学艺的,徒弟没一百个也有八十个,很有范儿。四层楼的大店,店里墙上挂的都是合影和奖状,去年他还刚拿了个文身大赛欧美大组的冠军。

在陆小北那儿,任何人不可以说他大哥,说周罪就等于骂他了。因为这事儿,陆小北自己赌气了好一会儿,直到萧刻来了还是丧着脸。

萧刻进来的时候顺手摸了一把他光光的头顶:"怎么了这是?"

陆小北看了他一眼,说:"我自己平静会儿就好了,不用管我,萧哥。"

"行吧。"萧刻笑了一下,"那你大哥呢?"

陆小北往楼上指了指。

萧刻上去的时候,周罪正在画室里画东西,他在门口这个角度刚好什么都看不见。萧刻靠在门边轻轻敲了敲门,叫了一声:"周老师。"

周罪回头,看见萧刻,抬了一下胳膊,算是打招呼了。

"画什么呢?"萧刻歪了歪身子想看看,又想起周罪刚刚回他的两条消息,于是笑着叫了一声,"'爱豆'。"

周罪被他给弄笑了,从旁边拿了张画纸盖住了画,站了起来走过来。走到萧刻面前的时候,问了一句:"我是吗?"

说完他就径直走出去了,萧刻看着他的背影回答得毫不犹豫:"你是啊,绝对是。"

萧刻的语气其实不那么正经,就是半开玩笑半认真,萧刻经常这样,喜欢跟周罪开开玩笑,看他平静的外表被打破。

周罪站住，回头看了萧刻一眼，萧刻冲他眨了眨眼睛。

认识的时间长了，萧刻发现周罪其实是个挺厉害的人，以前觉得这人很随性，把生活过得很酷，想来来想走走。接触多了，发现其实谁都没那么洒脱，这人也很累，很辛苦。

虽然每天只排一个客户，但是周罪手里基本没有太小的图，有时候一个满背得做半个多月。还得设计排后面的图，让陆小北和徐雯先去跟客户碰一下，过了就过了，客户不满意的就得约店里来，周罪自己跟人聊，定图。

他还要练画，画笔一直不能扔。还得额外设计一些没有预约的图填充图库，有些客户来的时候心里是没有想法的，他需要从图库里选现成的。还要挪出时间来健身，他身材好不是没有道理的，就算不去健身房，他每晚睡觉前也要运动一会儿。有时候萧刻给他打电话就正好赶上他在运动。

年前这段时间店里很忙，除了周罪之外几个文身师基本从早到晚地排班，包括陆小北都没时间画画。因为好多人只有过年这段有时间，甚至从外地赶回来，不给加班赶出来说不过去。

萧刻带着笔记本来查资料写论文，有时候他们一下午也说不上一句话。

周罪从楼上下来，萧刻人都快钻电脑里了，没看见他。

周罪倒了杯水放在萧刻手边，说："站起来活动活动，歇歇眼睛。"

萧刻太专心了，以至于突然听见周罪说话还感觉挺惊讶的。他抬头看过去，周罪正靠在他桌边看着他。

"谢谢周老师。"萧刻笑了一下，喝了口水，"你的图做完了？"

周罪说："没有，小姑娘疼得受不了了，今天不做了。"

"那你今天还约了别的客户吗？"萧刻问他。

"还有一个,"周罪看着他,"怎么了?"

"没有,就看你最近挺累的。"萧刻手里拿着杯子,是稍微有点儿烫手的温度,他轻轻敲了敲杯口。

周罪很无所谓,摇了摇头说:"习惯了,年前都这样。"

"啧。"陆小北在另外一边文着身,听见他俩的对话出了声,"我更累啊,萧哥,你怎么不关心我呢?"

"你算哪号人物啊?我关心得着吗?"萧刻笑了声,"摸不清自己定位呢?"

一边儿听着的周罪只是靠着桌子没什么回应,但他的表情很放松,眉眼间能看出这人心情不错。

"能摸清,摸得贼清,"陆小北戴着口罩,笑了两声说,"用得着我的时候就北北长北北短,用不上我了就心疼不着我了。"

萧刻跟他说了几句,就是瞎闹,周罪站陆小北旁边看了会儿他的图,指了指肩膀处的几条线说:"这儿的线不用这么浅,等会儿你得大面积铺色,不然光感出不来。这么浅的线雾面一扫线就压住了,模糊。"

陆小北琢磨了一下,点了点那个部位:"但是我怕线太重了显得突兀,跟后面的色随不上。"

做文身最怕的就是线太粗太重,很扎眼。好的文身线条和颜色是要合成一个整体的,如果线条孤零零地突出,那就说明这个文身作品是失败的。陆小北早期做文身的时候没少练线条的粗细和力度,做到现在也是很有经验的。

周罪轻轻摇了一下头,跟他说:"渐变的色感很重要,但是你不能只看它。你既然勾线了就不能压住,要不你就干脆别带线。等会儿再描一次,加粗0.2mm,你自己看区别,对比一下。"

陆小北看着图想了想,点头说:"好,我试试。"

周罪看完陆小北的又去另外两个文身师那边都看了看,简单说了两句。另外两个文身师跟陆小北身份不一样,他们是挂在周罪这儿的独立文身师,算不上周罪的徒弟,所以周罪每次给他们讲几句他们都很重视,听得很虚心。

萧刻看着周罪给他们讲图,讲光感力度,讲手势的调整。周罪很少说这么多话,萧刻觉得这样的周罪很有职业魅力。这么认真又专业地讲他熟知的领域,这很吸引人。

他讲完之后,萧刻问他:"你怎么不讲课?我看小北微博互动的那几个工作室还经常给人讲课。"

周罪淡淡笑了一下,摇了摇头,然后说:"没什么好讲的。"

"他?"陆小北冷笑了一声,"我不是说过吗?这是大仙儿,他能把这店好好开下去我就谢天谢地,还讲课,他有那追求吗?"

萧刻看向周罪,周罪冲他很无奈地摊了摊手。陆小北吐槽他大哥是日常,周罪面对这些吐槽早就习惯了。萧刻忍不住想笑,陆小北接着说:"丁点儿追求都没有,要不是靠着手上的本事我估计我俩早饿死了。比赛比赛不去,研讨也不去,协会请他去讲课,咱们周老师面都不露,我们周罪工作室和外界是没有联系的。"

陆小北踩了脚文身机的开关,关了手上的文身机,站起来去拿旁边桌上的一盒颜料,嘴上没停,偷着瞪了一眼周罪,接着说:"大仙儿,稳稳的大仙儿,世外高人。现在什么小人小鬼儿都能压他一头,拿着一堆破奖状就当自己是大神了,那天你没在呢,一个没眼力见儿的拿张奉雷的图往这儿一拍说我们模仿,我差点儿一嘴巴子抽他脸上,让他认认什么叫模仿。"

陆小北的嘴一秃噜起来没完没了,嘟嘟嘟嘟,跟个机关枪似的。萧刻赶紧比了个手势说:"行了,北哥息怒。"

"太消极,"陆小北坐回他椅子上,开了文身机接着干活,一边还继续说,"你这人生太消极。得亏这是遇着我萧哥,我萧哥头发丝儿都带着阳光，萧哥，你赶紧拉他一把。"

尽管陆小北一直在"怼"周罪，周罪还是不疼不痒，随手捡起张图纸，不知道是谁的半完成品图，还拿了支铅笔在上面给改动了几笔。萧刻轻轻用胳膊肘碰了碰他，他转头看过来，萧刻冲他眨了眨眼，指了指陆小北，用口型说："生理期？"

周罪笑了笑，低声说："心里憋着火呢，让他说。"

陆小北还在那边嘟嘟囔囔地说："也不知道你什么时候能开朗点儿，都快把自己活成个自闭患者了。一辈子遇上一个偏执狂也够倒霉的，自己死——"

"小北。"周罪突然就出声打断了他，语气还挺沉的。

萧刻还是头一次听见周罪用这个语气说话，心里一咯噔。他看向陆小北，陆小北估计也觉得自己说话说得不太对，比了个"OK"的手势，不再说了。

萧刻又看向周罪，周罪放下手里的图纸，在原地站了会儿，没有想说话的意思，之后转身上楼了。

萧刻坐回椅子上看资料，只不过后面他一个字也没看进去。

陆小北的文身机还在嗡嗡地响，萧刻突然想起了上次在这儿遇上的那个帅哥，他的眼神就很偏执，关于他的事儿，周罪还没提过。

萧刻靠在椅子上长长地呼出口气，话听了一半儿，胃口吊起来了，后面的却没人给说了，这种感觉很烦。

萧刻觉得是时候找个机会跟周罪谈谈了。

总这么憋着不行，这不痛快。

只不过还没等萧老师找机会谈，事儿赶事儿的就都凑一起主动送上门了。

方奇妙一个公职人员，年底倒是不用加班，但是四处奔波是免不了的。小年那天一大早就敲开了萧刻的门，萧刻当时还没起，看见他挂着满身雪站在外面还有点儿惊讶。

"电话都不打就来了？我要没在家呢？"萧刻侧身让开，让他进来。

"我就路过顺便上来看你一眼，"方奇妙手上还拎着两盒东西，往鞋柜上一放，"回头帮我给咱妈。"

萧刻看了一眼，两大盒燕窝，他笑了一下说："谢了。但是是我妈，别瞎套近乎。"

"哎，都一样，你妈就是我妈。"方奇妙往沙发上一歪，哼了两声说，"萧爷，我要累死了。"

"你也加班？"萧刻挑眉问他，"你那单位年前还用加班？"

"不是，我天天排上号地跟人应酬。"他从茶几底下摸出瓶矿泉水，拧开喝了一口，"心累。"

萧刻笑着摇了摇头："理解不了你的苦痛，加油吧，小奇妙。"

"你呢？"方奇妙抹了把脸，看向萧刻，"今儿还去文身店吗？也带我再去瞅瞅？我快闷死了。"

萧刻去洗手间洗漱，没搭理他。

方奇妙正好这天没什么事儿，非要跟着萧刻不可。萧刻身后带着个烦人的大尾巴，是真不想带他去店里。

"不带这样的，咱们俩多少年了？"方奇妙撒泼打滚非要跟着不可，"咱俩可二十年了啊，再说我去了也不耽误啥事儿，我跟小秃子打游戏行吗？"

萧刻心想：陆小北要知道你一口一个"小秃子"这么叫，机关枪不得"突突"死你。最后萧刻也没能把方奇妙甩开，这人开着车就跟在他车后面，一路上都没能甩下去。

跟着就跟着吧，萧刻其实也无所谓他跟不跟着，就是怕别人都干活儿的时候嫌他吵。进店之前，萧刻说："别人忙着你就少说话，玩儿你的，别耽误人干活。"

"我知道。"方奇妙说。

今天过来的时间不算早,店里已经开工了,萧刻一进去,徐雯就跟他指了指里间。萧刻挑眉,用表情问怎么了。

徐雯用口型说:"有……人……"

萧刻一头雾水,跟方奇妙一起走进去了。结果他刚迈进去两步,里面怎么回事儿还没看清呢,就被人兜头给拦住了。

周罪推着萧刻又退了出来,一只大手放在萧刻肩膀上,轻轻捏了一下。

方奇妙在后面没看懂,说:"哎,这玩儿什么呢……"

徐雯瞪大了眼睛看着他们,跟后面的方奇妙一样,满脸都是蒙的。周罪在萧刻旁边低声说:"萧老师,车上等我一会儿吧。"

萧刻站在他面前,看着眼前这人。刚才那一系列动作是很温和的,但这会儿周罪的表情却很严肃。

里面传来个男声,吹了声口哨说:"别走啊,留这儿认识认识呗。"

周罪没理那声音,只是盯着萧刻的眼睛,又重复了一次:"车上等我,行吗?"

萧刻原地站了几秒,不知道自己究竟该有什么反应才是对的。最后他只是点了点头:"嗯,行。"

他转身就要出去,头都没回。

手摸到门上又站住了,没回头,只是站那儿说:"你让我出去我肯定出去,但是周老师,玩儿神秘得有个限度。"

萧刻说完就推门出去了,连身后的方奇妙都没顾得上。方奇妙差点儿让玻璃门给砸头上,赶紧跟了出去,走之前还回头看了一眼周罪。周罪轻轻皱着眉,视线还跟着萧刻。

萧刻坐进车里半天都没说出话来,一口气憋嗓子里没咽下去。他刚才那句话没说完,但他知道周罪听懂了。

"这就尴尬了……"方奇妙坐在萧刻的副驾座上，瞄了萧刻几眼，试探着问，"怎么了啊萧爷？不是你性格啊。"

今天这事儿真挺让方奇妙惊讶的，萧刻是个挺不爱生气的人，想让他生气还挺难。今天萧刻很显然是有情绪了，但站在方奇妙的角度看来，周罪的做法其实解释得通，无非就是麻烦事儿不想沾萧刻身上，这真没什么。

萧刻闭了闭眼，靠在椅背上，过会儿才捏了捏眉心，叹了口气。

方奇妙把广播开了，电台里两个主持人在做着不尴不尬的电话互动节目。

"不开心啊？"方奇妙笑了一声，把广播声音调小了些，"犯不着。今天这事儿你周老师没毛病，别拎不清。"

萧刻皱着眉，过了会儿才说："我知道。"

"知道就行，你自己琢磨吧，我不多说。"方奇妙说完这句就不再说话了。这人也不是什么时候都话痨，该消音的时候消得比谁都利索。

萧刻出去之后，周罪在原地站了会儿才进了里面大厅。刚才萧刻还没等进来就让周罪给拦回去了，其实周罪是故意站在门口的，就怕他一脚踩进来。

大厅沙发上一共坐了四个人，中间有个瘦高个儿先开了口，问："新朋友啊？"

周罪没搭理他，走过去坐在了一边的单人沙发上，没抬头："回去跟三哥说，别往我这儿伸手了，以前你们伸不过来，以后也别想。"

这人笑了一声，也拿了根烟叼在嘴里，但是没点火："罪哥，别这么犟。"

"我不犟，"周罪还是低着头不看他们，"我这人是最好说话的。"

陆小北从另外一间文身室走出来，就倚着门框半抬着眼皮看着他们，一声不吭。周罪看了他一眼，没管他。

"三哥也是好说话的人，咱们就是合作，多简单的事儿，罪哥，你别想那么复杂。"

周罪摇了摇头："我还是那句话，别往我这儿伸手。以前我说可以给的数现在也能给，你们要就要，不要算了。"

他说话的声音很沉，让人听了心里发怵。

"我孤家寡人，咱们就谁也别逼谁。"周罪把烟头按在烟灰缸里，胳膊拄着膝盖，抬头跟那人的视线对上，盯着他的眼睛，"当初三哥断条腿，记恨我应该的。但我能给的也就那么多，多了我不给，我也没有。"

周罪说完就站了起来，跟陆小北说："小北，送送。"

"刚才那位谁啊？长得不错，看着体面。"这人出声叫住了周罪，笑了一声，"是位老师？"

周罪没出声，只是盯着他。

这人双手合十，然后摊平了，硬生生笑出一脸亲切的样儿："没别的意思，哥。其实咱们划的道儿真就是互利的事儿，你要实在不明白，我帮你问问老师？让教师哥哥分析分析。"

陆小北舔了舔嘴唇，无声骂了句脏话。

"萧老师是吗？"这人摇了摇头，"真不想往学校闹，我从小见了学校就打怵，我就哆嗦。罪哥，咱们的事儿咱们解决了就完了，别牵连着人家老师。"

这就是摆在明面上的一句很低级的威胁了，其实不一定真的就这么没底线去牵扯旁人，或许只是说给周罪听的，单纯地硌硬他。

他说完之后，周罪看了他半天，最后连个表情都没给，只是点了点头，说了句："嗯，你试试。"

萧刻在车里等了半个小时多点，周罪才从店里出来。他没穿外套，只穿了件毛衣，站在门口左右看了看，找萧刻的车，萧刻伸手轻轻地按了一下喇叭，周罪朝他这边走了过来。

"我回我车坐会儿！"方奇妙开了车门往下跳，"好好说好好唠！"

周罪走过来的时候冲方奇妙点了点头，方奇妙跟他打了声招呼："哈啰，酷哥儿。"

周罪坐上车的时候，其实萧刻缓了这么半天已经平静了，也有点儿后悔刚才说话太冲。刚那会儿也说不上生气，实在是周罪把他往外推的次数多了，压不住心里的烦躁，方奇妙说得没错，的确不像萧老师的风格了。

萧刻还想着说点什么缓和一下气氛，结果倒是周罪先开了口。

"萧老师，我的错，你别生气。"

第六章

CHAPTER SIX

这么一句话直接把萧刻给定那儿了,刚才那点情绪这会儿全没了。

于是萧刻笑了一下说:"我刚才没生气,你别放心上,你就当我……耍了个小脾气吧。"

"嗯,没生气就行。"周罪看着萧刻,组织了一下语言,眼神很真诚,"萧老师,我一直没跟你说过我以前的事儿。我这人性格不太好,有时候很消极,也不太愿意提起从前那些。但我没有故意玩儿神秘、不尊重你的意思。"

"我知道。"萧刻一条胳膊搭在方向盘上,半趴在那里,侧头看着周罪,点了点头,等着他说。

"刚才店里那几个人不算什么,平时也接触不到。"周罪说,"很烦,不愿意让你跟他们见上面,你跟那些人不需要有任何交集。"

萧刻还是点头,不说话,听着他说。

"就是一个不走正道儿的,想用我的店洗钱。做梦的事儿,不用理。"周罪提起他们都觉得烦,淡淡皱着眉,厌恶都写在脸上了。

萧刻觉得周罪这样还挺可爱的,笑了一下。

周罪说话的时候,萧刻不怎么插嘴,他向来是个很好的倾听者。周罪说的每句话,萧刻都听得很认真,因为他知道这是周罪摆到他面前的诚意。周罪说起往事来语速很慢,萧刻一边听一边消化,不过听到后来,他的心情就没有刚开始那么平静了。

因为这些乱七八糟的事儿都系着个人,周罪叫他亚宁。

他们是在台湾认识的,在台北一家刺青店里。汤亚宁是店主的朋友,也是位文身师。周罪跟店主碰过几次面,偶尔一起聊聊文身,久而久之,大家就都熟了。

那时候周罪二十多岁,人不像现在这么沉闷。他们认识半年多以后,关系变得很好,但是也经常有矛盾。

周罪说这些的时候都是省略着说,他好像不擅长讲故事,语句都很简短,说最直白的内容,一点情绪都不带。

后面他俩一起回了大陆,两个文身师各做各的,之后汤亚宁得罪了些人,周罪不可能不管。管着管着,就沾了自己一身。

周罪说完了一眼萧刻,沉声说:"所以刚才那些人我也不想让你遇上,都是那时候得罪的人。以前的烂事儿不想带到现在,也不想牵连你。"

萧刻还是之前的姿势,额头压在胳膊上,周罪说完之后,他笑了一下,说:"好的,我知道了。"

周罪说得不算很明白,还有挺多事儿萧刻都还是不清楚,但是他现在不想问了。周罪说这些的时候虽然没表现出什么情绪,但萧刻能看出他其实心情不算太好。他能开口讲这些,萧刻已经挺知足了。

"也不是故意瞒着你,"周罪对萧刻说,"我就是性格闷,而且觉得说这些你可能不爱听。"

萧刻没出声,盯着他看了半天,过了一会儿突然坐直了身子,歪了歪头,说:"我不怕牵连,这些都没什么。抱歉让你说这些不开心的事儿,我为我今天的态度跟你道歉。不过不管你的过去是什么样,我都没不爱听,也不怕麻烦沾我身上。因为不管好的坏的,这些都是你经历过的。别烦,也别放在心上。"

萧老师说走心的话向来让人招架不住,周罪没怎么经历过这些,所以每次都给不出回应，他甚至是有些不知所措的。

周罪默不作声，闻着周围空气里一丝淡淡的香气，侧了侧头。

那天萧刻还是没在店里待，两人谈过之后，周罪自己回了店里，萧刻和方奇妙走了。倒不是还有情绪，萧刻就是觉得心里不静，得自己回去慢慢消化。而且周罪这天排的是个双腿满图，估计得连着做一段时间了，今天怎么说也得一直做到晚上。他们也说不上几句话，没必要还搭上方奇妙，俩人都耗在这儿。

方奇妙很意外地没八卦，一句也没打听他们在车上都聊什么了。这人就是表面傻，其实心里门儿清，该说话的时候说，不该出声的时候自动消音，半句都不多问。萧刻跟他做了二十年兄弟，关系摆在这儿，很了解他这人。

离春节越来越近了，后面几天，萧刻也得老实待他爸妈那儿，帮着置办年货，也得走亲戚串门什么的，就没去店里。

他那天从店里离开之前说的那两句话大家都听到了，尤其是徐雯。过后跟陆小北一转述，陆小北从椅子上蹦下来，说："愁死人，一百八十岁了还整这出。"

周罪倒还是那副不咸不淡的样子，只要萧刻不在的时候，他都回归木头人本色，陆小北只以为萧刻还在生气。

"眼看着过年了又混得这么凄凉。"陆小北撞了周罪一下，说，"大哥，我跟你要愁死了。"

"你少操心我。"周罪在他头上弹了一下，"管好你自己就行了，我不用你愁。"

周老师现在的确不需要他愁，人跟萧老师关系好着呢，晚上收了工回家，做个运动，做完还有风趣幽默的萧老师陪着聊两句，生活特别充实。

萧刻在他爸妈家忙了一天，到了晚上躺床上其实已经很困了，但还是坚持着给周罪发了条消息。

萧刻：周老师，运动完了没呢？

周罪回复得很快：完了。

萧刻：那你早点睡吧，你最近太累了，哪天有空去按个摩吧，脊柱负担太重了。

周罪：行。

这要是换别人你总这么一个字两个字地回消息，估计人早就不发了。但萧老师一点不介意，人"爱豆"就这风格，我们就是话少，我们很酷，又怎么了？

萧刻笑着又发了一条：那我睡了啊。

周罪：好，晚安。

陆小北发现最近他大哥有了些不太明显的变化。也不知道具体从什么时候开始的，陆小北平时也不怎么关注他，但是发现了点端倪之后一观察，发现这些变化还真是挺有趣的。

比如有一天店里到了个快递，陆小北看见是周罪的，以为是文身器材就给拆了，结果里面是套男士护肤套装，洗面奶还带着保湿水。陆小北以为谁寄错了呢，哧哧乐着就拿周罪那儿去了。没想到周罪淡定地接过放在了一边。

陆小北认识周罪这么多年就没见这人用过保湿水。

没过几天，他又发现周罪套上了个特别幼稚的手机壳。是真的幼稚，一只卡通猪的大肥脸印在背面，又蠢又丑。周罪之前从来不套手机壳，嫌麻烦，而且也不喜欢。

陆小北当时一脸黑线地跟他说："大哥，你脑子搭错线了？"

周罪把手机揣回兜里，淡淡地说："管得倒宽。"

"你想要手机壳的话我那儿有，咱们店的定制款还有不少呢，我给你拿一个？"陆小北抬着眼问。

"不用，"周罪摇头，"不稀罕你那个。"

"哟，那你稀罕这个？"陆小北没憋住笑，耸着肩膀，"稀罕大肥脸啊！"

周罪不理他，绕过他下楼了。陆小北在后面又笑了半天，年底了，他大哥是不是累得精神错乱了？

陆小北跟着周罪快十年了，俩人关系很亲近。以前陆小北随手就能拿周罪杯子喝水，大老爷们儿的也没人在乎这事儿，习惯了。不过最近周罪不给用了，这人新换了一个，以前的爱谁用谁用，这次换完他特意强调："别瞎用，别拿错了。"

陆小北当时嘴都闭不上了，沉默地点了点头，比了个"OK"。

转头陆小北给萧刻打电话，一接通了就喊："给萧哥提前拜年了！萧哥过年好！"

萧刻当时正帮徐大夫收拾鱼呢，听见他这一顿喊，被逗笑了："又抽什么风。"

"不是我抽风，是我大哥抽风。"陆小北坐在厕所里说，"我大哥已经不是我大哥了，究竟是人为的力量还是大自然的鬼斧神工！"

萧刻腾出一只手拿电话，笑着问他："他怎么了？"

"他抹化妆水！"陆小北到现在想起这事儿都觉得很不可思议，很梦幻，"我的天！那可是周罪啊，周罪抹化妆水！"

萧刻看了一眼在厨房另一边看着他的老妈，擦了擦手走了出去，笑得停不下来，笑完说："爽肤水吧？化妆水听着就太恐怖了，擦点水而已，没到化妆的程度。"

陆小北说："不懂，不明白。爱啥啥吧。"

电话都挂了半天了，萧刻还在笑。徐大夫看他一眼，问："有人戳你笑穴了？"

萧刻于是笑得更厉害了,眼睛都弯成钩。其实这事儿吧,周罪还真有点儿冤。东西都是萧刻故意使坏买的,而且提前没打招呼,周罪收到的时候也不知情,但他应该马上就想到了。

收到洗脸套装的那天晚上,周罪半夜直接拍了个照发了过来,问:萧老师,怎么用?

萧刻当时发了好几行的"哈哈哈",很魔性。周罪在电话那头很无奈。萧刻笑够了才好好回答问题:洗面奶洗脸,然后水,高的那瓶,最后是矮胖的那个罐子。

周罪隔了快十分钟才又发了一条:饶了我。

萧刻又是毫不客气的五行"哈"。

难为周罪一把年纪了陪着萧老师折腾,这人看着冷冰冰,但某些方面也真的没脾气。萧刻让他干什么他都没二话,萧刻每天跟他接触都会有种发现新大陆的感觉。

手机壳当然也是萧刻订的,就是故意使坏。周罪收到那天直接就套手机上了,晚上打电话的时候说:"刚才找了半天手机,看着它总以为不是我手机,就忽略了。"

萧刻笑得很放肆,说:"那萧老师再给换个颜色深点的?"

"不用了。"周罪的语气里有淡淡的无奈,"这个很好。"

萧刻这两天只要一想到这事儿就很想笑,觉得自己很幼稚,但是既然有人陪着玩儿,幼稚点也无所谓,反正都是玩笑。萧老师笑够了觉得自己这两天得去店里看看了,徐雯和其他的几个文身师都回家过年了,店里只剩下一对儿孤苦伶仃的兄弟没人照看,并且一天假都不放,都排了文身。他得去慰问慰问。

但不是有那么个说法吗,叫乐极生悲。

萧刻这两天笑得太放肆了,下午有人敲门,他把门一开直接就笑不出来了。

那一瞬间萧刻心想：大意了，光顾着逗周老师了，年前晚辈得看长辈啊，他应该出去躲躲的。

门口的人也是一愣，然后顿了顿说："在呢啊……好久没见了。"

"啊，"萧刻点点头，收起惊讶的表情，说，"过年好。"

"哟，小林来了？"老萧从客厅走过来，扯了萧刻一把，笑着说，"来，进来坐。"

萧刻于是从门口让开，走了进去。进去之后跟徐大夫对视了一眼，萧刻冲她叹了口气，徐大夫拍了拍他的胳膊。

门口外面堆了很多东西，林安来来回回倒腾了半天，萧刻犹豫了一下还是没出来帮忙。老萧和徐大夫说他东西拿了太多，再这样以后就不让他进门了。林安脸上柔和的笑意和以前一样一点都没变，让人看了很亲切，很舒服。

林安的视线越过他们落在萧刻身上，萧刻对上他的视线，笑了一下。

林安又挪开视线。

萧刻在心里叹了口气。

他本来决定下午去看周罪的，结果也去不成了。

"萧刻，你没怎么变，"话题突然落到萧刻身上让他愣了一下，林安拿着茶杯，轻轻摸着杯底，"……还是那样。"

"嗯，"萧刻点了点头，然后笑了一下说，"林工也还是那么帅，不过好像瘦了点。"

林安坐在单人沙发上，老萧和徐大夫坐长条沙发，萧刻坐在老萧旁边的扶手上，没往别处坐。林安抿了抿唇，很浅的一个笑，垂着视线说："是吗？我没太注意。"

萧刻从前一直称呼"林工"，尾音是上扬的，透着调侃。

林安喝了口热茶，稍微有些烫嘴，又抿了一下唇，问："最近还好？"

萧刻说:"就那样,凑合吧。"

这种不远不近的寒暄实在是让人难受,萧刻再次在心里叹了口气。

要说陌生,他们肯定沾不上。但要说熟悉,他们已经一年多没见过面了,交流几乎为零,对方的近况都是毫不知情的。

多矛盾的状态。

老萧和徐大夫夹在中间也是没话找话,萧刻看他们太难熬了,干脆主动提了出来:"林工,出去转转?"

林安几乎是立刻就点了头:"好。"

萧刻拿着外套出了门,林安回头跟两位老人又说了几句话才跟着萧刻出来。萧刻说:"衣服拉好吧,挺冷的。"

"嗯。"林安应了一声,拉上了拉链。

两个人在楼下小区的花园里绕了一圈都没什么话说,就错开一步,安安静静地走。

寒冬腊月这么走圈实在是少见,萧刻感觉身上都冻透了。

"萧刻,"林安看了他一眼,慢慢开了口,"我送你表怎么不收?"

萧刻摇头说:"不合适。林工,别给我买东西,你想看我爸妈的话就买点水果什么的,别破费。"

他对林安的称呼依然没变,还是这两个字。因为林安比他大几岁,感觉怎么叫都不合适,萧刻就一直叫"林工",林安也愿意听。但是听起来的感觉和原来还是很不一样了。

林安自嘲一笑,说:"现在你这么叫我,听起来也没有以前那么放松了。"

曾经的至交,是萧刻费了心思去维护的。这会儿看着林安有些苍白的脸色,萧刻心里不可能一点波澜都没有。

有遗憾,有怅然,很不痛快。

但不后悔,不想回头。

"林工。"萧刻还是这样叫,然后又重复了一次,"林工。"

林安看着他的眼睛很红。

"咱们不说从前了,你了解我,你什么时候听我讲过从前?"萧刻闭了闭眼,然后抬手轻轻拍了拍林安的后背,说,"新年快乐,林工。过了这个年就翻篇儿吧,路得往前走,人得向前看,过去了就是过去了。"

萧刻把林安送到小区门口,林安的车停在那儿。走的时候,萧刻也只是冲林安摆了一下手,什么也没说。该说的都说完了,至于一声虚伪的"再见"也没有说的必要,萧刻压根儿也没想过要再见。

萧刻上去的时候,老萧正打着盹儿,躺在床上眯着。徐大夫戴着眼镜在摆弄手机,见他回来问了句:"走了?"

"走了。"萧刻换完鞋往手上呼了口气,说,"够冷的,今天。"

"哪天不冷?腊月天儿没零下三十度都算宽容了。"徐大夫打量着萧刻的脸色,没多问,也没多说。

萧刻"嗯"了一声,脱了外套洗了洗手,之后就进了自己房间没再出来。

刚刚跟林安聊那么一遭,要说一点都不影响情绪、心里波澜不惊,那是不可能的。

萧刻自嘲地想,的确是这两天笑多了,有点儿狂妄了。

老萧醒来之后跟徐大夫在外面小声地不知道都说了什么,反正是都没进来打扰他。萧刻躺自己床上闭眼休息,一直没睡着,但也没想醒过来。脑子里很乱,纷纷杂杂过着以往的片段。胸腔也很沉闷,堵着什么,让人一直觉得不痛快。

下午他出去的时候,估计也是真冻着了,躺了会儿就觉得自己这么难受应该不只是情绪的事儿,头疼,也晕。

徐女士把门开了条缝看了他一眼,见萧刻还老实躺着就没出声,又要关门走。萧刻叫了她一声:"别走,徐大夫,你有患者。"

他一张嘴,顿时皱了皱眉,什么破声儿,难听。

这几乎不用诊断了,听声就知道了。老妈进来摸了摸他额头,摸完弹了个脑瓜嘣:"我要不进来还挺着呢?"

"没劲儿喊,我现在就是只虚弱的羔羊,徐大夫救我。"萧刻把手伸过去,知道摸完额头,徐大夫习惯摸摸手心。

"没事儿,吃个药睡觉。"徐大夫把被掀开,让萧刻翻身进里面去,"晚上我给你煮点粥,被窝里闷一宿,什么病都好了。"

家里有个大夫,平常感冒发烧,他们从来不去医院。萧刻怎么摆弄怎么是,吃了药喝了热水,接着缩被窝里挺尸。老萧进来看了看他,戴着小眼镜,从眼镜上面偷偷瞄,瞄完还说风凉话:"哟,病了啊?见着小林上火了?"

萧刻没睁眼,但是眼珠在眼皮底下转了转,证明这人是醒着的。他闭着眼说:"萧老师有点儿人性,你儿子发着烧呢。徐大夫……徐大夫,你家属骚扰患者。"

徐大夫在外面客厅说:"闭上你那破锣嗓子。该睡觉的睡觉,该出来的赶紧出来,别瞎闹。"

萧刻睁开眼看了看他爸,笑着说:"请吧,萧老师,医生下驱逐令了。另外,我是因为让风吹了脑子,不是因为上火。"

老萧"哟"了一声,萧刻刚想再张嘴喊徐大夫,老萧已经自觉出去了,还给带上了门。

沉默了一下午,萧刻的情绪也消化得差不多了,但依然不太想说话。

好好的一天,最后以这么惨的方式收了个尾,萧刻苦笑了一声,觉得很滑稽。头还是疼,有种脑袋里的血都凝住了的感觉,一动就整个脑子都很沉。

周罪前几天那个满腿还没做完,估计今天也得贪黑做。萧刻没想打电话干扰他,周老师文身很辛苦。但是这么躺着真的挺闷的,让本来就很糟糕的心情得不到缓解,反而变本加厉。

发烧让人很冷,萧刻在被子里缩成一团,吃过晚饭又吃了药,然后被勒令继续躺着。他就那么时睡时醒,到了半夜,觉得退烧了,不冷了,也出汗了。

虽然退烧了他也没敢作死洗澡,只是简单地洗漱了一下。回到床上摸过手机一看,已经两点了。最后这一觉睡的时间挺久,他睡前还没到十一点,本来想睡醒给周罪打个电话的,但这个时间实在不合适。

微信有两条未读消息,萧刻猜到是周罪,打开一看果然是他。

——萧老师,睡了?

第一条是十二点刚过发来的,第二条是十二点半发来的。

——晚安。

这段时间萧刻每天都掐着点儿给周罪发消息,睡前总要简单聊几句的,今天他睡了没发,周罪竟然主动发过来问。

萧刻看着这两条消息笑了笑,觉得周老师特别有趣。发完第一条等了半个小时也没等着个回音,只能发个"晚安"放弃了。

午夜,萧刻突然被触动了。

他把电话给周罪拨了过去。

响了十几秒,那边才接通,连听筒里的"嘟嘟"声萧刻都觉得挺好听的,心里很宁静。周罪应该已经睡了,从声音就听得出来,有点儿粗哑有些低沉,接起来只发了个单音节。

"嗯?"

周罪出了声之后觉得自己声音哑,又清了清嗓子,有些疑惑:

"萧老师？"

萧刻闭着眼说："你睡了吧？抱歉啊。"

他说完，周罪马上问了一句："嗓子怎么了？"

萧刻笑了笑，说："没怎么，睡觉睡的。"

"听着像感冒，"周罪说，"注意一些。"

"好。"萧刻在电话这边无声微笑，手指刮了刮手机，说，"大半夜给你打电话好像有病，其实我知道你睡了，但就是突然很想打一个，我是不是挺不懂事儿的？"

周罪听他说完，然后说："想打就打，不用想那些。"

"嗯。"萧刻应了一声，之后两个人都沉默着。

萧刻觉得自己是真的挺有病的，打个电话影响人休息，又不说话。萧刻又笑了一下，问："睡了吗？"

周罪立刻回答："没。"

萧刻轻声说："那睡吧。"

周罪没应声，隔了几秒问他："你怎么了？不开心？"

萧刻把手机又往耳朵上贴了贴，这一瞬间鼻酸的感觉突然涌了上来。不是想哭，没到哭的程度，就是那股压在心里最深处的委屈猛地翻了出来。

萧刻三十岁了，对有些年纪的年轻人来说已经算是个老男人了。平时很洒脱，很大度，什么都很看得开，对什么事儿都不计较，不矫情。但这样的人不是不会难过，不是真的一辈子没伤过心。

他不说也不是就真的不委屈。

萧刻吸了吸鼻子，然后对电话那边说："周老师，我是真的真的很不开心。"

他从来没对人说过这话，萧刻什么时候都是自立的，很强大。但他倒是很乐意在周罪面前表现自己弱的一面，可能因为周罪给人感觉很可靠，很有安全感。也可能是因为他们最初相识的时候周罪看到的就是他最颓废和脆弱的一面，他孤身一人在酒吧，一个人守着一桌东西看起来那么孤单，孤单到随手拉着个陌生人请人坐在他对面。

萧刻翻了个身侧躺着，把手机压在耳朵和枕头中间，听见周罪在电话那边问："那怎么才能开心？"

周罪没问他为什么不开心，只是问他怎么才能开心。

他如果想说的话自然会说，他不想说，周罪也不去问他原因让他重复一次那些不开心的内容。周罪表面很糙，很粗犷，但内里其实有他的体贴和柔软。

人就是这样的，有人惯着的时候就想作，想放肆。萧刻故意说："我被人甩了啊，我不好吗？萧老师还不完美？错过了萧老师怕不是这辈子找不着更优秀的了。"

电话那边陷入了长久的沉默，沉默得很彻底，甚至连呼吸声都快听不着了。

萧刻在这边无声地笑，感觉心里突然轻松了起来，那股压着胸腔的沉闷渐渐消失。萧刻开口问："你还在吗？"

"在。"周罪沉沉的声音传过来，萧刻笑得眼睛都弯了起来。

周罪的情感生活非常非常缺失，这种突如其来、状况之外的话题让他脑子都打成了结，一时不知道回什么好。

周罪一直不说话，萧刻也不愿意再逗他。最后他笑了起来，说："周老师，我瞎说的。"

周罪听见他笑松了口气，隔了两秒也笑了，声音低低的："吓得我脑子都木了。"

萧刻被周老师的只言片语给逗得消极情绪都没了。半个多小时的通话，挂断的时候，心里只感叹跟周老师这一通电话怎么那么有用。

第二天早上一起床，萧刻喉咙发炎了，挺疼。不过倒是没接着发烧，于是萧刻吃完早饭就出门了，徐大夫想拦都没拦住。

明天就过年了，街上车终于少了很多，萧刻去店里没费劲就找了个很近的车位。从车上下来跑着进了店，进去的时候，陆小北和周罪正在吃东西。

他一进来，吃饭的俩人都定了一下，尤其是周罪，看了萧刻半天。萧刻冲他一笑，一点不含蓄。

陆小北问他："你不串门跟家等着过年来这儿干什么？"

萧刻走过去坐他俩旁边，说："我这不也是串门吗？"

周罪问他："感冒了？"

萧刻早上起来嗓子哑得不像话，鼻子也都堵死了，一听就是个病号。萧刻说："是啊，昨天作死出去走圈儿了，冻傻了。"

"这么有兴致呢，还出去走圈儿，"陆小北一点都没客气，笑话萧刻，"萧哥，你鼻尖都是红的，还挺萌。"

"滚蛋。"萧刻笑着瞪他。

周罪小声问他："难受？"

昨晚俩人刚打过电话，这会儿有种说不出的默契。萧刻对他摇了摇头："不难受，就是鼻子有点儿堵，没别的。"

"嗯。"周罪说，"难受，你就上楼躺着。"

"好的。"萧刻眯眼笑着回答他，看起来很乖。

店里只剩这师徒俩了，还有点儿冷清。陆小北的客户是个小姑娘，要往小腿上文只鹿，萧刻看了一眼他的图，特别好看。整体偏蓝色调，还带着星光。

这种小鹿其实有点儿烂大街了，陆小北尽量给设计得独特脱俗，能一眼看出跟别人的不一样。

陆小北跟姑娘说："你这个图我需要上很多遍色，不然出不来效果，今天做不完，我怕到后面你疼闹心了。反正之后你也得过来补几次色,你要是疼得受不了了,今天就歇歇。"

姑娘说:"没事儿,来吧。"

萧刻坐他那儿看了一会儿,陆小北干活儿的时候很酷,戴着口罩沉默寡言的。萧刻在店里待的时间久了,爱屋及乌,现在也发自内心地觉得文身是个很有气质的东西。

很神奇,把一个图案长久地烙在身体里,感受它的疼,才能承受起它的美。可能过几年觉得不喜欢了,但这也是你做出文身这个决定的时候需要承担的。一切都是未知,这也是文身的魅力之一。

周罪今天的客户也是个姑娘,长发披肩,穿着淡粉色的羽绒服,下身牛仔裤和雪地靴,看起来是很文静的一个小姑娘。

可能因为周罪平时做的还是欧美风格的多一些,所以男性客户比女性客户多很多,而且他很少做小图,通常都是满背花臂什么的,做大图的女性客户本身就少。

今天这个小姑娘排了周罪三个多月的时间,就指定了非要他文不可。小姑娘说话的声音小小的,笑起来也很腼腆:"新年快乐,周老师。"

周罪也对她说:"新年快乐。"

今天她要做的图是个人像,文在大腿上。这种图相对周罪平时的图来说就是个小活儿,非常简单。平常这些女客户的准备工作都是徐雯给做的,今日徐雯不在,周罪只能自己来。

她要做的图接近腿根儿,周罪上楼给她拿了条短裤和一条毯子,给她指了一下一楼的一个房间:"去里面换裤子,门可以锁。"

小姑娘接了短裤有点儿害羞,低着头去了房里。

萧刻也是之前有一次看见徐雯给一个女性客户拿了条丝绸睡裙,才知道针对女性,不管要文哪个部位都有对应能换的衣服,自己没准备的话可以在店里换。基本都是灰色和黑色,衣服色调很统一,还都不便宜，文完就直接送给客户了。

"真大方。"萧刻当时开玩笑说。

徐雯点头说："的确挺大方的，我说淘宝订一批就行，老大不让。一套好几百块钱，有的小姑娘明明用不着换也会跟着要，心疼死我了。"

萧刻笑了笑，说："别替你老大心疼，谁想要就送谁。他随随便便做个图费用万儿八千元的，不差套睡衣。"

她出来的时候文身椅上已经铺好了毛巾毯，周罪跟她说："东西放那边柜子里，今天店里没别人，随便放，不用锁。然后过来躺这儿，坐着也行。毯子裤子都是新的，放心。"

"我知道。"小姑娘放完东西走过来，坐在椅子上，周罪把毯子给她盖好，只露出了要文身的左腿。

周罪拿着打印出来的图纸在她腿上比了比，说："看下位置。"

姑娘点头说可以。

周罪又给她看了看图，说："你再看看，没问题我就要开始勾线了，就不好改了。"

她盯着图看了好半天，然后笑了笑说："其实他鼻梁没这么高，不过这样更帅了，挺好的。"

"那我就这么文了？"周罪问她。

"嗯。"

文身机一开，那声音挺让人紧张的，小姑娘腿都绷紧了，周罪低着头说："放松。"

"我试试，"她有点儿不好意思地笑了，"我挺怕疼的。"

"嗯，放松，否则更疼。"周罪说。

文身笔一挨到她腿上，小姑娘就是一哆嗦，"嗞"了一声。

萧刻过来问她："小美女，毕业了吗？看着不大。"

她说："研究生在读。"

萧刻说:"那咱们同龄啊。"

小姑娘点了点头:"我感觉也差不多。"

周罪抬头看了一眼萧刻,笑了一下。陆小北在另外一边接话:"萧哥要点脸吧。"

"我怎么了?"萧刻挑着眉,"我今年研一。"

小姑娘说:"我研二了。"

"啊,"萧刻马上叫了一声,"学姐。"

周罪低头定点,嘴边挂着笑。陆小北面无表情,都懒得搭理了。

其实萧刻就是看她太紧张了,过来跟她聊天分散一下注意力,不然周罪没法下手。

萧刻指着那张图,问她:"男朋友?"

"是。"

萧刻说:"挺帅的。"

"还行,"小姑娘看着图也笑了,"本人没这么好看,周老师给画帅了。"

这种把爱人文身上的客户并不少,但通常都是很小的图,或者卡通或者抽象一点,这种陆小北做过很多。像这样一个素描大图直接文身上是挺少见的,萧刻还是觉得这姑娘太年轻了,以后什么样还说不准呢,万一没能一直走到最后,怎么办?

不过这本来就是文身的未知性,就赌吧。

那天萧刻一直坐在旁边,隔会儿跟她聊几句。她的确挺怕疼的,时不时腿就一抽,额头上都疼出了一层汗。

周罪问她是哪个学校的,她说T大。

"哟,巧了啊,校友。"她说的恰好是萧刻他们学校。

小姑娘说她是金融专业的,萧刻说他是学生物工程的。一直到最后他都说自己是研一小学弟。

单色图做起来很快,周罪两个多小时就做完了。图完成之后还是很好看的,非常帅。小姑娘穿着短裤去照了照镜子,很满意,红着眼睛跟周罪说:"辛苦周老师。"

周罪说:"客气了。"

人走了之后,陆小北说萧刻:"一把年纪了也不顾自己的脸,以后万一人在学校碰见你了喊一声学弟,我看你尴不尴尬。"

萧刻笑着耸了耸肩:"叫我我就答应呗,谁让萧老师长得年轻。"

看周罪文身的时间总是一晃而过,萧刻泡在店里虚度了一天的光阴,一点也不觉得空虚。天黑了不得不走,萧刻揉了揉发酸的鼻子跟周罪说:"周老师,我得走了,明天你还在店里?"

周罪点头说:"在。"

"行,"萧刻笑着说,"那我走了,晚上发消息给你。"

周罪说:"明天别来,好好在家过年。年后再来吧,陪陪家人。"

萧刻答应:"好嘞。"他回头看了看,陆小北正低头专心做着文身,于是他临走之前凑近周罪,小声说:"周老师,我没事儿,放心!"

这句话其实萧刻昨晚就想说了,但是觉得反复强调有点儿矫情。今天话在他嘴边都转悠一天了,不说出来,他不能安心。

周罪笑了一下,他脸上的表情萧刻很愿意看,跟之前一样,很无奈,但是带着纵容。

萧刻又对他笑笑,之后开门就跑了。

周罪脸上不显,但是心里还是觉得很暖。仿佛春天来了鲜花遍地开,空气里都是鲜花的味儿。周罪特意去看了看店里那一桶一桶的花,捡了些枯萎的出来扔掉了。

萧刻从店里跑出来钻进车里才收了脸上的笑,其实他的心情没有表现出来的这么好。心里有点儿沉,别人都回家过年了,店里这俩酷哥儿怎么不回?很有种两个老光棍儿没人管的破败凄惨感。

萧刻没问过周罪这事儿，就算不问也猜个差不多了，就觉得挺心疼的。一个有着乱七八糟过去的大哥带着个孤零零的小弟，两个都没家，只能互相依靠。

其实年纪大了很不爱过年，觉得麻烦，但不能不过，所以就算萧刻特别想从奶奶家跑出去找周罪那哥俩，也不敢真的执行。他们家的传统就是过年这天必须都在奶奶家，谁都不能缺。一大早就要去，一直待到半夜吃完饺子。

萧刻晚上十一点的时候发消息给周罪，问他：周老师，哪儿呢？

周罪说：方禧和老曹过来了，喝酒。

萧刻又问：他们去你家了？

周罪回他：嗯。

萧刻过会儿给老曹发了消息：帅哥，定位来一个。

想了想，他马上跟了一条过去：嘘。

老曹毕竟不是一根筋的脑子，萧刻打的什么主意他心里门儿清。回了个消息说：封口费。

萧刻迅速给转了二百块钱红包过去："恭喜发财，曹哥最帅。"

老曹收了红包，发了个位置。还特别体贴地说：进了大门往北走，最前面，C6栋，2201。

萧刻又给发了二百块钱红包。

"爸，你快点儿吃。"萧刻早就吃完了饺子，徐大夫也吃完了，他们家就剩老萧自己还没吃完。

奶奶用手拍他："你催什么！让你爸慢慢儿吃！"

"我怕他困，"萧刻赔着笑脸，搂着奶奶往她嘴里喂了粒甜葡萄，"再说我们都在这儿也影响你休息。"

大伯说："整事儿吧你就，你奶奶不看完春晚不可能睡。"

萧刻心里急得不行，但是也不好直说，只能一直盯着他爸吃饺子。他爸这边一撂了筷子，萧刻赶紧去穿了外衣："走吧，我感冒好像还没好，我头疼，我快睡着了。"

奶奶让他气笑了："那你就在这儿睡！这么多屋不够你睡的？"

"我认床呢，"萧刻把徐大夫外套塞她怀里，跟奶奶说，"奶奶，我病了，我昨天都发烧了。"

奶奶一挥手："快走！"

萧刻一点儿没犹豫，在奶奶脸上亲了一口，然后直接跑下楼了。等老萧和徐大夫下来，他车都烘暖了。

老萧一坐进车里就说他："急得跟个大马猴似的。"

萧刻开了车出了小区，笑着说："大马猴都没我急，二位也体谅体谅你们英俊善良的儿子关爱光棍儿朋友的心吧。"

老萧笑话起他来一点都不客气："又不是出去跟林安溜达两圈就上火发烧的你了？"

"哎，话不能乱说，老同志。"萧刻笑着摇头，"我那是吹风冻的，徐大夫能证明。我上不出来那么大火。"

他把爸妈送到小区，然后一人塞了个厚厚的大红包，笑嘻嘻地说："红包提前给，祝我爸妈健健康康平平安安。"

"赶紧走，"老萧和徐大夫接过红包，知道他着急，徐大夫说，"慢点开，不差这一会儿。"

"放心。"萧刻看着他们进了小区就开车走了。

大年三十儿晚上的马路是一年里最消停的，这一路上萧刻都没看见几辆车。顺着导航到了周罪家小区，人车分流小区，开车不让进。萧刻转悠着在外面找到车位停好了车已经十一点五十分了。

萧刻一路跑着进去，虽然始终闭着嘴也还是呛了一肚子风。本来还在发炎的喉咙这会儿又干又涩，再不喝口水估计是要炸了。

萧刻找到C6进了单元门的时候是十一点五十三分,萧刻一进去就蒙了,里面那道门他没卡进不去。萧刻立刻给老曹发了消息,让他尽量不被发现地开门顺便按个电梯。

老曹估计手机就在手边,特别有效率。电梯上行到二十二楼,门开之前,萧刻看了一眼时间,五十七分。

很棒。

老曹已经倚着门框在等着他,萧刻笑着小声说:"谢了。周罪呢?"

老曹手指往身后随便一指:"让方禧支去找烟了。"

萧刻换了鞋进去,方禧在桌边挑眉看着他乐,往厨房指了指。萧刻冲他笑着点头,没顾上说话,跑着就过去了。

周罪背对着门在一个柜子里翻着,拿了条烟正要回身,萧刻扑过去一把捂住了他眼睛。

周罪本来以为是方禧或者老曹又抽风,刚要伸手把盖在眼睛上的手拿开,听见还没喘匀的呼吸声突然顿了一下。

萧刻没出声,刚才跑太急了,还在喘粗气。

周罪的手在萧刻手上摸了摸,又摸了摸衣袖,萧刻从外面跑进来外衣没脱,身上还带着凉气。

周罪开了口:"萧刻?"

萧刻笑了,手没拿开,另外一只手从兜里摸出个红包塞在周罪手里。他声音里还带着不稳的气息和满满的笑意:"萧老师赶着来送红包,我好不好?"

周罪点头,声音沉沉地回答:"好。"

萧刻于是笑了一下,凑近周罪耳边小声和他说话。

周罪在满眼的黑暗中听见萧刻带着快跑过后不稳的声线对他说:"现在零点了,你要记住萧老师陪你跨了年……新年快乐。"

周罪伸出手去,用拿着红包的那只手拍拍他的肩膀,哑声说:

"辛苦了，萧老师。"

"不辛苦，"萧刻笑着说，"我甘之如饴。"

刚才进来的时候，客厅里还只有两个人，等他们俩出去的时候变成三个了。萧刻挑眉问陆小北："我刚才怎么没看见你？"

陆小北笑着打招呼："我刚上厕所了。萧哥过年好！"

萧刻拿着手里的红包砸他身上，冲陆小北抬下巴眨了一下眼，哥俩默契足足的。

方禧问萧刻："我们俩咋没个红包啊？"

萧刻笑着说："不好意思啊，没想到你俩在，我提前就准备这俩人的了。"

一句话远近亲疏分得明明白白，这哥俩跟我是自己人，你俩谁？

萧刻白惦记了一天，他脑补出来的画面其实是周罪和陆小北俩人煮点速冻饺子吃完互相沉默着看春晚，没想到人这边其实挺热闹，酒店奢华的年夜饭直接送到家，铺了满满一桌子，还有人陪着喝酒。

萧刻一来，陪酒的人失去了作用自然不多待了，仨人喝完酒都走了。

屋子里只剩下两个人的时候，刚才热闹的气氛突然散了，空气一下就静了下来。萧刻一条腿盘着坐在沙发上，剥了个橘子慢慢吃着。

周罪过来坐他旁边，开口说："今晚还走吗萧老师？太晚了，要不留下睡一晚。"

萧刻笑了，很痛快地点点头："给个房间住住吧，周老师。"

周罪立即起来去给他收拾了个房间。

周罪换了新的床单，又拿了新的牙刷毛巾放进洗手间。周罪穿着居家服的样子，萧刻是第一次看，一条灰色的运动裤和一件长袖，看着比平时随和柔软一些。

周罪收拾完了问他："累吗？"

萧刻往旁边挪了挪，歪躺在床上，很自在的姿势，摇了摇头："不累。"

周罪给他拿了条毯子随手搭他身上，然后坐在离他不太远的位置，说："想聊聊吗？听我说说以前的事。"

"聊啊。"萧刻眯了眯眼，觉得现在这个状态很舒服，城市里不让放鞭炮了，但外面偶尔还是能听见几声响，也能看到零星的烟花。屋里换成了暖色调的灯光，他盖着毯子听着周罪讲述从前。

一切都很好。

周罪这么主动要说关于他自己，说实话，萧刻挺意外的。周罪想说，他自然得听，萧刻侧头看着他，等他说。

周罪问他："不好奇我名字？"

萧刻点了点头，坦白说："说实话，其实非常好奇，一般人不会用那个字。我以前还以为你为了酷故意改的字，但是我看你身份证上的确就这么写的。"

周罪笑了笑，低声说："我爸给我起的名。"

萧刻好像能猜到一点了。

"我妈生我的时候难产，医院血库里的血用完了没能等到调血，人就去世了。"萧刻之前就特别喜欢听周罪说往事，这人说起回忆来很有味道，语气很低沉很慢。但这次说的内容有些沉重了，萧刻心里有些发沉。

"所以我爸从小就很讨厌我，"周罪说，"他说我从出生就是带着罪的，我的出生就是一场罪孽。"

萧刻抿了抿唇。

周罪看了一眼他的神色，继续说："我在我奶奶家长大的，到我上初中那年，她中午去给我买鱼，回来的路上摔了一跤。老人骨头脆，摔坏了腿。手术之后的那天晚上一直流血，找了很多次，但是医生和护士一直说是正常的,结果第二天我放学再去的时候人就没了。"

萧刻皱紧了眉:"这是医疗事故啊!医院怎么说的?"

周罪摇了摇头,说:"医院给了十万元封口费,我爸接受了。不接受也没什么办法,人走了就是走了。"

萧刻不知道能说什么,只能安静地听,听周罪说他自己的确是有罪的。

"我爸那时候已经有了新家,另外又有了个儿子。我和我爷住。"周罪扯了个抱枕随意地抱着,"高中的时候,我爷也不在了。那会儿我已经在和香港人学文身了,我爷留了十几万元吧,我爸说爷爷留的都给我,让我拿了钱自生自灭,以后就算死在外面也别再找他。"

周罪说到这儿的时候笑了一下:"其实他一直很怕我,他觉得我命硬,怕我克他,所以连话都不怎么跟我说。"

萧刻想说这样的父亲也真是服了,不过没真的说出来。他问周罪:"那钱你要了吗?"

周罪点头:"要了,我拿了三万块钱。后来香港人就让我收钱了,我做点简单的文身,收的钱他都给我。"

"他人挺好的。"萧刻说。

"嗯,没他我都不知道现在的我是什么样了。"周罪靠在沙发上,很平静很温和,"他是我的指路者。"

那天周罪说了不少,后来讲了讲他各处学文身的经历,见过的形形色色的人。他的声音是有魔力的,萧刻沉浸其中。

其实萧刻想听听关于亚宁的事儿,那个惹麻烦的人。但是周罪没怎么提他,他也不会开口去问,这么好的气氛不应该让它变得尴尬。

后来周罪侧过头看着萧刻,安安静静地看了好半天。凌晨三点,室内温度很舒适,萧刻本来感冒也没好,缩在毯子里昏昏欲睡。周罪开口问他:"我命很硬,身上带着很多罪,萧老师怕不怕?"

萧刻立刻摇了摇头,说:"我没怕过,萧老师不认识'怕'字,也不信命。"

之后周罪不再说话,萧刻很快就睡着了,睡着的样子很安静,跟他醒着的时候给人的感觉一样,是温润的,很柔软。

周罪给他盖被子的时候,其实萧刻就已经醒了,但是他没睁眼。

但是周罪起身要走的时候,萧刻却突然出了声,问:"去睡啊,周老师?"

周罪回头看他,失笑:"醒着呢?"

"半睡半醒吧。"萧刻也笑了一下,脸上还有着未退的困意,说话声音也是低低哑哑的,"你没跟我说新年快乐,往哪儿走?"

周罪于是又蹲了回来,看着萧刻的眼睛,说了声"新年快乐"。

萧刻满足了,闭上眼睛喃喃着最后扔了一句:"去他的罪吧,什么破名儿……萧老师单方面宣布你从明天开始叫周礼物,你是我的三十岁礼物。"

第七章

CHAPTER / SEVEN

萧老师在"爱豆"家住了一宿，醒的时候支着耳朵听外面的动静，听了半天没听见个什么，估计周罪是还没起。萧刻自己在那儿回味了一下昨晚的夜聊，的确是挺温馨的。原来酷哥儿是个小可怜儿，萧刻心疼了，还给周老师起了个新名儿。

　　想到这儿，萧刻摸过手机发了条朋友圈：新年收了个新礼物。

　　萧刻那天没敢在周罪家多待，毕竟还过着年呢，起来吃过早饭就回去了。之前不是周罪还没起，人早饭都做完了，是没弄出动静来打扰他。萧刻吃着周老师给炒的饭，心里特别满足，啧，"爱豆"给做饭吃。

　　初一按惯例他们得回姥姥家那边，萧刻上车之前摆了摆手，说："我走了，周老师，明天去店里找你。"

　　说完，他开门就要上车。

　　周罪喊住他："等会儿。"

　　"嗯？"萧刻回过头，"怎么了？"

　　周罪的车停在不远处，他走过去，弯腰从里面拿了个红包，之后又去后座上拿了个纸筒，回到萧刻这边递给他："在车里放了好几天，没想着你昨天会来，以为要过几天才能给你。"

　　萧刻当时就笑了，弯着眼睛问："我也有红包啊？"

　　周罪说："当然有。"

"那谢谢周老师,"萧刻接了过来,歪着头对他笑,"我给你的是恭喜发财包,你给我的是什么包?"

周罪看着他,还挺认真地说:"我给的是压岁钱。压祟压惊,萧老师平平安安。"

萧刻把红包揣进外套兜里,笑着问:"真拿我当小孩儿啊?"

周罪淡淡一笑,说:"你在我这儿就是小孩儿。"

这话听着还挺亲,萧刻美了,摆了一下手说:"拜拜,周老师,你上车吧。"

他说完就转身跑了。

萧刻到家的时候,家里老两口都收拾完了,就等他了,他一上去连鞋都没让换,直接就走了。萧刻把纸筒小心地放进后备厢,然后才去驾驶座开车。

老萧和徐大夫坐在后座上,刚开始一言不发,中间萧刻一个急刹车,然后皱着眉骂了句:"真是什么人都能开车了,当自己家玩具车开呢。"

他先出了声,两位家长就没那么拘着了,徐女士一本正经地问他:"昨晚在哪儿睡的?"

萧刻从后视镜看了他们一眼,说:"朋友家,喝完酒太晚了。"

徐女士又问:"哪个朋友?"

萧刻差点儿脱口而出就是一个"周礼物",幸好及时收了口:"周礼……罪,周罪。"

"没听你说过这人啊,是做什么的?"老萧接着问。

萧刻笑着说:"那可高级了,是个艺术家。"

这话萧刻没扯,他是真的觉得他"爱豆"的确当得起这名儿。他现在觉得文身本身就是一件艺术品,很高级的东西。

徐大夫最后说:"艺术家……就是你之前总提到的'爱豆'吧。"

"嗯。"萧刻笑了笑。

两位家长对文身这东西不是那么看好,但也没多说什么,不了解就不乱说话了。

一上了年纪,过年的确是挺麻烦的事儿,红包不准备十多份儿都挡不住。萧刻三十岁了还不结婚,亲戚总惦记着问,还要给他介绍对象。表姐今年刚生完二胎,看他迟迟不结婚心里急,一气儿往他手机里发了三张照片,说:"这三个是我们园性格最好的,长得也都不错,你挑挑,都二十五六岁。"

萧刻把照片处理了一下,把脸和背景都用小猫咪小熊给挡住了,照片里也就勉强能看见头发,然后发给了周罪。

周罪估计没文身,回复很快:什么?

萧刻说:我表姐让我挑一个去相亲。

周罪马上发过来个句号。

这反应让萧老师没客气地发了好几行"哈"。他一这么发"哈哈哈"的时候,就是周老师一脸无奈的时候,年纪小就是有特权,怎么都有人惯着。

不光惯着,还能有压岁钱,还能有礼物。

那礼物,萧刻上楼的时候就偷偷看过了,是周罪之前答应他的画。画的是一片花海。一幅色彩特别明艳的油画,让人看了整颗心都亮了。

过年那天,萧刻是在周罪家住的,这事儿方禧、曹圆和陆小北都知道。他第二天往店里一去,陆小北就凑过来小声问:"住得舒服吗?"

萧刻笑着摇头:"反正睡得挺好。"

陆小北惊了,不太敢相信:"真的啊?"

萧刻拍了他脑袋一下,说:"这有什么真的假的?周罪呢?"

陆小北用下巴指了指一楼一间文身室："那里面呢，你别进去，今天是个姑娘。"

萧刻点头："嗯。"

通常这种不让进的都是姑娘，文的肯定也不是胳膊小腿这种露在明面上的部位。萧刻问他："多大的图啊？"

要是个大图，他今天估计是看不着周老师了。

"不大，补个色，很快。"陆小北说。

的确是很快，萧刻也就坐了一个小时，俩人就出来了，姑娘年龄看着不小，估计比萧刻还得大一些。她出来的时候还笑呵呵的，跟周罪说："辛苦了周老师，过年呢，还得帮我补色。"

周罪摇了摇头说："客气了。"

她走之后，周罪跟陆小北说："我刚拍了照片，你有空导出来吧。"

陆小北竖了个拇指说："出息了啊，我大哥，还知道拍照了。"

周罪说："她让我拍的，回头你发她微信上。"

陆小北点了点头："OK。"

其实上回她刚做完的时候，陆小北就想拍照了，只不过当时他手里有活儿，等他完事儿了人都走了。周罪这人从来也想不起来给人拍照，压根儿也不在意那些。今天这姑娘的图陆小北特别有印象，做的是前胸。之前单侧做了乳腺切割，还有道疤，她最开始约的是陆小北，因为周罪"档期"排太久了，但是陆小北琢磨了好长时间都不太满意，最后还是周罪接过去了。

姑娘想要文朵黑色曼陀罗，其他没要求，好看就行了。周罪其实也没做太复杂的图，就简单一朵花加点零星的设计和晕染，通过线条和光影做出立体感掩盖了胸的缺陷，乍眼看过去绝对看不出做过手术。做完的效果让姑娘眼圈直接就红了，最后打款的时候她给多打了三万块钱，非说值这么多，又让陆小北给退回去了。

陆小北当时快五体投地了，这种让他做，他真不敢伸手。晕染的渐变和线条力道差一丁点儿都出不来效果，而且做出来的立体效果要和另一侧胸相同。再加上黑色曼陀罗在文胸上很常见，很难脱俗，陆小北刚开始设计了几款都是满一些的图，要用重色压住疤，做出来华丽感有了，只是不够干净、不高级。

掩盖缺陷很容易，但是没有一条多余的线、一处不干净的雾面，这才是真的难。

周罪毕竟是周罪，外面模仿周罪风格的特别多，但他们都不是周罪。

陆小北后来把那图传给了那姑娘，问：姐，照片我们能发图片吗？不带脸，从肩膀到腰。

"发啊！拍照就是让你们发的，这么好看为什么不发？发微博的话，圈我一下啊！"对方直接语音回复的。

陆小北就把图片调了调光，发了微博。微博平时就他和徐雯打理，传传图什么的，很少和别人互动，不过粉丝也有好几万了，光文身师就得有几百个。上去一次就把上面的评论和转发都看看，看了会儿问萧刻："哥，你有微博吗？我要用店号关注你一下。"

"算了，我不玩那个，就睡前翻一翻。"萧刻说。

陆小北摆弄了一会儿，叫了萧刻一声，然后给他看手机。萧刻接过来看了一眼，是条提醒周罪工作室的微博。

照片里的小姑娘，萧刻一眼就认出来是年前来店里在腿上文男友人像的那个，她发了两张她腿上的图。配文——

"文身真疼啊［笑哭］，周老师，我替你见过了也约到了，人超超超有魅力，不枉你崇拜一场。今天还在店里见到个咱们的学弟，好帅的［太阳］！我昨晚梦到你了，你骂我文身，说你在那边已经有新的女朋友啦，让我过新生活，但我说了，我要带着你看世界。感谢周罪工作室，周老师把你文得这么帅，我的小顾永远不变老，开心！"

萧刻看完好半天都不知道说点什么，心里堵得慌。想想那个小姑娘文静腼腆的样子，怪不得会文那么大个人像在腿上。

"这是文身的意义之一。"陆小北说，"把你想纪念的东西永久地文在身体上，它能陪你一生。记忆会散，照片也会褪色，但是文身是永恒的。"

陆小北很少说这种正经话，平时都是那副浑不吝的模样，难得正经一次，看着还挺像那么回事。萧刻笑了笑说："可是爱人去世，这件事情本身就已经烙在心里了吧，文身是表象，烙在心里的才是永恒的。"

陆小北想了想说："烙在心里的都会淡的。"

周罪这时候在楼上栏杆边叫了萧刻一声："萧老师。"

"哎，来了，"萧刻仰头答了一声，边走边跟陆小北说，"不会的，活着或许会淡，去世了不会。"

萧刻几步跑上去，笑着问："画完画了吗，周老师？"

"没。"周罪侧着头看着萧刻，过会儿说，"陪我画画吧。"

这个年过得晚，元宵节还没到，萧刻就得回去上班了。这学期他带两门课，一周也就四次课，两个四小节两个两小节，时间还是挺充裕的。

一个年过得组里同事都胖了不少，萧刻带了几盒进口巧克力给几位女同事分了。

"自从办公室里多了个小萧，我们是越来越难混了。"徐教授是位教龄十多年的中年男子，最近已经开始发福，就是学生眼里最可怕的那种很难应付的老师，作业要求多，考试也不好过。

另外一位年龄大的女老师笑话他："同事这么多年了也没见你给过什么，那年给我包茶叶，最后放办公室也都让你喝了。"

"别挤对我，"徐教授笑了两声说，"你学生这学期有我课吧，别说我给你学生挂科。"

女老师姓林，也是个硕导，坐回她椅子上说："不敢惹你，你可别瞎弄，我学生明年要出去交流了。"

萧刻笑着听他们闲聊，其实刚开始上班还没怎么适应过来，在家这段时间都散漫惯了。他坐椅子上打了个哈欠，随手发了个朋友圈：假期结束，没睡够，难受。

上班头一天那必然是要开会的。院长在上面开会的时候，他得特别努力才能不表现出自己的困意。院长说完副院长说，接着是主任，最后是组长。一圈轮下来，萧刻脑子都浑了，出了门直发晕，这就是假期后遗症，也不知道要用几天才能调整过来。

回办公室从抽屉里拿出手机，没什么消息。开了微信，朋友圈里倒是有不少评论，他一一看着，读到某一条的时候，上滑的手指突然停了，然后他忍不住低头笑了。

是周罪给他评论了个表情，就是绿色礼物盒子那个，就一个小小的盒子，什么都没说。这是周罪第一次在朋友圈给萧刻评论，底下可就热闹上了。

林轩回复周罪：哟。

方禧回复周罪：啧。

老朱回复周罪：呵呵。

老曹回复周罪：[白眼]。

这么嘲讽他"爱豆"，萧刻不能忍，想了想回复周罪：萧老师给你撑腰。

收了礼物，萧刻头也不晕了，元气大增，什么是假期后遗症？没有的，不存在的。

其实周罪也不是特意发的那个，就是看到萧刻那条状态很想给他评论一下，但没想到说什么好，表情也不知道应该发哪个，看了一圈，也就这个还行，就发了。

陆小北斜挎着包钻进店里，跑进厅里跺脚蹦着："我的天啊啊啊啊，冻死人了，骨头都要冻裂了。"

"你自己愿意吗不是？"店里另外一个文身师下午有客户，正做着准备工作，看了他一眼笑着说，"你看咱们这儿谁冬天穿单裤还露脚踝？这浪的什么劲儿呢。"

陆小北还在跺着脚："我反正开车也不在外面走几步，谁知道今天这么冷？走这几步就要冻死我。"

陆小北缓过劲儿来了，蹲在椅子上看手机，看了会儿突然喊了周罪一声："大哥，你要从仙界回到人间了？"

周罪知道他肯定说的是他给萧刻评论那事儿，没搭理。

陆小北过会儿转悠着过来，周罪在桌上画后面两天要做的设计，陆小北反跨着坐在他旁边的椅子上。他刚开始没吱声，等了会儿可能忍不住了，往这边歪了歪身子，小声问："大哥，汤亚宁的事儿……你跟我萧哥说过没有？"

周罪手上的笔停了一下，然后才接着画，说："没有。"

"我觉得你好像也没有。"陆小北说。

周罪明天要做个腿环，一套写实的锁链，他一直在低头画图。陆小北过会儿又开了口，话音里也带着点犹豫："你不打算说？"

这次周罪动作没停，说："没找着机会。"

的确没什么机会，不知道怎么把话题带过去。唯一的一次机会就是过年那天，但是那天周罪到底还是没提。萧刻那时候很惬意地躺在他的沙发上，听他讲以前的事儿，周罪几次想开口聊聊，但最后都咽了回去。那么舒服的氛围，那些沉重的往事他干脆就没想提……也不敢提。

"嗯。"陆小北点了点头，隔了会儿又低声说，"我觉得吧……别瞒着他。我萧哥那天的话，我听着心里有点儿没底，我怕他介意这个。"

周罪"嗯"了一声，说："没想瞒他。"

是真的没想瞒他，只是这段时间学校刚开学，萧刻事情很多，那之后连着两周都没来店里，就每天晚上聊几句，俩人一直没见过面。

周罪有天晚上问他："这周来吗？"

"来！"萧刻应得很利落，"那必须的，这周没什么事儿。"

"好。"周罪笑了一下。

"你……"萧刻当时躺在床上，故意说一个字就停顿一下，然后才接着问，"这是有什么事儿吗，周老师？"

周罪那边是沉默的，隔了好半天才很低地"嗯"了一声。

"好，"萧刻随手捏了一把旁边的抱枕，"等我。"

他们打电话的这天是周三，萧刻十多天没去店里了，其实早想过去遛遛。

本来定的周六去店里，但萧刻周五下午没什么事儿，很早就走了，开车奔着店里去。路上还绕了一下路去买了几只烤兔，陆小北他们特别爱吃那家。

他推门进去，陆小北正好在外间，看见他吹了声口哨。

萧刻把手里拎的餐盒都递给他，问："周老师有活儿吗？"

"没有，"陆小北接过餐盒，跟他说，"周老师昨晚一宿没睡，楼上补觉呢。"

"一宿没睡？"萧刻挑眉，看陆小北没洗手直接拿了个兔腿啃着有点儿不忍直视，"他干什么了一宿没睡？"

"干活儿了。"陆小北吃得特别满足，一边吃一边说，"有个小哥儿飞机改签了，今天就得走，我大哥给他赶了一下。"

萧刻皱着眉说了一句:"真是不拿我们老男人当人使啊。"

他说完就进去了,陆小北在后边偷着撇嘴,我们那老男人都够当人使的了,一年不赶几次夜场。养老组难得加个班而已,啧。

萧刻知道昨晚周罪赶工了,因为他打电话的时候周罪还在店里,没说上几句他就睡了,不过没想到这人直接弄了一宿。

徐雯正在里间跟一个文身师说话,萧刻跟她扬了一下手打招呼,然后就上楼了。楼上周罪的卧室门关着,萧刻没敲门,直接开门进去了。

周罪睡得很熟,呼吸平稳。昨晚这人没回家,没刮成胡子,脸上有胡楂儿。这屋以前有把椅子,不知道搬哪儿去了,萧刻于是直接坐床上了,没挨着周罪,坐的时候还挺小心。

结果他刚挨上床,还没坐实,周罪眼睛一下就睁开了,直直地盯着他。

萧刻不期然地跟他对上视线,没个心理准备,还愣了一下,反应过来之后笑了,刚要说话,周罪却突然猛地往后一躲。

萧刻皱了皱眉,轻声问:"怎么了?我又……吓着你了?"

这个场景莫名熟悉,之前已经有过一次了。萧刻伸手要拍拍他,但是周罪没让他碰上,直接坐了起来。

萧刻伸出去的手还在那儿僵着,让周罪的反应给弄蒙了。他眨了眨眼,失笑:"你躲我啊,周老师?起床气?"

周罪盯着他,好一会儿都没说话,就只是看着。

萧刻挑眉,轻声说:"魇住了?不怕啊。"

周罪像是到这时候才回神,挪开视线,用力捏了捏眉心。

"怎么了这是?"萧刻试探着伸过手去,见他没躲才轻轻拍了几下,"我看你睡得挺熟的,要不我就不坐了,抱歉吵醒你了啊。"

"没有,跟你没关系。"周罪摇了摇头,还是低着头,声音很哑,

"萧老师，聊聊吧。"

"好啊，聊。"萧刻虽然对这人一醒来就要聊的事儿觉得意外，但周罪不管说什么他都愿意听，当然一口答应下来。

周罪又坐了一会儿才下了床，说："我收拾一下。"

"嗯。"萧刻看出来他情绪不高，也不多说话了。

但这个天到底还是没能聊成，周罪刚洗漱回来，萧刻已经站了起来说："对不起啊，咱们改天聊，刚才我妈打电话说我姨进医院了，我得去看看怎么回事儿。"

周罪皱起眉："嗯，那快去。要我陪你一起去吗？"

萧刻摇了摇头，声音很轻地跟周罪说："刚才吓着了吧？"

刚才周罪心里那种躁动焦虑的情绪这会儿缓解了不少，他叮嘱萧刻："快去吧，开车别急。"

"好的，"萧刻对他笑了一下，"不用担心，估计是又低血糖了，老毛病，我去看看。"

事实也的确跟萧刻猜的一样，低血糖了，在医院补两针就醒过来了。他过去的时候徐大夫也在，这不是她们医院，救护车直接就近给送这边了。

大姨人没事儿也不爱在医院待着，清醒了就要回家，没什么大毛病，就都各自散了。表姐送大姨，萧刻送老妈。

都到家了，肯定得留下吃完饭才走，萧刻给周罪发了条消息：没事儿了，明天见。

这条消息周罪没回，应该是没看见。

老妈问萧刻明天什么安排。

萧刻说："怎么了？有事儿吗？"

徐大夫摇了摇头："没事儿，就问问。"

萧刻笑了："那排得可满了。"

他倒是说的真话，的确排得很满。

周六早上，萧刻起来收拾收拾就去了店里，走到门口的时候，有个人跟他一起进来的。这人抬手推门的时候，萧刻看见他手上文了把刀，刀上还有只人眼，很酷的图，就是看着太凶了，刀尖就对着虎口的位置。

那人见萧刻也要进，推开门之后还笑着做了个手势，示意他先进。

萧刻笑了一下，也没客气，抬腿就进去了。

他还以为这个时间店里估计也就徐雯在，结果周罪和陆小北竟然都在。周罪拿着陆小北的手稿给他讲图，说他有些线太多余。

萧刻进来，陆小北抬头看见他，扬了一下手："这么早……呢？"

他话说一半就看见了萧刻身后进来的那人，刚开始愣住了，过了会儿瞪圆了眼睛："你这闹的是哪出啊……奉雷老师？"

萧刻回头看了一眼，那人冲着周罪和陆小北的方向笑着，然后拱手作了个揖，笑着说："大哥过年好！"

奉雷一声"大哥过年好"，周罪还没什么反应，陆小北先不干了，伸手做了个"停"的动作，站起来说："这可不能瞎叫，这是我大哥，你叫不合适，你得叫周老师。"

"别那么小心眼儿，"奉雷一笑，从怀里拿了个红包扔陆小北身上，看那厚度，估计里边得有一整沓，"多大了，你还护食！"

陆小北红包到手就又扔了回去，说："不要，咱俩平辈儿，你给不着我。"

周罪指了指另一边的沙发，说："坐。什么时候回来的？"

"今天刚回，我东西放下就先过来您这儿了。"奉雷过去坐在周罪旁边，靠在沙发上抹了把脸，长长地舒了口气，"太累了，真是岁数大了，火车几个小时坐着都觉得累。"

"别扯了，"陆小北哼了一声，"你一搞文身的说你坐着累，敢情奉雷老师平时都蹲着干活儿？"

"小北，你歇会儿。"周罪给了他个眼神，让他消停会儿。

萧刻看出来这人应该是个老熟人，估计有话说，他这么在这儿也不太合适。萧刻打算上楼去看看周罪的画，结果刚要走让周罪给叫住了："萧老师。"

"嗯？"萧刻回头看他，然后笑了笑，"你们聊。"

周罪看着他，拍了拍旁边的沙发，说："过来坐。"

萧刻眨了一下眼睛，之后笑了："行。"

他走过来坐下，周罪这边的胳膊就抬了起来，搭在他身后的椅背上，人也很放松地向后靠着。

奉雷的视线这才落在萧刻身上，问："这位是？"

陆小北在旁边看热闹，等着听周罪怎么答。萧刻刚想主动开口，周罪就侧过头看了萧刻一眼，然后眼里带了淡淡的笑意，说："萧老师。"

"哎，那真是失敬了，"他伸手过来，笑着说，"以前没见过，我是奉雷。"

萧刻跟他握了握手，说："你好，萧刻。"

陆小北在旁边"啧"了两声，瞟了萧刻两眼，用口型跟他重复着：萧——老——师——

萧刻没搭理他，笑了一下。

"我每次看见小北都觉得挺恍惚，"奉雷看着陆小北，摇了摇头说，"那时候他才多大啊，还没长胡子呢，不过这发型倒是一直没变。"

奉雷像是单纯地就是过来看看，专门来叙旧的。他跟过周罪三年，以学徒的身份。那时候跟陆小北一样管周罪叫大哥，但那会儿陆小北还小，很护食，不让他叫。

陆小北面无表情地说："那时候你也小啊，再说你那会儿也不叫奉雷。"

奉雷本名叫奉春阳，听着可没现在这么大气。当初他还跟着周罪的时候，陆小北就看不上他，不过陆小北眼睛天天长在头顶上，也看不上谁。那时候他最烦奉雷管周罪叫大哥，别人都叫老师，怎么就你那么能套近乎！

"不改名儿不行啊，"奉雷笑了声，"哥那名儿你又不是不知道，不够响亮。"

陆小北撇了撇嘴说："那怕什么呀？你有图啊，你那图到哪儿都叫得响。"

周罪又看了他一眼，陆小北才闭了嘴。陆小北就是摆明面上挤对他，心里这事儿一直都觉得很硌硬。

当年奉雷走的时候，几乎把周罪的稿都带走了。

每一个文身师都有大量完整的手稿，不是只有文在别人身上了的才叫作品，那些完整的手稿是每个文身师的私藏。很多文身工作室墙上挂了一堆图，等着高价让人领走。那是最强烈的灵感爆发时做出的图，有可能是一个文身师心里最想表达的、自己最满意的东西，这些图不是放图集里等人挑的，是等着文身师去挑人的，去挑气质、挑磁场。

周罪以前做图很看眼缘，他自己喜欢的设计一定要给真合得来的人才做。所以他有很多自己特别中意的稿，舍不得随便给谁做。

那些奉雷都带走了。

他走之前没打招呼，就打了个电话，说他爸病了。走的时候大概拍了几百张图，不只是那些私藏，还有周罪平时随手画的稿，还有电脑里存的周罪做过的作品。

奉雷的成名作——给北京一个知名电影人的半身图，就是周罪以前挺喜欢的一张。周罪和汤亚宁其实当初在文身上很多看法是一致的，他们要做自己的东西。不是只能做欧美，做日系，做其他国家的东西。这俩人曾经花很长一段时间去琢磨，去融合和创新，要创造出区别于当代以模仿为主的文身形式。

奉雷带走的那些就是周罪琢磨出来的最精华的东西。

那张图让奉雷在北京文身界立住了，甚至还有人说他"扛起了文身的大旗，新时代文身的领路者"。

这事儿他们原本不知道，还是陆小北有一次在网上看见了才知道。当时陆小北看着视频，整个人都傻了，在网上搜"奉雷"，搜出来的那些图让陆小北把键盘鼠标什么的都摔了，狠狠骂出了声。

陆小北当时都气哭了，就没那么生气过。

这么多年过去，其实什么都淡了，但是陆小北还是忍不住要嘲讽他。周罪这人一生都不在意名利这些，要不也不会始终不和外界交流，不去那些文身大赛。但那不代表他的东西就该被人拿走，不管它是不是能带来名气。因为那东西就是周罪的，只能是他的。

从那之后，周罪的图，陆小北都会收起来，外人一张都看不着。

奉雷让陆小北呛了一声也不生气，脸上还是挂着之前的笑，跟周罪说："小北这是还生我气呢。"

周罪淡淡笑着，很不在意地说："小孩儿脾气。"

奉雷叹了口气，脸上很真诚，搓着手背说："大哥，我之前就跟你说过，这些年我心里一直过不去。我知道你其实不在乎那些图，我拍照的时候就想着吧，以后我不在你身边了，别忘了你教我的那些，我就拍起来带着。后来在北京生活不易，我为了留下来，必须拿出本事，就给用了。"

周罪还是那副不在意的样子："靠图靠不了一辈子，你能在北京留下来还是有真本事。不说那些了。"

萧刻听到这儿才算是听明白，敢情这是个白眼狼的故事。看穿着，白眼狼现在混得不错，身上已经起范儿了，有那种大腕的气场。

"我哪有什么真本事？"奉雷自嘲一笑，"什么东西做精了都是靠天赋的,我压根儿没天赋,糊弄糊弄圈外人的事儿。"

他这就把自己摆得很低了,都踩进土里了。以奉雷老师在文身界现在的地位可真说不出这话了,这么说就还是有后话。

果然,后面奉雷就说了这趟来的意思。

他想做公司,做品牌连锁,做大。他想让周罪跟他一起做,周罪什么都不用出,投资、运营,这些都用不着周罪,周罪需要做的事儿只有一件,就是创意输出。倒是一点儿不抠,开口就是三成股份。

他说的时候,周罪没打断他,听完了。

"大哥,你好好考虑一下,别急着拒绝我。"奉雷喝了口徐雯送过来的茶,跟周罪说,"现在市场难做,我知道你不看重这些。但是钱不烧手,你说是不是?大鱼吃小鱼,咱们要是不争,早晚有人得把咱们吞了。"

他都说完了,周罪才笑了笑,摇了摇头说:"当不起,你太看得起我了。"

"你要是当不起就没人当得起了,其实跟我合作的人不少,但我心里真的没底。"奉雷说,"我说句实话吧,大哥,我到现在都经常从你这儿找灵感,去扒你的图。国内文身师我只认你,其他的我真信不着。"

周罪换了个姿势,坐直了说:"不考虑了,心意领了。年纪大了,我只想按自己最舒服的方式活着。至于大鱼吃小鱼……谁想吞我谁就来。没什么本事,但是谁要是能靠文身把我吞了……那也是好事儿了,说明文身界是真的发展了,是吧。"

他说完这两句还侧头看了看萧刻,对他笑了一下,然后慢慢说:"我去不了北京,哪儿都不去了,我就在这里扎根儿。"

那天奉雷还是让周罪再考虑考虑,说就算他不去北京也不是不行。周罪口头答应了他会考虑,但也就只是口头答应了。

奉雷临走之前，陆小北在门口问他："你知道当年我为什么不让你叫大哥吗？"

"怎么说？"奉雷挑眉笑着看他。

陆小北说："你们都只能叫老师，学完就滚蛋了，滚的时候还得带走点他的东西。只有我能叫大哥，叫一声哥一辈子都是哥，我永远不会走。当年我小，知道你偷他东西冠自己名儿我只能哭，骂你两句拉倒了。"

他蹭了蹭鼻尖，看了一眼奉雷，接着说："放现在你再试试。有人说我是他养的狗，没毛病，谁要再敢惦记我们家东西，就等着我咬你，咱们不死不休。"

奉雷走了之后，陆小北半天都没再进来，就在门口蹲着。他刚才说的那些话，周罪没听见，但是萧刻听见了。他出来陪陆小北蹲了会儿，说："北哥霸气。"

陆小北斜眼看他："以后北哥也罩你。"

"谢北哥。"萧刻笑着摸了一把他光秃秃的脑壳，说了一句。

这不知道从哪儿冒出来的人没影响周罪，这人后半天还是照常给人文身，萧刻坐在他旁边，偶尔跟他说几句话。倒是让陆小北一整天都很丧，给人文身的时候也戴着口罩，一句话都不说。

萧刻小声跟周罪说："可把我北爷气坏了。"

"没事儿，"周罪也小声回他，"这些年他只要听见跟奉雷有关的事儿就炸，亲眼见着就更生气了，明天就好了。"

萧刻问他："那你生气吗？"

周罪想都没想就摇头："不生气，当初知道的时候我也只是觉得很可惜，可惜了我的那些图，但是没觉得生气。"

他说的这话，萧刻其实是信的。接触到现在，周罪这人他也挺了解了，这人看起来不跟人沟通，很冷漠，其实他根本就没脾气，压根儿不会生气。可能就是对什么都没在意过，所以也够不上让他生气的标准。

这性格，萧刻还是很钦佩的，大气，沉稳。

那晚萧刻回去之后想了想白天听到的那些，憋屈是挺憋屈的，但是萧刻其实也没怎么当回事儿，他能理解周罪是哪种心情。

无非就是些图，再画就完了。别人是用这图赚着名利了，但也没真的影响着周罪什么。周罪那种豁达的心态让萧刻很欣赏。

倒是周罪那一句话确实是戳着萧刻心了。而且当时他要上楼的时候周罪没让，让他坐到了旁边，那是周罪的改变，周罪拿出来的诚意。

啧。萧刻洗脸的时候，一边搓泡沫一边忍住笑意，现在很会说嘛，周老师，话递得让人挑不出毛病，简直完美。

周罪第二天没排图，但还是要去店里，有两个设计稿得跟客户敲定一下，她们有想修改的部分。萧刻没去太早，快中午了才去，打算如果周罪忙完了的话正好能一起吃饭。

去之前，他绕去花店亲自拿了束花，推门进来刚好看到徐雯，萧刻跟她打了招呼之后跟她比了个"嘘"，小声问她："周罪在呢吗？"

徐雯用力点头："在！"

萧刻抱着花进了小厅的时候，刚好碰上从文身室出来的陆小北，他笑了一下："哈啰，北哥。"

陆小北直接就仰头喊了一嗓子："大哥，花神来了！"

周罪的声音是从楼上传过来的，萧刻听见他说："萧老师，楼上。"

"哎，来了。"萧刻应了一声，抱着花向楼梯走过去。

周罪正在楼上的沙发上跟两个姑娘定图，手里拿了支笔。他看到萧刻那瞬间是有些惊讶的，萧刻和他对上视线，冲他笑了笑，然后把花放在了身边的沙发上。

对面坐的两个姑娘对视一眼，看看周罪看看萧刻。

萧刻笑着跟她们俩说："我给店里送个花，你们接着聊。"

他说完直接坐在周罪旁边。周罪看着萧刻，眼里虽然带着明显的笑意，但也看得出点无奈来："萧老师，我一糙人，真不用送花来了。我都快能开花店了。"

"真逗，糙人店里就不能有花了？"萧刻随手扯了片花瓣放手里捏着玩儿，"再说谁说你糙了？我觉得挺细致的。你不想要的话可以还我。"

周罪摇头："那不行。"

对面俩姑娘听后乐了半天，周罪之后接着给她们画图的时候她们还是集中不了注意力。

好不容易给两位姑娘送走，楼上只剩下周罪和萧刻两个人，空气突然就安静了。萧刻不能让气氛这么僵下来，于是赶紧笑着问："喜不喜欢今天的花？"

周罪点头："喜欢。先不聊花了，有些话要说。"

萧刻挑起眉，放松地在一边坐下："那快聊吧，周老师，赶紧的。"

周罪嘴角扯出很淡的笑意，他在萧刻对面坐下了。

有些事儿不聊透了，周罪就没法坦然面对萧刻。不够坦诚的开端，意味着对朋友的隐瞒和欺骗，那样不行。

汤亚宁一直是周罪很不想提起的一个名字，甚至是抗拒。到了这不得不说的时候，他反倒觉得没什么了，想要速战速决。

他刚要开口，萧刻却向他比了个"嘘"。周罪用眼神询问他怎么了，萧刻指了指楼下。周罪往下面看了一眼，脸色顿时就沉了下来。

萧刻也抚了抚额头，心里长长一声叹息。萧爷急着呢，这什么小鬼儿都跑出来搅局。

汤亚维来得很巧，这个时间过来也真的就是搅局的，来得早不如来得巧。

萧刻坐到了周罪这边，指了指对面他刚刚坐的位置，跟汤亚维说："坐吧，帅哥。"

这人也真的走过来坐下，视线始终在周罪身上。

周罪也不看他，只是跟萧刻说："走吧，回去说。"

萧刻也想走，今天还真不想让别人给搅和了。但是对面这人存在感太强了，他瞪着周罪的那双眼睛好像都快自燃了，估计走也走不消停。萧刻摇了摇头，问对面的汤亚维："来吧，你有什么事儿你就说，我听听，要不你总过来我看着也别扭。"

汤亚维看他一眼，冷笑一声："我跟你说不着。"

"能说着。"萧刻也对他笑笑，"太能了，你可以试试看。"

这人瞪着他，过会儿问："你知道我是谁？"

萧刻很诚实地摇头："不知道，这不等你说呢嘛。"

周罪站了起来，拉了一下萧刻的胳膊，看着他叫了一声："萧老师。"

他的声音是很认真的，甚至听起来有那么点严肃，萧刻跟着站了起来，对他笑了一下："在呢，怎么了？"

周罪低声对他说："有些话我想自己说。"

他说得太认真了，萧刻想都没想就点了头："好。"

其实原本萧刻是想先解决了对面这人，但周罪既然不想让他们过多交流，那就先不解决了也无所谓。

周罪拉着萧刻要走，汤亚维站了起来，周罪朝楼下喊了声："谁在楼下呢？"

一个文身师应了一声："我在，怎么了周老师？"

周罪说："让小北上楼。"

"哎，好的。"

对面汤亚维笑了一声，问周罪："你害怕啊？害怕我？"

周罪连看他一眼都不，也根本不跟他说话，一只手一直抓着萧刻的胳膊没放开。萧刻轻轻晃了晃胳膊，是在安抚周罪。别紧张，你想说什么等会儿我都听，无非就是关于过去不怎么好开口的经历，萧老师其实不是很在意，萧老师很洒脱的。

萧刻对他笑了笑，他的笑一直很能平复人的心情。

"你就是害怕了。"汤亚维掐了掐嗓子，也不知道是不是心理作用，萧刻总觉得掐完声音更难听了，"你自己怕，你怕所有人都会离开你，你怕你会孤独终老。"

他说完，自己就笑了起来，很狰狞的笑声："怕也没用，那就是你的命。你必须孤独一辈子，这个诅咒已经浸到你血里了！"

这人的表情和语气都太偏执了，萧刻觉得他或许精神上不是那么正常。楼上的空气是凝滞的，谁也不说话。过了会儿，他听见楼下陆小北从一间文身室里跑出来，跑上了楼。

他一上来看见这架势就蒙了，喊了一嗓子："你什么时候进来的？"

周罪指了指汤亚维，跟陆小北说："拦着他，别跟着我。"

"行，你走吧大哥。"陆小北看了看周罪，又看看萧刻。萧刻脸上的表情是很自然的，看起来没有生气。陆小北在心里舒了口气，他怕死了这疯子说什么胡话。

周罪拉着萧刻要走，萧刻临走前看着汤亚维可怖的脸色，嘴角轻轻扯起来，对他说："你说周罪的命就是孤独终老。先不说你这话跟屁一样，就算你说的都是真的，我也得跟你说一句，我这人从来不信命。只要我想，逆天改命也没什么怕的，我非要试试。"

陆小北吹了声响亮的口哨，对萧刻竖了竖拇指。

听到这样的话没有人会不动容，这样的人怎么可能有人不喜欢他？萧刻的魅力体现在他人格的方方面面。周罪又指了指汤亚维，然后拉着萧刻走了。他的手心甚至是带着汗的。

陆小北挡在汤亚维身前不让他跟，小声说了一句："你该放下就放下吧，你疯了，别人还得活呢，不是所有人都要跟你一起发疯。我真是服了……"

汤亚维跟被雷劈了一样僵在原地，直勾勾地看着周罪离开的方向。

直到那两人下了楼，汤亚维突然趴在栏杆上喊了一句："你不知道我是谁？那你知不知道我弟弟死在了周罪家里？"

萧刻的脚步几乎瞬间就停了。

陆小北骂了一声，一脚踹上了汤亚维的背，扯着他的头发往后扳，想让他闭嘴。

萧刻抬起头看了过来。

汤亚维目的达成，被陆小北扯着却还是笑了。

第八章

CHAPTER
/
EIGHT

那句话杀伤力太强了,十秒钟的工夫把萧刻的思维都击碎了。他整个人几乎都是木的、茫然的。他的视线从汤亚维身上转回周罪脸上,像是要确认一下,轻声开口试探:"周老师?"

周罪看着他的眼里有很多内容,他有很多话想说,但眼下的状况又让他无从说起。即使说再多,也不可否认那些事实。

他的沉默太残忍了,萧刻的脸色很难看。陆小北心说要完,他根本没在萧刻脸上看过那种神色。

这次是真完蛋了。

萧刻深深吸了口气,说:"出去说。"

他拉着周罪坐进车里,他坐副驾座,周罪坐驾驶座。萧刻坐在那儿僵了一会儿,然后才声音低哑地开口:"什么情况啊,周礼物……"

这个情况下,一声"周礼物"太揪心了,说把人心都砸碎了也不为过。

都这程度了,周罪也没什么再委婉的,直来直去:"亚宁死在我家是真的……"

萧刻脸上连表情都没了,只是点了点头:"你继续。"

于是周罪开口去讲过去,讲那些他很不想提起也并不愿意复述的一段时光。那是混乱的、纠结的,到最后以一种电影结尾一样悲壮的结局做了终点。

周罪和汤亚宁在台湾相识，因为在文身上十分聊得来，他们关系变得很好，后来一起回了大陆，一起合租。汤亚宁和周罪完全是两种人，他们除了文身这一共同职业，几乎没有相似点。汤亚宁很爱玩，而且玩得很开。他看起来洒脱又肆意，但在某些方面又偏执得可怕。

回到大陆一年半之后，周罪对于处理汤亚宁惹上的一身麻烦感到疲惫不堪，他一边试图跟汤亚宁划清界限，一边又不能真的不管汤亚宁。毕竟他是跟着周罪从台湾回来的，在一座陌生的城市生活，除了周罪，他在这座城市里几乎没有别的朋友。

两人多次闹翻，汤亚宁的偏执逐渐显露，这人变得陌生而不可理喻。在一次跟周罪发生争执后，他甚至就着酒精吞了安眠药，抢救过来之后，他的状态变得很差。

以死相逼可以阻止周罪离开，但是并不能阻止对方的冷漠，汤亚宁每一天都在消耗周罪的耐心。不过，周罪还是为了稳定住汤亚宁的情绪而暂时留下来了，他留下来是出于朋友的情谊，然而，这份好意并没有使汤亚宁的状态好转。

汤亚宁在一个很普通平常的夜里割断了手臂的动脉。那个夜里，周罪陷入深深的梦魇，梦里他杀了很多人，满世界都是血。他父亲在梦里指责他是个杀人犯，指责他杀了母亲，杀了奶奶爷爷，也杀了无辜的朋友。

他醒过来的时候天还没亮，梦里的血腥气还弥漫在鼻息间，一时间他也不知道自己是醒了还是又坠入了一个新的可怖梦境。

当时，汤亚宁的尸体已经凉透了。

他用的是周罪的剃须刀片，周罪一时摆脱不了嫌疑，直到法医尸检报告里说汤亚宁体内有违禁品成分。周罪也是到那时候才知道汤亚宁还吸毒。

他说的这些对萧刻来说很难消化，萧刻每一句都听进去了，但是无法把它们整合到一起。这对萧刻来说，不亚于晴天霹雳，是真的很难接受。

"我很不愿意让你听到这些，但我不得不说。"周罪声音低沉，但是平稳的，"就这么多，其他的都无关紧要。"

萧刻过了很久才点了点头，说："我知道了。"

说完这句，萧刻就没再说过别的，也不看周罪，就只是坐在那儿沉默，默默拼凑整合刚才听到的这些。

周罪又补充："刚才那个人是汤亚维，他们两个是双胞胎，长得很像。他认为一切都因为我，所以这么多年一直跟着我，不管去哪座城市都一样。他认为我是不能有新生活的，我必须一直记得过去，记得亚宁的死。"

萧刻还是机械地点头，"嗯"了一声。

周罪能说的都说了，所有的罪孽和不堪他都自己摆在了萧刻眼前。

萧刻那天走的时候什么都没说，推开门就下车了，下去之后没回头。周罪也跟着下了车，想送他回去，但是萧刻摆了摆手拒绝了。

周罪也没再回店里，开车回了家。

那天之后，两个人突然就断了联系，本来是很亲近的两个人，就突然像是从来没认识过，没有过那些默契的交流。

萧刻之前送的那束花周罪没拆开扔水桶里，也没动过，端端正正摆在它之前的位置，在二楼的沙发上持续对周罪开着，嘲讽。花不泡水里放不过一周，陆小北眼见花快枯了，放这儿还怪伤感的，琢磨着要不就偷偷给扔掉，但最后还是没动。

等花真的枯了黑了，有天就没了，不在那儿放了，估计是让周罪给扔了。

陆小北当时叹了口气，这事儿他彻底没辙。周罪跟个机器似的，一个人毫无生气地过了这么多年，陆小北在萧刻身上是真的看见希望了，他以为萧刻能拯救周罪，但最后还是没成。

这真怪不着他萧哥，搁谁谁都硌硬。

但要陆小北说，这也怪不着他大哥啊，他大哥做啥了就得承担这些。他大哥今生犯的最大的错就是结交了个错的朋友，这代价太大了。

"周老师，能帮我看看这图吗？"一个文身师问周罪。

周罪走过去，看了看他的图，点了几个位置，然后问："客户订的？"

那个文身师说："不是，我想报个比赛。"

周罪就摇了摇头："比赛不行，有点儿过了。有放有收，你放出去了没收回来，小奖可以试试，大奖拿不着。再说你这图只能是作品组，现场组你完不成，条件达不到。"

就点到这儿，多了他就不说了。比赛的图，周罪不会明确地指点他们怎么去改，不合适。

周罪问陆小北："你去不去试试？"

陆小北想都没想就摇头："我不去。"

这么多年，陆小北就跟绑周罪身上了似的，紧跟步伐，周罪不去比赛，他永远不会去。毕竟周罪就这一个正经徒弟，他身上标签贴的就是周罪。他大哥不出去说明没那想法，他要是去参赛了，圈儿里该以为周罪工作室换风格了，要开始走社交路线了。

但周罪估计一辈子也不会去参加那种"看猴儿"比赛，所以陆小北也没这打算。

周罪这几天话一直很少，难得今天还主动说了几句。陆小北抓住机会，凑过去问："大哥，我萧哥什么意思？"

周罪没什么表情地说："没什么意思。"

"是不来了吗？"陆小北小心翼翼地问，"萧哥是再也不来了吗？"

他说话时声音很小，怕让其他的文身师听见。那天，汤亚维抽风喊的两句在场文身师都听见了，被迫吃了个瓜，这会儿陆小北不想让他们再吃了。

周罪说："不知道。"

陆小北没再出声，转过身之后长长地叹了口气，心里很愁。

方禧最近在附近有个项目，收工时间早，就过来店里转了一圈。这人不愧是周罪多年兄弟，过来看了一眼就觉得不对，问周罪："最近有事儿？"

周罪抬头扫他一眼，接着在电脑上调图："没有。"

"扯吧，"方禧笑了一声，"有事儿就说，哥们儿在呢。"

周罪没什么说的，他的事儿谁也帮不上。陆小北在旁边蹲着打游戏，摘了耳麦扔了一句："我大哥黑历史太多，把'迷弟'吓坏了。"

"嗯？"方禧很惊讶，"谁？萧刻？"

"嗯，不然呢。"陆小北一边打游戏一边说。

方禧气得踢了周罪椅子一脚，恨铁不成钢："你心里有没有点儿数？"

周罪心里有没有数？

他太有数了。

就是太有数了，所以更不能瞒，也不可能骗。一个坦荡纯粹的人就应该得到所有真话，不坦诚是对不住他的。周罪从开始就没想过隐瞒，也压根儿不愿意瞒。

当初有多默契，现在就多"打脸"。其实萧刻之前来得也不勤，就周末有空，工作日他都不来。但是自从他不来了之后，店里每天都有点儿压抑，冷冷清清的。

萧刻上次来的时候徐雯是在的，只不过后来有事儿就先走了，所以当天发生的事儿她都不知道，还是第二天陆小北跟她说的。这俩小的每天凑一起研究这事儿，陆小北是边琢磨边骂，徐雯是边说边愁。

他们真的都很喜欢萧刻，萧哥情商那么高，人那么好，就这么不来往了，可惜了。

萧刻在某天晚上发了条朋友圈，他的状态都好久没更新了，那天好不容易有个动态，陆小北赶紧给点了个赞。点完赞，发现不对劲，他又悄悄给取消了。

那条状态，所有人都看得见，陆小北能看见，周罪也能看见。

周罪最近经常去看萧刻的朋友圈，去翻翻他的相册。最新状态变成这条的时候，周罪看了很久，他给萧刻的备注还是"萧老师"。

周罪关了屏幕，把手机放在一边，按下了给萧刻打个电话的念头。看久了手机，眼睛很干涩难受，周罪皱着眉站了起来，去洗手间洗了把脸。

第二天，周罪很早去了店里，整条街的店都还没开，周罪自己开了门进去。

陆小北来的时候，周罪在拆文身机，清理台面。陆小北挑眉问他："你早上干活儿了？"

周罪没说话，淡淡地"嗯"了一声。

"这么早？"陆小北还是挺疑惑，"你客户不是下午来吗？"

周罪没再搭理他，收完东西放回去，接着去画室画画了。陆小北撇了撇嘴，一早上气压这么低，显然是让萧刻昨晚发的状态刺激了。

陆小北叹了口气，没什么说的，就……祝你们都好吧。

方奇妙也看见了那条状态，第二天一个电话打过来问萧刻："怎么个情况，萧爷？"

萧刻当时正准备去上课，从他们院去教学楼得走一段桥，萧刻在桥上边走边说："你什么时候能不在我身上八卦？"

"我这是关心，合理关心，"方奇妙跟他强调，"你当我谁的八卦都想听呢？方少爷也很忙的行吗？"

"行，"萧刻笑了一声，"但我不想说。"

萧刻又重复了一次："这回真不想说，别问。"

"行吧，"他都这么说了，方奇妙肯定不会再问，顿了顿说，"改天出来喝两杯吧，太久不聚，我看你跟我要生分。"

"没有，真不是那回事儿。"萧刻叹了口气说，"说的什么鬼话，我跟你生分个鬼。"

"那等你想说时再说吧，"方奇妙也笑了一声，"这周约一趟？"

萧刻已经走到了教学楼下，跟他说："约。"

有过来上课的学生认出他，主动跟他打招呼。萧刻笑着回她们，手机静音揣进兜里。他的确是该出去喝个酒了，最近一直就学校和家两点一线，多余的活动一概没有，感觉再不出去透透气就要烂了。

他和方奇妙约的周五晚上，萧刻下班的时候，方奇妙的车已经在门口等了。

萧刻上车先无奈地说："下回能不能不在大门口等我？我一老师，上你这豪车有压力，我们校领导看见该觉得我招摇了。"

"招摇个头，"方奇妙边打火开出去，边挤对萧刻，"你是不是就没享受过有人来学校接你的待遇。"

这嘴是真欠，萧刻笑着骂了他一句。

他们喝酒还是去老地方，苏池的伙计看见方奇妙叫得贼亲，一声"哥"喊得特别响亮。萧刻问他："你这是没少来啊？"

"啊，我单身适龄男青年，还不抓紧最后这段黄金时间？"

萧刻懒得跟他多说，看见老苏，过去打了个招呼。

其实就算喝酒，萧刻也不会跟方奇妙说什么，这事儿他谁也不会说。周罪是用那么坦诚认真的态度讲他黑暗的过去，他那么不想提，也不愿意讲，不然不会拖到最后一刻才开口。所以，那些过往会永久地烂在萧刻肚子里,不会从他嘴里说出去一句。

萧刻尊重每一份诚恳,也尊重所有秘密。

周罪说的那些话,萧刻自己消化了好几天,他得把心情完全恢复到平静状态才能考虑这件事儿。周罪的过去就像一把刀插在了萧刻的神经上,让他麻痹,也无法思考。

萧刻很久没放纵自己这样喝酒了,他很想用酒精灌满麻木的大脑。其实该想的他都想得差不多了,很不痛快,堵得慌。一杯杯酒灌进去,熟悉的场景,熟悉的难听音乐。上次这么放肆地喝酒还是他生日那天,也是那天他认识了周罪。

方奇妙也不拦他,跟他说:"放心喝吧,等会儿我能把咱俩收拾回家,丢不了。"

萧刻又一杯酒进去,皱了皱眉,说了一句:"信你不如信命运。"

方奇妙笑着骂一句,然后说:"但是你不信命运。"

"对,"萧刻点头,"所以更不信你,我宁愿信自己。"

方奇妙冲他哼了一声就不再管他了,这人喝多了也不忘了踩他两脚。方奇妙其实不太敢多问,但也很想知道到底是怎么回事儿。

那晚回去之前,萧刻终于算是松了口气,坐在车后座闭着眼骂了一句脏话。

萧刻平时其实是个很有涵养的人,对得起他的职业,只有真的烦躁了才会带着脏字骂人。方奇妙问他:"遇上大事了?"

萧刻没睁眼,过了好一会儿才低声说:"没有。"

"没有,你摆这么个要死的样儿是搞什么?"方奇妙瞪了他一眼,"我白操心。"

萧刻后来就没再说了,一直到家都闭着嘴,眼也一直闭着,跟睡着了似的。

喝酒的确是一个释放的好方式,酒精既让人沉沦,也让人难受,宿醉的痛苦能把心里一切烦闷都带走。

萧刻第二天上午起来之后头疼得要炸了，不过洗漱之后，突然就觉得神清气爽。

镜子里的萧刻其实是很狼狈的，虽然洗漱过了，但看着还是不精神，宿醉过后呈现出一副很萎靡的样子。

方奇妙问他："你今天什么安排？"

萧刻想了想说："回我爸妈那儿一趟，你走你的吧。"

方奇妙笑了："没用了就扔，渣男无疑了。"

萧刻也笑了，对着镜子抓了抓头发。虽然看着不太精神，但萧老师还是很帅的，颜值还在。

曹圆一听说周罪出情况了，也过来凑了个热闹。他一去店里就直接问周罪："听说你把萧刻得罪了？"

周罪看他一眼，一声不吭地转开视线，心里烦得很。

"他现在可是很暴躁的，"陆小北友情提示了一句，"你上来就这么一句有点儿狠了。"

"哟，"曹圆瞪着眼，"真的啊？"

空气里只有文身师工作的声音，没人回答他。

"你赶紧给我句准话，咋回事？"曹圆坐在沙发扶手上，从茶几上拿了块糖撕开塞进嘴里含着，接着说，"说真的，萧刻那类人真是我最待见的。"

周罪没看他，只说了一句："没你事儿。"

曹圆骂了一句。

周罪刚开始没出声，曹圆又在他身后说了几句，周罪突然回过头，很不耐烦地从茶几上拿起手机在群里说了句话：谁有时间把曹圆从我这儿拖走，赏金一万元。

群里当时人都冒了出来看热闹。

周罪又打了一句发了出去：十分钟之内，加一万元。

程宁说：八分钟之内我必到。

林轩在底下跟：我六分钟。

林轩说完还提醒了一下全体成员，尤其提醒了方禧三遍，叫大家一起去周罪那儿看热闹。因为周罪这人一百年不在群里说一句话，主动说这么两句估计是老曹又去刺激他了，把他刺激得都悬赏两万元要撵他。

这事儿估计他们群能笑话一年，这热闹谁不爱看。

"你有病，"老曹拿了本书在周罪身上砸了一下，"那你直接给我两万块钱我自己走得了呗？真财大气粗，两万块钱够我做多少个手工了。"

周罪不搭理他，屏蔽了他。

"我才说那么两句你就炸，"曹圆难得看周罪有这么大反应，更不可能就这么拉倒，接着说，"你炸什么炸？我发现短短几个月不见，你情感外放多了啊！看来萧老师作用挺大啊！"

陆小北默默回头看了看他们俩，总感觉他大哥烦躁值要到顶了。这几天陆小北话都少了，不敢惹。

"我没跟你开玩笑，老周。"老曹又拿书拍了拍周罪，"萧刻……"

他话还没说完，周罪突然回了头，老曹于是把话咽了下去。

周罪皱着眉，盯着他问："你能不能不掺和了？"

老曹一口一个"萧刻"，硬生生把周罪给逼疯了。

林轩、程宁来的时候，老曹正坐在陆小北旁边看他打游戏，周罪不知道上哪儿去了。林轩过去踹了曹圆一脚，问他："人呢？"

曹圆指了指楼上："上楼撅着去了，烦我。"

"一天不贱，你浑身刺挠，"程宁骂他一句，然后问，"你干什么了把人烦那样儿？"

"他还能干啥？欠呗。"林轩笑了一声。

曹圆赶紧站直了说："天地良心，我就随口说了两句，他就拉着脸警告我。哎，我的天！那脸拉出二米长了，吓死我了。"

陆小北在后面悠悠说了一声："该。"

林轩过去弹了一下他的光头，陆小北继续说："没打你都是看在多年烂友的分儿上了。"

几个人在楼下编派周罪，周罪实在是懒得理，但是他客户马上来了他不可能不出去，周罪下了楼。

这些人今天来了就没打算走，周罪在楼下跟客户看图定位的时候，他们就在一边侃天侃地，时不时夹几句周罪的事儿。"萧刻"这俩字对周罪来说特别敏感，他们每提起一次，他都听得见。

周罪是真的心烦，他很久没有过情绪这么鲜明的时候了，平时都很淡定，什么也不在意。这几天情绪一直很差，加上今天这客户也很难弄，之前敲定了的图，也按照他的意思修改了很多次，结果今天人来了又说觉得最初那个方案很好，现在这个他不那么满意。

这种客户是最烦的，因为不管最后方案是哪个，他们都觉得不够好、不够完美，没有别人的酷。

周罪最开始还有耐心跟他磨，后来就不说话了，只是听他说想法，提意见。他说完，周罪站起来说："我很少这么磨图，当初你改的时候我让你信我，做文身二十年，我的图肯定比你说的有效果，你不信。现在你对图不满意，行，就俩路，你选一个。要不你就换个更高级点的文身师给你做，要不我做什么是什么，别瞎掺和。"

"闲聊小组"看过来，林轩小声说："看，怒了。"

老曹说："心里憋着气儿，不知道往哪儿撒呢。"

那个客户当然不可能换人，排了周罪三个多月就为了等他，是真看上了他的水平，就没想走。另外比周罪高级的文身师是真不好找，在顶尖文身师里，周罪的价格虽然是最低的，但懂文身的人一眼就能看出区别来。

客户最后说："行，都听你的，我就是纠结，还是按你的意思来吧。"

周罪点点头："嗯，那时间另约，我重新画个图。到时候行就行，不行拉倒，我一笔不改。"

客户还真就很吃他这个劲儿，竟然还笑了，说："行。"

人走了之后，周罪站在门口，没直接进来。屋里几个人一直提萧刻，也让他静不下心，今天他根本就干不了活儿，画图都画不来，文身更不可能。

方禧离得近，有热闹能看自然得过来。一帮人在周罪店里赖着不走，中午甚至还在他这儿赖了顿饭。

吃完饭，沙发上歪着躺着的，围了一圈人，周罪在桌子前面整理他的手稿，后面排了三十多份稿，两个满背，还有一个半身蕾丝，花臂花腿一堆，大概四个月的工作量。本来每天都在做的东西，这会儿突然觉得很没劲，把稿子往桌上一扔，不看了。

他瞥了一眼手机上的日期，还差一周满一个月。

闹也闹够了，得说正事儿了。方禧问他："你不联系联系萧老师？还等人来找你？"

周罪摇了一下头，不说话，别人也不知道他什么意思。老曹说："你怎么这么艮。要我说，萧刻这人不可能真的在意谁死不死的事儿。"

周罪皱着眉，低头说："闭嘴。"

"我闭嘴，这事儿不也没解决吗？"老曹还在继续说，"你太稳了，大哥，你得把事情搞定啊，你光让我闭嘴有什么用。"

周罪点了根烟，但没吸，就让它自己慢慢燃，就是想要烟呛着眼睛那股热辣的滋味儿。

萧刻上次跟陆小北说的那句话——人死了就永久地烙在人心里

了——让周罪一直不太敢说过去,他知道这关应该是不好过了。

说完那事儿的第二天,其实周罪就很想找萧刻,不想就真断了联系。但他还是没真的把电话打过去,不是他消极,是萧刻需要时间消化,周罪也需要时间,他得给萧刻一个交代。

"啧,你到底怎么想的大侠,给句话。"老曹让周罪一声不吭的状态给折磨疯了,扯了张抽纸往他身上一砸。

周罪接了抽纸放到一边,说:"就等着吧。"

这句"等着"要把他们说吐血了,林轩、程宁干脆都笑了。方禧说:"服了。"

"你等什么啊等,"老曹性格直来直去,就看不了像周罪这样的人,骂了两句然后说,"那你等着吧,活该——"

他话音刚落,身后突然有人接了句话,现场当时就静了音——

"谁这么来劲儿欺负我周老师啊?"

所有人都回头看,周罪原本低着头,听到声音立刻把头抬了起来看过去。萧刻跟上次来时一样捧着很大一束花,跟他对视,笑着冲他眨了眨眼睛,还是原来那样子。

周罪看着萧刻,一时间不知道能说些什么。

周罪新剃了头,头发比原来更短了,萧刻看他一眼,然后跟其他人说:"你们围一圈坐着,让周老师自己站着,你们集体攻击老实人,欺负周老师不会还嘴。"

陆小北从楼上跑下来,喊了一声:"萧哥!"

坐着的几个人面面相觑,然后突然"炸"了,起哄喊了几嗓子。老曹说:"你什么意思啊,萧老师?"

萧刻一扬下巴,笑着说:"我来给店里送花,行不行啊?"

萧刻说完走过去,把花往水桶里一插,走到周罪身边说:"昨晚喝多了,今天就起得晚,要不我早就来了,不让他们欺负你。"

周罪不说话，深深地看着萧刻，沉默。

"上回我送花让人搅和了，不服。今天重新送一个。"

萧刻歪着头冲他笑，很帅，很有魅力。这个人从来都是那么亮眼。

萧刻小声问周罪："今天有客户吗？"

周罪摇头："没有了。"

萧刻笑了笑，扯住周罪一条胳膊就往外拽，推门就走，正遇上徐雯从外面刚回来。徐雯瞪着眼一脸难以置信，萧刻对她笑了一下说："跟小北看店。"

萧刻钻进周罪车的驾驶座，让周罪坐副驾座。

周罪自始至终都不说话，心里情绪很强烈，越是这样，就越说不出什么。

萧刻侧头看了看他，问："以为我不来了吧？怕不怕？"

周罪回答得很诚实，点头说："怕。"

萧刻笑了，拍了一下他的肩，当作安慰。

第九章

CHAPTER

NINE

萧刻径直把车开到了周罪家，上回来过一次，这次轻车熟路。只不过上回他在小区外面转悠着找了一圈车位，这次能直接开进停车场还挺好的。

这次见面，萧刻发现周罪膝盖上面大概三厘米的位置多了行文身，萧刻确定以前是没有的，至少去年他穿短裤的时候是没有的。

周罪走过来的时候，萧刻没让他坐，把人拉到自己眼前去仔细看他腿上的那个东西。大概是一行字，下笔带着洒脱肆意的张狂气，很好看。萧刻盯了半天才大概猜出来是什么字，抬头看着周罪，问他："什么字？"

周罪坐在他旁边，说："昨日死，今日生。"

萧刻问他："什么时候弄的？"

周罪说："两三天前。"

萧刻之后没再说话，笑了笑，过了一会儿说："周老师的意思我知道了。"

周罪看向旁边，过了一会儿才把头转了回来。

两个人都是很放松的状态，萧刻斜斜地倚在沙发上。周罪开口说："萧老师，我以前从来不往身上文东西，我不喜欢在身上留东西，觉得这世上没什么真值得让我一直带到死的。从前……提了很多次想给我弄个文身，我都拒绝了。

"但这次这个我很想文在身上,想给你看看,最主要也是给我自己看。如果你今天没来,再过一周我也要去找你了。"

周罪很认真地说着每一句话,这个人不管干什么都让人觉得他很认真,没有敷衍。

"到时候我可能会给你看看这句话,我想让你知道的就是虽然我有段不堪的过去,但我想往前走,我想像你一样不回头。"

周罪看着萧刻眼睛,说:"到时候也想问问你,萧老师……你能不能看着我往前走。"

萧刻沉默很久,最后眼圈都红了才点了点头。

周罪继续说:"你太好了,我很烂,我怕你再也不来了。"

他这人平时不怎么开口说话,但真用心说一次也让人招架不住。他的诚意都拿出来摆给你看,态度诚恳,眼神虔诚,耿直到让人想笑但也感动。

当初那个让他侧目的酷哥儿正认认真真地对他说着这些话,萧刻感觉自己的人生圆满了。

外面天已经全黑了,周罪家在小区最里面,也没有路灯。整个窗户都是黑的,反射出屋里的暖光,这种感觉很舒服,让人很有安全感。外面多冷多黑都无所谓,理解你的人在身边就是暖的。

——从前种种,譬如昨日死;从后种种,譬如今日生。

那晚两人聊了很久的天,萧刻问:"你睡觉的时候……是不是怕?"

周罪精神放松,注意力没集中,萧刻说完半天,他才出声:"嗯?"

萧刻笑了:"想什么呢?"

周罪也笑了一下,说:"脑子空了,你刚说什么?"

萧刻于是又重复了一次:"问你睡觉的时候怕不怕。"

周罪顿了一下,才开口说:"也不是怕,但会梦到,睡得沉,容易醒不过来。"

萧刻就是听一听都觉得难受，醒不过来这事儿只是想想都让人窒息。

周罪新剃了个头，萧刻好奇，伸手捋了一下，这手感他可太喜欢了，估计这发型他得让周罪一直保持。

周罪问他："好摸吗？"

萧刻笑着说："好摸。我可太遗憾了，当老师之前没这么剃一回。"

周罪想了一下萧刻把头发剃短的样子，应该会特别好看，因为萧老师眼睛太漂亮了，一个俊俏的大男孩儿模样。

萧刻惬意地眯了眯眼，有点儿犯困。

两人已经这么熟了，想着叫上两边朋友一起聚一次。

于是萧刻攒了个局，定在下个周末。周罪那些狐朋狗友都叫上了，他这边只叫了个方奇妙，因为他生活的圈子里就这么一个关系特别铁的人。他跟方奇妙说这事儿的时候，这厮还损了他半天。

萧刻就没理他，男人欠起来也是难以想象，方奇妙这人正常的时候还是个人，有时候喝多了欠起来就让人没眼看了。

萧刻退出跟他的聊天界面才发现被方禧拉进了一个群，群名非常直接并且贴合这群人，叫"狗男"。

萧刻一进去，林轩就说：欢迎萧老师！蓬荜生辉！以后咱们这群平均学历水平就研究生了。

老曹说：要点脸吧，大哥哥。

林轩：大哥哥哪有脸？生下来没带那东西。

萧刻没说话，上来直接发了一千块钱的红包，二百元一个，连着发五个。

程宁抢了三个，手气最佳，出来说：这群从建群那天开始就没在里边见过红包，我爱萧老师。

老曹：我爱萧老师好久了，靠边站吧，程总，你也要点脸。

这群平时就挺热闹的，萧刻跟他们扯了半天，他本来就跟大家挺熟的，跟谁都处得来，到了哪儿都混得开。周罪平时就不怎么说话，十天半个月见不着他冒泡一回。这次出现倒挺快的，聊了没一会儿，屏幕突然出现好几个红包。

周罪连着发了一堆，然后说：欢迎萧老师。

萧刻立刻给回了个表情包，小兔子"啵啵啵啵"地发送爱心。

周罪说完那句，人就消失了，没再说话。特意出来冒个泡发个"欢迎萧老师"，让萧刻觉得周罪有点儿呆呆的有趣。

萧刻在群里说：下周一起吃个饭吧。

程宁说：来我这儿。

萧刻没答应去程宁那儿，说地方已经订好了。这顿得他请，去了程宁那儿，程宁不可能收钱，一顿饭倒是没什么，但不是那么回事儿。

老曹说：我就不参加了，我上周六都被警告了。

方禧：消停会儿吧，圆儿。

程宁：哈哈。

蒋涛：老曹，你别这样。

消失了半天的周罪突然又出了声，直接发了条语音，声音平平淡淡："'别掺和'，这仨字儿你能不能记住？"

方禧也笑着发了条语音："你再敢欠，小心老周真收拾你。"

萧刻让周罪给逗得笑弯了眼，看见老曹说："暂时记住了，明后天能不能忘看情况。"

他又跟他们闲扯了会儿就锁屏放下了手机，这段时间其实他也真挺忙的。组里又开了个新实验，实验室里也新来了批进口设备，还在调试阶段。萧刻虽然生活得意，但是工作上也不敢大意。

他的博导又让他帮带了两个硕士，萧刻还得抽空帮着改论文。他博士不是在现在这学校读的,他的老师一直想让他留校,不过萧刻还是想回来,因为这事儿,他的老师当时还挺遗憾的,本来想一直带着他来着。

现在这硕士质量也不太行,那论文,萧刻觉得连本科生写的都不如,网上东拼西凑点儿东西,狗屁不通。要放以前,萧刻可能还帮着改改,现在自己也当了老师,心态不一样了,直接给打了回去让重写。

周三周四萧刻还出差了两天,去北京开学术研讨会。这种研讨会对他来说其实现在级别不够,但是院长挺待见他的,一般这种机会都带着他去。萧刻虽然年轻,但专业能力还是很强的,也很有眼力见儿,带出去让人觉得很轻松,心里舒服。

开会的时候很严肃,但其实专业内这些知名教授互相都很熟悉,有好多甚至是同学或者师兄弟的关系,开完会按惯例要吃顿饭聚一聚。人多还好,就是正常的吃饭寒暄,聊聊学术理论,但人少的话就很难弄,那肯定是同门之间的聚会。

这次萧刻就跟着副院长去了个聚会,饭桌上都是副院长的同学,那些留在教育领域的。

萧刻上周末刚喝了酒,不过那次先吃了东西垫了底,这次基本还没吃几口东西就开始喝酒。

一顿饭下来酒喝得真有点儿受不住了,不过在外面表现正常,连说话时都是清醒着规规矩矩的,一直把副院长送回房间。

但等回自己房间的时候,萧刻绷着的神经就全散了,脱了西装外套,后背的衬衫已经被汗给浸湿了。萧刻连澡都没洗就直接瘫软倒在床上,酒精的麻痹是一部分,另外他的胃也真是针刺一样疼。萧刻脸都白了,心说:一群老学究还这么能喝。

周罪发消息过来的时候,萧刻还保持着蜷缩的姿势没变,摸过手机看了一眼,是周罪问他休息了没有。

萧刻直接把电话打了过去。

周罪接得很快，接起来一声很好听的"萧老师"。

萧刻当时就笑了，觉得难受也舒缓了不少。他深吸了几口气，让呼吸平稳一些，然后叫了一声："周老师。"

"喝酒了？"周罪问他。

喝过酒的嗓子都是有点儿哑的，而且喝醉了的话听声音也听得出来。萧刻趴在床上，攥着手机跟周罪说："喝了好多。"

周罪问："胃还行？"

当初萧刻说过一次喝多了酒胃疼，之后每次喝酒周罪都惦记着他的胃，这一点让萧刻觉得很暖。

萧刻在这种时候向来不逞能，卖惨他最会了，于是拖着尾音说："不怎么行，疼死了……"

周罪顿了顿，然后就消了音，萧刻等了半天都没等出句话来。

萧刻笑了，问："没然后了吗，周老师？不安慰一下？"

周罪低声说："没想好说什么合适，感觉说什么都很虚，没有用。"

周罪的确就是这种人，根本就不会说好听的话来哄人。要换别的朋友，这会儿能给你说出一车的关怀来，喝热水了没有，吃药了没有，早点休息。但周罪就不是那样的人，谁都知道说这些没用，没用的话他干脆不说，那些虚的他从来不屑于拿来哄人。

但是他话音里的在意，萧刻是听得到的，他很担心。

萧刻鼻头上都是冷汗，他用手指抹了抹，突然跟周罪说："周老师，我脚踝上有条疤，是我小时候摔的。"

话题跳得太快了，周罪跟不上他的思路："嗯？"

萧刻淡淡笑了一下，闭着眼说："等我这次回去，给我也文个身吧。"

萧刻虽然没说过，但周罪在自己腿上文的那几个字在他心里是很受触动的。那是周罪的信念，是他想迈出那一步的决心，为了跟从前做个了结而做出的一往无前的决定。

萧刻也想在自己身上留下点什么，永恒带着它，直到死去。

但没想到周罪竟然拒绝了。

周罪当时就说："别了。"

萧刻还有些惊讶，问他："为什么？"

周罪思考了一会儿，最后只说："总之别了吧。"

打着电话呢，萧刻也没追问，而且他是真的很难受。

挂电话之前，萧刻叹了口气说："周老师，想听你说句安慰人的话可真难啊……"

周罪就不是这样的人，他知道萧刻什么意思，不过试了半天还是张不开口，最后告饶说："萧老师，这回先饶了我……"

萧刻"扑哧"一声笑出来，虚弱地趴在那儿说："行吧。"

到了周末吃饭之前，萧刻先去了周罪那儿，周罪见到他的第一句话就是："胃还疼不疼？"

萧刻笑笑："不疼了。"

"我陪你去查一查，看看是什么问题。"周罪说。

萧刻半年体检一次，就是老毛病，上学的时候不好好吃早饭落的老病根，胃溃疡，大学那会儿还有过几个出血点，他在这上面也没少遭罪，说："没事儿，老毛病，我平时注意就行。"

周罪说："那少喝酒吧。"

"嗯，"萧刻对着他笑，"好的。"

那晚吃饭还没等开喝，周罪就把萧刻酒杯倒扣，给他要了壶热豆浆放在旁边，隔一会儿给添一杯。老男人的好在他身上显露无遗，是真的心细，很会照顾人。旁边人没少拿这事儿开玩笑，但被打趣的对象并不在意。

老曹说："萧刻，你还喝奶啊？人家都喝酒，你咋还退化了？"

萧刻叹了口气说:"周老师怕我胃疼。"

老曹骂了一声,说:"老周,人家萧老师不喝,来吧,你给我喝,就好事成双吧,喝。"

所以那天周罪喝的酒直接乘二,但这人的确有量,一点变化都看不出。周罪当晚很正式地在桌上说:"跟我怎么处就跟萧刻怎么处吧,别隔一层,别生分。"

方禧当时就笑了一声,跟他碰了个杯,说:"兄弟,怎么还找不准自己位置了呢?你现在得祈求我们怎么跟萧老师处也怎么跟你处,别生分你,别冷落你。你早就被开除'狗男'籍了,哥哥。"

萧刻笑了一声,胳膊搭在周罪椅背上,冲他眨了眨眼睛,笑着说:"以后萧哥罩着你。"

周罪让人灌了一晚上,但最后散席的时候眼神都还是清明的,只是眼睛有点儿红。萧刻吃撑了,走不动道儿,于是就近住到了周罪家。

不过也没怎么要周罪照顾,萧刻几乎一闭眼就睡了,一觉醒来,直接天亮。萧刻光着脚出去,周罪在沙发上坐着,见他出来冲他笑了一下。

萧刻跟着周罪一起去店里,陆小北前一天加班赶了个活儿,所以吃饭才没去。晚上睡得晚,所以这天陆小北来得也不早,来的时候,他的客户已经在等了。那是个不怎么爱说话的男生,看着不大,也就刚上大学的样子。

萧刻冲着那个方向扬了扬下巴,跟陆小北说:"北哥,你客户来了。"

陆小北看了一眼,然后说:"等我会儿。"

男生说:"不着急。"

陆小北也没着急,磨磨叽叽准备了半天。因为文的就是一排字母,一个小时都用不上就完事儿了,陆小北才不急着弄。

那男生要文的是个名字缩写,就文在手腕内侧。

这种多数文的是恋人的名字，陆小北文之前跟他说："你再考虑一下，文身这东西一冲动就文了，文名字的百分之八十以上过后还要洗。"

那男生倒挺坚定："没事儿，文吧，哥。"

陆小北戴着帽子和口罩干活儿的时候是很酷的，文身机都拿在手上了，又跟他强调了一遍："你再考虑一下，你这位置露在外面的，分了就得洗，以后再洗可就麻烦了。"

他说话向来这么直，也不管别人听了扎不扎心。萧刻看了他一眼，无奈地摇了摇头。

那男生一下就笑了，他一笑起来，萧刻还挑了挑眉，因为那笑看着挺招眼的，眼睛弯弯，还挺甜。他露着手腕放在陆小北面前，笑着说："想多了哥，这是我的猫。"

陆小北抬起头，扬了扬眉毛，点头说："那你早说啊。"

小男生还是在笑，另外一只手扯了扯耳朵，说："你也没问我啊。"

陆小北之前给设计的是不规则的形状，字母的大小字形都不一样，但整体看起来很协调，是很好看的。那男生挺爱笑的，手腕很白，陆小北文身机刚挨上他手腕，他本能反应就是一抖。

陆小北抓着他手腕，问："疼啊？"

"有点儿疼，不过没事儿。"那男生说话的时候，眼睛弯弯的，还在笑，虚攥着拳头，说，"辛苦了哥。"

这一口一个哥叫得挺甜，人长得也不赖，陆小北心情不错，难得干活儿的时候还能跟客户聊两句。他问这男生："你怎么这么能笑，傻笑什么？"

那男生笑着答："其实我就是紧张，我一紧张就想笑。习惯了，因为从小我妈就不让我哭，一哭就打我，所以我情绪紧张的时候就习惯性想笑。"

陆小北笑了一声，扯了扯口罩，问："为什么文猫在手上？"

小男生抿了抿唇，叹了口气说："它陪我十三年了，都十三岁的老猫了，最近不怎么能走动了。"

陆小北抬头看了他一眼，没说什么，最后文完的时候临时在右上角给加了个小小的猫爪。加完之后，整个设计一下子就变得带了点俏皮感，有点儿可爱。

"哎，这个好看，这个要加钱吗？"男生问。

陆小北摘了口罩，笑了一下说："不加钱，送你了。以后想猫就看看手，看的时候心情也好点儿，是不是？"

"是。谢谢哥。"那男生伸着手腕让陆小北给他贴了透明的一层膜，然后自己又看了看，满意得不行。

萧刻坐在周罪旁边远远地围观了半天，然后小声问周罪："我北哥今天抽什么风了？"

周罪稍微侧了点头过来，也小声答他："喜欢听人叫哥。"

萧刻真是很少见到陆小北不"怼"人还挺温和的样子，一时间感觉很不适应。他突然想起了前两天说的那事儿，问周罪："周老师，我说要文身你怎么不给文？"

周罪正低头扫着色，听他问完也没抬头，只是说他："别胡闹。"

萧刻挑眉："胡闹？我认真的。"

周罪摇了摇头，不说话了。

这事儿让萧刻有点儿意外，他以为的周罪，应该不会在意这种事儿，很利索地就会答应下来，然后给他设计个好看的图。不过他连着提了两次都碰了壁，不知道周罪心里怎么想的。

客户在旁边，萧刻也没法多问，先放下这事儿，接着围观陆小北。

陆小北送客户出去，边往外走边说："今天先别沾水，膜没掉就贴着，掉了拉倒。"

"好的。"那男生走着走着突然回头问，"哥，其实我腿上有个疤，我想遮一下，能遮住吗？"

陆小北点头："能啊。"

"那我还想让你做，成吗？"男生看着他问。

"有什么成不成的？我一收钱干活儿的。"陆小北手插着兜，说，"你不是有店里微信吗？想好做什么图就联系我。"

"我知道要做什么图，想好了。"那男生又笑了，笑的时候还抬手蹭了蹭鼻尖。

"什么图？说来听听。"陆小北说。

萧刻不是那种对别人的私事儿感兴趣的人，他只是淡淡地笑了一下，然后就转过头不再看他们了。

说起来认识这么久了，还从来没看陆小北交过什么朋友，这小孩儿太"宅"了。周罪带的徒弟倒是真的像他，除了陆小北话更多一点之外，他们俩可太像了。但是陆小北本身性格不像周罪那么冷淡，他还是挺喜欢聊天儿的，店里对外社交也都是他在打理，其他的估计是和周罪在一起时间久了给带的。

这段时间，店里其他的文身师都在筹备比赛的事儿，每个人都忙忙活活的，有的甚至连客户都推了，每天就琢磨手稿和模特的事。周罪会帮他们看稿，偶尔给提几句，但还是跟之前一样，点到即止，不会过多参与。毕竟比赛这东西关乎名誉关乎利益，大家凭各自本事说话。甚至有俩人报的还是新人组，新人组的周罪说得就更少了，说多了对别的参赛者很不公平。

萧刻私下里还跟周罪开玩笑说："你这样估计他们心里要有情绪了，老板铁面无私。"

周罪当时说："不会有什么情绪，他们每次参赛我从来不伸手。心里有数，习惯了。"

萧刻笑了笑，说："其实肯定有人是有外援的吧？你不帮不代表别的师父不帮，从这角度看也是很不公平的。"

"哪有那么绝对公平的事？"周罪说话的时候正在给一个手稿上色，很亮的蓝色和黄色，对比鲜明，他看了会儿图才继续说，"有的甚至直接是师父上手给做的作品，挂着徒弟的名去参赛，这样的有很多。"

萧刻点点头："想得到。"

这段时间店里微博和微信也很"炸"，很多文身组织发消息希望他们能参赛。陆小北回复得都很官方，说店里确实有文身师会参赛，也希望他们能和大家多交流，吸收更专业更高级的艺术流入。

有人在下面问：会有工作室的展位吗？有周边能买吗？能买到周老师的文身贴吗？

这种是一定不会有的，只要周罪不出去，就永远没人能代表周罪工作室，不够格。周罪工作室压根儿没出现在任何一个展会上。太多业内人士想和他们有接触，想交流，但从来没有机会。

萧刻只觉得周老师世界第一酷，格调太高了，他问："为什么不去？"

周罪当时笑了一下说："麻烦。"

他这性格注定他不会参与这些，也不在意那些虚名。不需要奖杯去给自己提身价，也不用往自己名字前面加前缀去彰显身份和地位，用不着，不需要。小时价五千块钱的奖杯大师在周罪面前也没有更高级，只给明星做图小时价一万块钱的在陆小北眼里也就那样，技术超一流绝对牛，但意境还真就差点儿意思。毕竟从入门开始就一直看他大哥做图，他的眼光很刁钻了。

周罪收两千块钱是觉得这样就够了，身上加再多身份可能也还是只收两千块钱。

萧刻有时候想想也觉得很有意思，放以前可能怎么也想不到会认识个文身师朋友，毕竟平时是完全接触不到的，生活没有交集。现在他整天混在一群文身师中间，有天看到大学同学发了个朋友圈，是刚做的一个臂环，萧刻看着图"啧"了一声，觉得水平太次了，陆小北拿机器随便划拉两下也比这高级很多。

萧刻当时差点儿没手贱去给评论一个：毁皮了，让周老师给你做个遮盖吧。

时间过得很快，一周一周的时间眨眼就过。萧刻看着时间有些感慨，不知不觉，他跟周罪也认识挺久了。萧刻发了个朋友圈，图片是周罪送他的那幅画——那一片明亮热烈的花田。

萧刻发完就锁屏把手机放在一边，打算晚上去找周老师吃个饭。

他去的时候，周罪刚收工，正在送客户，见了他还有些惊讶："萧老师？"

客户走了，前厅没人，萧刻拍了他一下。

周罪说："手脏，还没洗手。"

"那你洗。"萧刻笑着说。

周罪也笑了一下，说："等我收拾一下就可以走。"

陆小北做了一天图没挪过地儿了，看见萧刻进来抬头打了声招呼。萧刻走过去弹了他帽檐一下，问他："还要多久完事儿？一起去吃饭。"

陆小北说："还得一个多小时，你们去吧，我不去了，太累了，只想回家吃个外卖睡觉。"

萧刻看他是真的累，也就不再说了。

徐大夫电话打过来的时候，萧刻已经和周罪吃完了饭正准备回家。萧刻接通电话，那边直接说："你多久没回家了？"

萧刻愧疚，现在的确是一有时间就想来周罪店里玩儿，赶紧说："后天晚上就回，我有罪。"

徐大夫继续说："你要是跟艺术家朋友在一块儿的话，可以问问人家，愿意的话一起过来。"

萧刻下意识地看向周罪,说:"再说吧。"

周罪继续开着车。

萧刻挂了电话笑着说:"我爸妈让你上我家吃个饭。"

周罪沉默了几秒,然后说:"都可以,听你的。"

萧刻伸手过去拍了拍他的胳膊,说:"这次我先推了,下次去的时候也不用紧张,萧老师罩你。"

他知道周罪太久没融入一个家庭里了,那种气氛估计会让周罪很紧张,甚至不太自在。

周罪问:"你家里会不会对我的职业不太喜欢?"

萧刻摇头:"放心。"

对他的职业倒是没什么不喜欢的,虽然没接触过的人对文身可能有些偏见,但只要多了解一下估计都会改观。真正可能会引起家里两位领导紧张的是周罪的过去,他的家庭和他那些极端的经历。虽然都事出有因,但这些都掺在一起总归是让这个人听起来不那么有安全感,儿子身边有这么个朋友终归是让人不放心。

所以萧刻没打算把那些和盘托出,到时候看情况再说吧。

他们吃饭的地方离萧刻的住处很近,他们就近回了萧刻这儿再坐坐。这还是周罪第一次来,萧刻带他进来,笑着说:"我这儿比你那房子小很多,周老师别介意。"

周罪摇头说:"不小,够了。"

"我以前觉得我挣得也不少,生活富足,现在被你一比,显得还挺吃力的。"

周罪淡淡笑了一下说:"我不怎么花钱,挺好将就的,有个地方住就行。"

周罪其实真不怎么花钱,他除了在硬件上砸钱之外,平时都没什么花钱的地方。萧刻笑了笑,开玩笑问:"那要不要考虑搬这附近住？能省就省呗。"

周罪一点犹豫都没有，直接点头："好。"

这晚两人聊完挺迟的了，周罪干脆在萧刻这儿住了一晚。萧刻睡眠质量是很好的，通常一整夜过去都不会醒，但这晚是个例外，睡前喝了两杯水，所以半夜醒过来想去厕所。他光脚走出去，窗外月光透进来，屋子里没有那么暗，萧刻一走出卧室就看到周罪睡在沙发上，胳膊盖着额头。

萧刻轻着脚步去上了个厕所，回来睡了。

第二天一早是周罪进房间把他叫醒的。

萧刻跟他四目相对，然后笑了一下，说："早上好，周老师。"

声音里还带着刚睡醒的沙哑，周罪也笑了笑："早上好。"

还要上班的人是没有资格赖床的，萧刻收拾完还能吃口周罪给做的早饭，这让他觉得非常满足，人生圆满。粥是昨晚就放进锅里定了时的，瘦肉粥里放了一点点盐和香油，很香。萧刻这儿食材有限，除了粥，最多也就还能吃个蛋饼，再多就弄不出来了。

萧刻一边喝粥一边感叹着说："感觉中了大奖才能遇上你这种顶尖大厨。今晚还来我这儿玩吗？来的话我就不开车了。"

周罪想了想说："今天下午有个客户，约的一点钟来，五点钟不确定做不做得完，五点半的话接你来得及吗？"

"不用接我，我打个车去店里找你。"萧刻看着周罪，笑了一下，"跟我不用那么当心，咱们俩就是两个糙汉，不用太在意我。"

周罪不认同他的话，立即说："我是糙汉，你不是。"

萧老师当然不是糙汉，在周罪看来，萧刻活得很精致，很明白。周罪自然也很尊重萧刻。

周罪想去学校接萧刻，但是客户来晚了一个小时，到萧刻下班的时间也没能做完，最后还是萧刻自己打了个车过去的。萧刻一进来，周罪就跟他说:"抱歉。"

萧刻当时就笑了:"抱歉什么啊,别闹了。"

周罪说:"没做完,你再等我会儿。"

"好嘞,不急。"萧刻四处看了看,问,"小北呢?"

周罪下巴指了指里面一间文身室,萧刻晃悠着走过去,门没关就是不怕看,萧刻倚着门框,陆小北抬头看过来,萧刻冲他笑了一下。

陆小北戴着口罩和帽子,有什么表情也看不见,眨了一下眼睛就当打招呼了。

他客户是个很酷的美女,黑长直披在肩上,上半身只穿了件半截的黑背心,陆小北正往她腰上画蜘蛛。纯黑色的大蜘蛛,看起来很凶,但也够酷。这种图对萧刻来说还是重口了些,看久了觉得不适。

萧刻刚转身要走,听见那女生开口问陆小北:"哥们儿,我弟是不是跟你关系不错?"

萧刻回头看进去,那女生趴在椅背上,黑色的指甲一下下敲着前面的架子,面无表情地说:"我弟是老实人,不禁逗。"

陆小北说:"没人逗。"

那女生趴在那儿说:"他就是个傻子,哥们儿,没有最好,我见不得他被朋友欺负。"

按陆小北的性格,这会儿应该机关枪突突突"怼"回去了,但是他沉默了之后竟然只是"嗯"了一声。

萧刻有点儿意外,觉得最近北哥温和了不少。而且这姑娘弟弟是哪一位他也挺想知道的,虽然萧刻对别人的事儿没那么感兴趣,但是陆小北毕竟身份不一样,关系在这儿呢。

展会下个周末开始,打算去的差不多都已经准备好了,店里几个文身师多数都报的作品组,只有一个报了现场组。作品组要提前把文身做完,到时候模特上去直接比作品。所以这段时间店里一直很热闹，一个文身师最多能报五个作品，模特来得很多。

有个文身师准备了两个多月，打算报个日式全身组。萧刻还是第一次在店里看到文全身的，毕竟如果不比赛的话，其实日常不太有人敢做这个，对不了解文身的人群来讲，冲击还是太大了。

日式文身是很花哨的，色彩很亮。从脖子到脚都是满图，基本上后面的图还没做，前面的已经需要补色了，赶这么一个作品出来真的很辛苦。

还剩一个多星期的时间就到了，还有一条腿没上完色。做完的部分看着倒真挺震撼的，萧刻过去的时候偶尔会去看他做图。模特是网上招来的，本来就想做个花背，听说免费做全身，乐颠颠就来了，不过做到现在也没后悔还挺难得，其实文身挺遭罪的，疼就不说了，持续两个月每天过来做这一件事儿也很折磨人。

萧刻私下里问周罪："你觉得这个能得奖吗？"

周罪说："不一定，说不准。"

当时陆小北也在，店里只剩他和周罪还在收拾东西，陆小北摇了摇头说："我觉得够呛。"

萧刻问他："怎么说？"

陆小北回："就挺一般的，他磨太久了，图不能这么磨，这么磨出来的东西是没灵性的。"

萧刻笑了笑说："我还以为文身得精雕细琢。"

"这么说也没毛病，"陆小北把自己机器拆了分着整理好收起来，低着头说，"但是琢磨的是那些细节，小东西。轮廓要是磨来磨去就是不顺手，灵感不够，手感也一般，跟画图一样的，改来改去，意境就改没了。你看他那图，正面和背面脱离了，背面都是用虚东西在填，除了个脸之外没内容，色调也深了点。"

萧刻不懂这些，他一个旁观的也就看个热闹，看不出门道。在他看来,那么震撼的作品,在他们这儿只能混个一般水平。

"可惜了,"萧刻想想这两个多月日夜赶工的,最后也拿不着奖,觉得有点儿遗憾,说,"准备这么长时间。"

周罪从他身边走过,萧刻冲他笑笑,周罪说:"不可惜,他自己清楚。而且也不一定就拿不着奖,这种大组的人少,竞争小一些。"

想从文身赛里得个奖其实很不容易,那些花钱买的不算,在正规的文身大赛上夺魁是很难的。人外有人,文身这东西也看手感,实力强的那么多,想出头拿个奖竞争太激烈了。

其实这种全身图大家都不拿手,好多人都是第一次做,直接拿去参赛。竞争小是一方面,还有个很重要的原因就是图太大了,几百个小时出去,请枪手是请不起的,所以水分很少,参赛的人水平一般都很真实。

陆小北当时嗤笑着说:"做个半胛或者花臂都能请师父来,这种全身图,师父做一个,再便宜也得百八十万元,师徒情分哪值这么多钱?徒弟也没那么多钱砸,不是所有师徒都像我和我大哥这种讲情分的。"

这话说得很对,文身圈里多数的师徒都得绑着钱,拜师得花钱,当学徒也要花钱,学费还挺贵。而且也不是所有师父都愿意当枪手,就像如果陆小北出去比赛,周罪可能连图都不会帮他看。

比赛就是比赛,比赛就得讲个规矩,做人也得有规矩。

这种展会其实每年都很多,但这次是全年规模最大的一次国际性展会,在北京。店里几个文身师每天都紧张兮兮地筹备,只有周罪和陆小北俩人日常还清闲地做图画画。

整个一楼都腾给要比赛的文身师了,那哥俩干活儿都在楼上。萧刻一边在沙发上看手机里传过来的数据,一边还在工作群里跟别的老师讨论几句。周罪这天的客户挺特别,要做一套环,手环、脚环和颈环。

两个人一起来的。纯黑色的环带着特意做出的皮质纹理，边缘处加毛边做旧处理，颈环下面甚至带着金属色的吊坠，吊坠上有名字缩写。

周罪做图之前又强调了一次："这种密度的黑色不好洗，以后想洗的话洗不干净，再考虑一下。"

"不考虑，您做吧老师。"

后来只剩最后一个手环还没做的时候，一直在旁边冷眼看着的男生突然开口说："这个我来吧。"

周罪看了他一眼，没点头。

文身不是画画，是要刻进皮肤去的，太深了破坏组织或者太浅了上不住色都不行。虽然纯黑色的环填色没那么难，但文身本来就是有危险的，周罪不可能放手让他去瞎弄。

所以只是在最后加重色块的时候周罪让那个男生浅浅扫了几下。尽管是这样，被文身的客户依然十分满足，紧紧抿着嘴唇，看起来紧张又兴奋。

那天晚上，萧刻指着自己脚踝上的疤，问周罪为什么不给他文。

这个事儿他问过好几次了，都被周罪给挡了回去。周罪这次看着他的眼睛说："别在身上刻东西。"

萧刻挑眉问："为什么？"

周罪淡淡笑了一下，空气中还有着温和的气息。他低声说："不管在身上留下什么，都是要带一辈子的。在身上刻了东西就是一种背负，直到死去都要承担当时的心愿和念想。心意不变的时候它是纪念和给予，心意要是变了，它就是永恒的负担。有这么个东西在身上，时刻提醒着你已经没有了的心意，这件事本身就是痛苦的。"

萧刻皱起了眉要说话，周罪看着他，继续说："希望萧老师永久快乐，任何选择过后都洒脱。"

第十章

CHAPTER

TEN

希望萧老师永久快乐，任何选择过后都洒脱。

这句话让萧刻挺感动的，他能明白周罪为他着想的心意。但其实萧刻也很明白，这话很好听，但说到底就是在给他留退路。

感动的确有，可这并不能让萧刻觉得开心，他的这份体贴只能让萧刻觉得惆怅。周罪心思太重了，他什么事儿都憋在心里，萧刻不跟他谈是还没找到机会，都攒着呢。

萧刻当时对他笑了一下，说："你对我有点儿信心，行吗周先生？"

周罪点了点头，淡淡笑着说"行"。

周罪的性格向来这样，什么事儿他都习惯考虑很多。老曹毕竟和周罪认识这么多年，对他太了解了。他平时嘴上不消停，但其实那群人里面他心是最细的。自打认识之后，他时不时就给萧刻发几条消息聊天，萧刻跟他也挺熟的。

有天老曹跟他发消息的时候问了他一句：刻啊，老周这人让人挺憋屈的吧？

萧刻回他：没有的事，好着呢。

老曹说：你再过段时间试试。老周我太知道了，他那人特别艮，看他我就生气。

萧刻是最护短的，老曹这么说他的周老师，萧刻不可能容忍他，立刻说：那你别看。

老曹过会儿继续发过来：平时说点儿不着调的话那都是开玩笑，我吧……我就想说一句，老周有时候的确挺费劲的，他那脑回路都比别人多拐几道弯儿。但是人真是个好人，要哪天他犯什么毛病了，你就……多给点儿耐心。

萧刻心说：我周老师怎么了就让你给踩这样。

他当时直接笑着给老曹发了条语音，说："放心吧，我这人可能缺别的，但耐心绝对够。"

街上新开了家甜品店，跟周罪的店就隔两家店。老板是个刚毕业的小姑娘，之前还在周罪这儿做过文身，很巧。开业那天过来送了很多甜点，都是手工烘焙，还拿了两大盒冰激凌。

徐雯没在，店里所有文身师都干着活呢，只有萧刻一个有时间的闲人。冰激凌挺好吃的，抹茶味儿很纯，奶油也不腻。小蛋糕小饼干放着就行了，但是冰激凌不吃就化了，萧刻窝在沙发里一口一口吃着冰激凌，看周罪给人做图腾。

直到萧刻把第二盒也拆开吃了几口，周罪突然关了机器，跟前面的人说："歇会儿吧。"

那人赶紧站起来边跺脚边说："我怕您这儿赶时间，我都没好意思歇，我的天，我腿都坐麻了。"

周罪放下机器拆了手套，走过来跟萧刻说："给我吧。"

萧刻有点儿发愣，伸手把另一盒冰激凌递了过去。周罪接过去没什么表情地吃，萧刻看了会儿才笑了，抬头问他："你爱吃？"

周罪没什么表情地吃着，摇头说："不爱吃。但是我再不吃一盒你胃不要了？刚不疼几天，太凉了。"

周罪几大口迅速吃完冰激凌，然后拿起杯子喝了口水漱口。周罪喝完水清了清嗓子，见萧刻还看着自己，笑了一下，问他："我给吃光了不高兴？"

萧刻没什么不高兴的,他的情绪跟不高兴根本不搭边儿。萧刻一个爷们儿,连他自己都从来不注意吃什么穿什么,毕竟不是姑娘,不至于活得那么精细。要换作从前,萧刻肯定要笑了,说一句"吃盒冰激凌而已,至不至于的",但此刻话从周罪嘴里说出来就不一样了,萧刻只觉得很暖。

之后周罪继续工作,萧刻去画室看了会儿周罪的新作品。那些水墨图和油画他还能看个差不多,文身手稿他就真的看不懂了。不过萧刻也不是真的想看图,就是因为刚才又感动了,他想转移一下注意力,原因就是这么简单。

萧刻出去得很是时候,周罪手机响了半天,他都没腾出手接,萧刻正巧过去给接了,贴着周罪耳朵让他讲电话。

周罪让他开免提,萧刻于是开了扬声器,手机放在一边。

打电话的是周罪一个老熟人,话语间还是听得出热络来。这人是这次展会的主办方,另外一所繁华城市文身界的大腕。能担任这种国际展会的主办方自然得让所有文身师服气,没点本事还真的不敢接,接了也得别人认啊。

这人在国内文身界也是大师级人物。

他打这电话就是让周罪参加这次展会的,但不是让他比赛,就是想请他带作品参展,最主要的是作品评比的时候坐个评委席。

周罪笑了一下说:"太看得起我了,晓东。不够格,算了。"

"这么说话是打我脸呢,臊我。"电话那边的人也笑着说,"年年都有人请你,你年年不去。今年主办砸我头上了,给个面子,兄弟。你跟个隐世高人似的,过得太清静了,我是真羡慕。"

周罪还是说:"都没提前准备,哪有作品?评委席也不缺我一个,我往那儿一坐算怎么回事儿?压不住。"

"放屁,"这人笑着骂他,"你别跟我扯了行吗?虚话咱们之间不说,来点实的得了。我就是觉得评委组压不住才找你的,本来撑得住,但是那几家告来告去的一身官司,都派小兵来的,撑家的那些老东西都不来了!"

"我舌头都长泡了,一点儿都不扯谎,眼看着剩一周了,我是真没着儿了才找你的。国际友人现在好多都来了,展位都弄差不多了,最好的展位现在空着呢,你要来地方就给你,一天十万块钱的地儿,我不要你钱,我倒找你一天十万块钱都行。"

周罪在这方面向来都是油盐不进的,人说了半天,他都没松过口。

后来对方用力叹了口气,说:"我知道你看不上这些,不愿意掺和。但是兄弟,现在展会上模仿你的那批都成大师了,你总不出来,自己不混个名,只能让一批一批模仿的人出现。我们背后说起你的时候都觉得你是不是脑子有病,你自闭啊?"

周罪被他说得笑了,后来说:"你要是实在嫌撑不起来就把我作品拿去吧,让小北给你导个图,你自己挑,看上的让他给你联系方式,你自己想办法联系,能来的我再给润色一下,来不了的你看着弄。至于手稿和图片,你也随意,看得上的都拿着。这次我店里也有人去,拿我名挂个展,最多也就这样了。"

这是周罪能给的最大的面子了,更大的他给不了。他不可能本人去参展,这完全不考虑。这么多年没参与过这些事儿,这次他能松口让店里文身师带他的作品去挂展,就已经是看在这么多年惺惺相惜的同行知己的情分上了。

他跟晓东当年是在美国认识的,这么多年其实联系不多,但每次联系上也都还是交心的。不带利益不带私心,单纯就是年轻的时候认识的朋友,不走一条路,但彼此之间还是有默契的,有种情分在。

挂了电话之后,周罪继续淡定地给人做图,前面的大哥回头看了他好几眼,憋了好一会儿,最后还是开了口:"你咋那么酷,大师!"

周罪手下在做的是神兽的舌头,深红色的,由浅入深。周罪说:"没什么酷不酷,性格缺陷吧。"

对名利场不感兴趣,懒得掺和,甚至厌烦。这不是酷,就是性格缺陷。萧刻接了他的话说:"没什么缺陷不缺陷,人生选择而已。"

选择的事儿哪有什么对的错的?就是不喜欢,不想要,有什么的?

后来陆小北干完活出来,周罪问他有没有兴趣,想不想去。

陆小北看了看他,说:"我在里边听见你打电话了,你想让我去吗?你想让我去我就去。"

周罪说:"看你自己。"

陆小北走过来,在周罪旁边蹲下了,用很小的声音说:"我总觉得让别人拿你图摆展别扭,不对劲儿。周罪工作室只有两个人,你和我。他们是驻店的,他们不能代表你,你的作品要是去了我就得去,你不去的话,就只有我能代表周罪。"

周罪用胳膊肘碰了碰他的光头,笑着说:"这无所谓,你就考虑你自己想不想去,别想那些。"

"你不想,但我不能不想。"陆小北抬眼看着他,也看了看萧刻,还是很小声地说,"我代表你也不够格,但除了你也只有我了。我是你徒弟,我站那儿也是响当当的,周罪徒弟就我一个。萧哥,你觉得呢?"

萧刻都被他给说笑了,走过去揉了他脑袋一把,按着晃了晃,笑着说:"对,就你一个。"

其实萧刻之前就感觉到了,陆小北是个很护食的小孩儿。他对自己的东西有种显露在外的占有欲,我的就是我的,谁也别沾谁也不能碰。但是他的东西其实很少,去掉那些外在的不在意的,也就只剩下一个师父了。在这方面他一直咬得很死,店里的文身师不可以说自己是学徒,你们就是驻店文身师,周罪徒弟只有我自己,学徒也不行。

陆小北蹲在那儿想了会儿,然后站起来说:"你名字要是去了我就去，要不我就不去。我等会儿联系一下晓东吧，问问他。"

他说完就要走，周罪问他："你就带我名去？自己的东西呢？准备一下，带俩人，带点稿，实在不行去现场组。"

陆小北说："我不带，我懒得弄，烦死。再说我还怕给你丢人，人一看，啧，周罪徒弟就这狗啃的水平啊！"

周罪一边低着头打雾，一边淡淡地说："周罪徒弟拿个奖跟玩儿一样。"

虽然萧刻时常觉得这哥俩很有个性，但这一瞬间，萧刻是真觉得这哥俩太酷了，格调毕现。

陆小北说："拉倒吧，就剩一周了，我上哪儿找模特？"

他前一天还在这样说，结果第二天就有人主动要给他当模特，这人笑嘻嘻的，还一脸认真："哥，我可以给你当模特，你随便弄吧，只要别是脖子手腕这种露外边的就行。"

这人主动说要给他当模特，陆小北却想都没想就拒绝了。

小男生又重复了一次："我真的可以啊，你找不着模特，我不是现成的吗？"

陆小北头都不抬，戴着口罩只能看到他垂着的眼帘："疼不死你的。"

"我不怕疼，没事儿啊。"小男生弯着眼睛笑。

陆小北抬头看他一眼，淡淡地说："不怕疼，那你别抖。"

小男生低头看一眼自己的腿，就不说话了。

小男生叫林程，刚上大一，学建筑设计。之前跟陆小北约了今天来做文身，文的是大腿内侧，为了遮盖小时候留下的一块疤。

陆小北给画了把扇子，扇子上有彩虹，周围有零星破碎的星星点点，看起来很新潮，也绝对漂亮。现在扇子一圈外线都没割完，这小孩儿脑门上都疼出汗了。腿随着陆小北落针时不时条件反射地抽一下，很敏感的皮肤，线一勾上边缘就会马上红起来。肤色那么白，红肿，看着有点儿骇人。

　　林程穿了条宽松的短裤，一边裤腿卷到腿根。他看着陆小北低头在他腿根处弄着，一手拿机器割线，一手拿着棉片随时擦掉多余颜料。林程两条腿分开摆着，一条蜷起来，一条伸直被陆小北按着做文身。

　　这动作对于文身师来说很常见，但对客户来说还是有点儿放不开，会让客户觉得有些别扭。

　　扇子外圈边缘线勾完，林程抽了张纸擦了擦头上的汗，小声说："哥，我想歇会儿。"

　　陆小北正好在换打雾用的针头，微微侧了侧下巴，说："去吧。"

　　林程就是单纯地想歇会儿，没想干什么去。实在是太疼了，跟之前的手腕比，这次疼痛上升了好几度。他姿势都没变，只是合上了腿，看着陆小北摆弄机器。过会儿他笑了一下说："我歇好了。"

　　陆小北"嗯"了一声，脚踩地使劲让椅子往前挪了挪，戴上手套之前扯了一下口罩，说："疼得受不了了你就说。"

　　"好的。"林程点头，样子看起来很乖。

　　到底是打雾更疼还是割线更疼，每个人说法都不一样。其实都疼，只不过一个是尖锐一些，一个痛感没那么刺激，但是持续不断压榨人的神经，有些人会觉得特别闹心。

　　林程可能为了分散注意力缓解疼痛，主动跟陆小北说话。他说话声音不大，因为忍疼所以声线听着不稳："这个图好看，我这个是什么风格呢？"

　　"没风格，"陆小北答他，"就小清新呗，你可以当成 new school（指新式嘻哈风格），但不完全是。"

　　林程点点头，笑着说："很好看。"

　　陆小北干活的时候还是不喜欢说话，后面林程说话，他的回答都很简短，有时候专注上色干脆就不回了。

后来扇子主体做完，还差最后那些零星碎片，陆小北换针头调色料的时候，林程突然抬起手，轻轻碰了碰陆小北的黑耳钉。

陆小北动作一顿，挑起眉看他。

林程喉结小幅度滑动一下，也意识到了自己的动作有些唐突，手缩了回来，扯了扯唇角勾出个牵强的笑来："哥，你这个……好看的。"

陆小北没动，一直盯着他看，口罩扣在脸上也看不出表情，不知道他心里怎么想。

这眼神让人紧张，林程眼神躲闪，不敢跟他对视，紧紧抿着唇，看着很不自在，脸上笑都挂不住了。他刚要开口说声"抱歉"，就听见陆小北开了口。

他还是那副样子，侧着抬头盯着林程，稍微凑近了一些，用只两人能听见的音量对他说："别跟我瞎闹。"

这下林程彻底尴尬了，闹了个大红脸。

萧刻下班过来的时候，林程这图刚做完，陆小北拿了条毛巾，把他腿上的泡沫擦掉。问他："满意吗？看看有没有哪里要修。"

"满意，不修。"林程笑着摇头，"谢谢哥。"

陆小北点点头，把手套和口罩摘了，收了机器站起来，挪开工作台，往他文身的地方贴了张膜，跟他说："今天别洗澡，上次给你拿的药回去接着涂，过段时间来补个色，到时候再约时间。"

对方点了点头，陆小北把人送出去，路过萧刻的时候跟他撞了一下肩膀，打了个招呼。

萧刻顺手拍了一下他的胳膊，走到周罪那边，笑着说："晚上好，周老师。"

周罪抬头对他笑了一下："我快完事儿了，你坐会儿。"

"嗯，不急。"萧刻说，"我想想晚上吃什么。"

周罪说"好"。

萧刻本来今天是不想过来的，周罪忙他也忙，他一过来多少还是会打乱周罪的生活节奏。但是他明天又得出差了，一出去就是三四天，或许时间还要更长，就还是过来了。

　　晚上吃完饭俩人又上萧刻家里坐着闲聊，萧刻说他要出差几天，周罪问："去哪儿？"

　　"去上海，"萧刻仰躺在沙发上，闭着眼说，"交流会。"

　　周罪"嗯"了一声，问他："东西收拾完了？"

　　"嗯，放车上了。"萧刻叹了口气。

　　这次的交流会规模不小，是几家大学联合开的，萧刻他们学校一共去了七个人，院长也去了。原定三四天，结果没想到中途受邀又去了趟厦门，再回到上海已经是一周之后。

　　一通折腾下来让人很疲惫，萧刻晚上躺在酒店的床上跟周罪说有点儿累了。

　　周罪在电话里说："早点休息，快回来了。"

　　"好，"萧刻贴着电话又叹息一声，"明天去见我博导，估计又要骂我一通。"

　　周罪不说什么，萧刻也不用他真的说什么，于是周罪只是听着，萧刻想到什么说什么。等同住一间的同事洗完澡出来，萧刻说："那我洗澡去了，你早点睡。"

　　"嗯。"周罪回道，"挂吧。"

　　陆小北也在上海，听说萧刻要回来，他也不干了，展会还有两天也不管了，带着模特就回了，非要跟萧刻坐同一班飞机不可。反正前三天他都去过了，后面本来人也没有之前多，该看的都看过了。

　　陆小北自己没带作品，就是单纯替周罪出个场，弄把椅子坐周罪工作室的场子里玩手机。有人过来说话一般不出声不回应，不认识的就谁也不搭理。只有问到他是不是周罪的时候他才会答一声:"我不是,我是他徒弟。"

陶晓东的确能折腾,把周罪的东西都摆满了,请了好些个周罪给文身过的模特,砸了不少钱进去。展会年年有,真厉害的那一批人其实大家都熟悉,都看过了,无非就是看看今年有没有新图。但周罪就不一样了,他正正经经第一次出展,还是场馆最中央的位置,紧挨着主办方。

但其实周罪根本没特意为这个做过准备,图都是平时文过的那些,很随意地出展,本人也根本不露面。

但这就足够了。

周罪有个文过的满背,是一只虎。周围铺色的背景就不提了,那只虎几乎全场的文身师都过来看过。那是周罪去年做的最细的一个活儿,线条该粗犷洒脱的时候甩得张狂肆意,该细腻的时候连身上的皮毛一丝一毫都看得清楚。老虎霸气地趴伏着侧头,虎头虎牙凶态毕现,一对虎眼扣在人皮上像是真的活了。

老传统的调子玩儿得太明白,不管是意境还是手法都是顶级的,边缘简单色块打雾都透着霸气。

这一个满背,周罪当初做了二百多个小时,也是因为这客户大哥是真不差钱,直接谈的打包价一百万元,不按时价计费才能这么细地去抠去磨。不然平时做大图很少做到这么细致,毕竟每小时都在跑钱,客户不需要你做那么精细,周罪也不会设计这种风格。

参展特意准备的图和平常给客户做的图区别也就在这里,去掉风格和主题不谈,细致度要差很多。

除了这张图之外,还有半胛的狮子、机械腿机械臂、小腿象神、异族神兽图腾,甚至有张满背山水图,这些是风格独特放在里面一眼就能让人看得到的。还有些稍微常见的风格,比如欧美黑灰和日式老传统，都摆在里面了。

　　今年展会，周罪的图横空出世，是主办方给业内摆出的最大惊喜。其他展位多数是团队参展，震撼的也有，不过那是整个团队的成果，每个人各有偏好，在自己擅长的领域能做到最好。

　　只有周罪是一个人撑起一个馆，什么风格他都来得了，都擅长，都顶尖。

　　业界还是有一些人知道周罪的，毕竟陆小北平时打理的微博也几万粉丝了，业内文身师很多都关注了。但国际友人就真的完全不知道了，没听说过这人。国内文身起步很晚，起来也都是一直在模仿其他国家的风格，没有自己独创的东西。在文身这方面，外国文身师其实多多少少有些瞧不起国内文身，觉得水平还不够。

　　周罪的东西摆在主办方旁边完全镇得住，很撑得住场，拿出来很长脸。厉害的国际大师都来看过，毫不掩饰心里的赞赏之意。

　　陆小北最初意思意思带了盒名片，没一会儿就发没了，也懒得再印。格调很高，不屑于多交流多联系。我大哥就没想出名，一切沟通的橄榄枝都没用，我们不想发展，不想挣大钱，不想扬名立万。我来这儿就是给陶晓东面子的，看他是真的上火了，救个场。

　　之前陆小北有时候在家替周罪着急，看他这么无欲无求的，心里生气，不甘心。但真出来了觉得其实也就那样，看展会上那些大家大团体，领头的摆着一副大佬的姿态，其实也要到处逢迎，领着百八十个徒弟，一年光学费都收个千八百万元，徒弟也不见得都学到什么了。活得很虚，也累。周罪不适合那么活着，也真没必要。

　　所以陆小北抬腿就走了，要跟他萧哥一起回家。

　　俩人机场一见面，感觉对方都瘦了。萧刻摸陆小北的光头摸得很顺手，问他："感觉怎么样啊？"

　　陆小北晃了晃脑袋，哼了一声说："能入眼的没几个。太遭罪了，以后我不来了。"

萧刻笑了一声说："辛苦了。"

值机的时候，俩人挑了个挨着的座位，登机后，陆小北脸色很不好看，唇色都有点儿发白，坐萧刻旁边跟他说："这种展会你永远也别来，萧哥。真的，我一搞文身的第一天来就吐了三回，没夸张。这比化装舞会吓人多了，cosplay（指扮装）跟这一比可温柔了。"

文身展自然遍地是文身，各种各样、形形色色的文身满眼都是。这东西一个挨一个挤在眼里的时候是真的能引起人生理不适，陆小北和他领过来的模特轮着吐了好几圈，脸都吐黄了。

有个文身狂热爱好者从头顶到脚跟都文满了，甚至整颗头都文成了僵尸样，从嘴一直文到耳根。这人过来的时候，陆小北没忍住，直接背过身干呕了几下，生平第一次对文身产生了恐惧，再多看一眼就要晕厥。

萧刻听他说得很想笑，安慰了他几句，后来说："也没办法，入了这行就得接受这些，好在你师父淡泊名利，能少经历一些。"

"嗯，我估计这也就是最后一回。"陆小北靠在椅背上，看起来很虚弱，跟萧刻说，"这我倒是不担心，说实话吧，萧哥，我大哥永远也不会参与这些。"

萧刻刚要说"我知道"，陆小北就接着说了下去："他不混圈，但是汤亚宁是混圈的，圈里的老人儿都知道他，也都认识他。我这次听到好多人提到了这名字，顺带着讲讲外面传的那些不着边儿的传言。一百年前的事儿了，现在都能翻出来说，对周罪这个人能力的膜拜和嫉妒让他们抓着一段历史不放，好像用嘴就能把别人的能力踩得低一些了。"

突然听到这个名字，萧刻顿了一下，不知道自己想要说点什么。

陆小北的不屑都摆在脸上，冷笑了一声，闭上了眼睛说："来了一回才真正希望我大哥永远当大仙儿，摆脱凡人当个神就挺好。不知道上辈子造什么孽了才沾了那么个人。"

萧刻也闭上眼在椅背上靠了会儿,后来才扯了扯嘴角,跟陆小北说:"就算没有他,估计周罪的性格也就这样了。算了,死者为敬,不说太多了。"

陆小北说:"我从来不怕对谁敬不敬的,每次提起来我都想骂他。人都得为自己的人生负责,你自己把自己活成个废物,为什么要别人负担这一生?从他死了到现在,我大哥都活在他的阴影下面,我想想就恶心。"

他睁眼看着萧刻,顿了一下,皱着眉问他:"萧哥,其实我一直没敢问你,也没找着机会。既然提起来了,我就想问问……你看我大哥,能睡踏实吗?"

这个问题,萧刻也答不上来,他看看陆小北,俩人四目相对,萧刻说不出话来。

陆小北睁大了眼睛,瞪着萧刻。

俩人互相盯着对方,接下来好半天谁也没说话,一切尽在不言中了。最后是陆小北先吐了口气,低声骂了一句。

萧刻眨了一下眼睛,然后笑着揉了一把他的头,说:"放心,交给我。"

"对不起,萧哥。"陆小北紧紧皱着眉,一脸郁闷的表情,接着说,"也不知道是替谁说的这声对不起,说到底,我大哥也是受害者,但你才是最无辜的,这没的说,总之就是对不起。"

萧刻手还在他头上没拿下来,陆小北说完,于是直接按着又使劲晃了一把,把陆小北舌头都快晃出来了,萧刻笑了一下说:"说什么对不起!跟谁说话呢?我是谁啊你就对不起?再对不起,一个舌头给你剪了。"

陆小北说:"你是我萧哥,你是天堂使者,拯救人间,拯救全世界。真诚感谢我萧哥,如果说我大哥遇上汤亚宁是上辈子造了孽,那遇上你就是他造孽之后又拯救银河系了,谢谢、谢谢!"

"这嘴,闭上歇着吧,再谢一个你就换座吧。"萧刻又弹了他一下,才笑着闭上眼睛歇着去了,不再聊。

萧刻身体很累,本来应该睡会儿的,但精神却处于一种疲惫的亢奋状态,很矛盾,萎靡却又无法陷入睡眠。陆小北这个问题正好戳上他痛点了,这事儿他一直放心里记着呢,不至于有多大情绪,但总归是想起来就觉得有点儿堵。表面上周罪什么问题都没有,但是萧刻不说不代表他不知道。

其实周罪每天晚上都睡不踏实,这事儿他知道很久了。周罪每次留宿都会默默离开客卧,在沙发上睡几个小时,天亮之前再回房间躺下。

一个努力装作一切都好,一个就假装真的不知道。

萧刻跟陆小北一起走的,他想直接去店里看看周老师,就没跟同事一起。萧刻有个行李箱,陆小北只背了个包,俩人看着都不怎么精神,疲惫都写在了脸上。

陆小北说:"回去我必须歇三天,我现在看不了文身,我看见文身还想吐。"

"歇。"萧刻说,"歇它个十天半个月的。"

"嗯,有的实在推不开我就做,能推的都往后推吧,北爷现在得文身恐惧症了。"陆小北头上戴了顶鸭舌帽,走路习惯性稍微低着头。

萧刻一边走自己的,一边还得盯着他不让别人撞着,走了会儿跟他说:"你多大了,北爷,能不能看看路?"

陆小北刚要说话,手机在兜里响了,他边摸兜边说:"我就是脖子太累了,感觉要扛不住头了,脑瓜子跟要掉了一样那么沉。"

他接起电话:"大哥。"

萧刻看过去，陆小北也向他看过来，讲着电话："对啊，我跟我萧哥在一起。"

"刚出来正走着呢。"

"啊？好的！"

挂完电话，他看着萧刻说："我大哥说他在停车场等咱们。"

萧刻挑眉："他来了？"

"啊，肯定不是来接我的，人家肯定是来接萧老师的。"陆小北说。

萧刻笑了笑。

周罪其实来了很久了，从上海飞回来也就两个多小时，萧刻他们刚上飞机他就出发了，到了之后就在车上等。

萧刻一进停车场，一眼看到周罪的车，往那边走过去。

周罪开了后备厢，从车上下来。萧刻看见他先给了个大笑脸，周罪看见他那双笑着的眼睛瞬间就觉得心里很轻松。周罪伸手帮他把行李箱放进去，萧刻在他旁边眨了眨眼。

陆小北在后面还没走过来，周罪也冲着萧刻浅笑了一下，问他："手机呢？怎么不接电话？"

萧刻往兜里摸了摸，说："没揣着，在小北包里呢。"

陆小北走过来摘了包往后备厢一扔，钻进了后座。

上了车，萧刻问周罪："嗓子怎么了？"

周罪说："有点儿感冒，没事儿。"

"缺关怀了，"陆小北在后边接话，"你走了我也走了，没人温暖他了。"

周罪从后视镜里看他一眼，问："瘦了？"

提起这个，陆小北又缩成一团，浑身难受："遭老罪了我，以后我再也不去了，最好你的作品再也别出门，要不我还得去。"

萧刻笑着跟周罪说："对文身有恐惧了。"

路上,陆小北大致跟周罪说了情况,杂七杂八,也没啥主要的,后来他说:"对了,一堆人见了我过来给我塞红包,都说是你老朋友。哪个老朋友我都不认识,我都没要,就收了陶晓东的,他包了五万块钱。"

陆小北在后座上摊着,哼哼唧唧絮叨着:"还跟陶晓东撞发型了,他以前不长头发吗?这次去竟然剃光了,也不知道是不是中年开始秃顶了,不然好好的剃什么头!我站他旁边说话的时候,有人开玩笑问我是不是他儿子,我去他波棱盖儿吧。"

陆小北吐槽了一路,前面两个不出声,默默听。毕竟北爷这次是代表工作室出去的,这都算出公差了,把孩子折磨成这样还不让人好好吐槽?

周罪已经把这天的时间都空出来了,把陆小北送回去,又送萧刻回了家。

一次文身展过后,周罪这儿突然就喧嚣了起来。展会上的照片在社交平台上被发了好几圈,他们店的地址本来也不是秘密,有不少外地来客特意过来就为了约周罪做文身,本地的就更多了。

技术的确尖端是其一,另外文身展上紧挨主办方的位置,以往时价都是五千块钱往上走,周罪这种水平的更不用提,多了两倍还多。一个大图做下来差价几十万元,就是买机票飞过来也值了。

徐雯本来在前台没什么压力,每天来的人有限,一般都微信提前或者电话约过的。小姑娘天天看看八卦做做美甲都挺好的,这段时间突然来的人多了,就有点儿蒙。

他们店的这些人跟周罪时间太久了,早习惯了每天固定数量的客户约过来,谈图还是做文身都忙得过来。不说陆小北和徐雯,就连店里其他文身师也不见得多开心,他们挂在周罪这儿本来也不缺客户,文身这东西不像开饭馆做饭,不管多少人尽管来就是了,他们干的这行就是人来得再多，一次也只能做一个不是？既然一直在周罪这儿，说到底还是性格合得来，都是不太张扬的那一挂，"档期"都排了俩月，来再多人又能怎么样？

来的人也不只是客户，也有业内同好想观摩交流，还有很多文身师想过来拜师驻店，想跟着周罪学东西。有甘愿花钱的，甚至有人跟周罪说："您开班收徒吧，学费多少都成，您开价就是了。"

周罪也很无奈，对这种都是说："不是钱的事儿，看得起我，谢谢了。我这人不会教什么，也真没到能教人的水平，很多开班的地儿都比我这儿好。"

再往下就不多说了，该说的说完，他就忙自己的事儿，不会再回应，非要学东西的，周罪都给支到"东大领域"，就是陶晓东那儿。

本来他们在店里文身都很随意，除非客户自己要求，不然都是在大厅做。现在观摩的人突然多了，店里太热闹，文身师都去文身室干活，陆小北和周罪躲楼上，大厅不留人。

萧刻周末过来的时候，楼下除了徐雯，其他一个人都没有，他回头看着徐雯哭笑不得："现在都这样了吗？"

每天跟周罪通电话，他当然也知道店里现在有点儿闹，但没想到这么夸张。徐雯苦着脸："咖啡和果汁都冲没了，新买的还没到，萧哥，你喝奶茶吗？"

萧刻笑了一声，摇头说："我不喝，周罪呢？"

"老大在楼上呢，"徐雯往楼上指了指，"不知道在哪个房间里，你问问吧。"

萧刻上去之后，每间都关着门，他先敲了其中一个，问："里边谁？"

陆小北的声音传过来："进吧萧哥，是北北！"

萧刻笑着拧开门，里面陆小北戴着口罩给一个美女做腿环，萧刻打了声招呼："哈啰，小北北。"

陆小北在口罩后面打了个响,就当回应了。

萧刻把他门关上,转头又去敲另外一扇门,这就应该没别人了,他还是故意问:"里面谁?"

周罪应了一声:"我。"

周罪的客户是个男人,萧刻推门进去,大兄弟正光溜溜地趴在床上快睡着了,周罪正在他屁股上面勾线,看架势做的是个后背全身。

他一进来,大兄弟回头看了他一眼,不是很在意。

萧刻顿了一下,跟他说:"抱歉,兄弟,怕看不?"

"不怕,"大兄弟手随意一挥,"你随意吧,拍照也 OK,我感觉我还挺上相。"

萧刻笑着说:"拍照不急,全做完再拍。"

他说完就走过去站在周罪旁边,周罪戴着口罩,看不见他的笑,但是能看到他眼角软下来的弧度。

大兄弟文屁股的时候还挺淡定的,结果到了大腿突然就受不了了,开始嗷嗷喊疼。他喊得太惨了,萧刻都有点儿听不下去了,跟他说:"忍一下,疼完你就升华了。"

"不用忍了,感觉现在就要升天。"大兄弟脑门上都疼出了汗,咬着牙说,"这也太疼了……"

周罪踩了一脚开关停下,问他:"歇会儿?"

"不歇了,歇也就那么回事儿,一气儿疼完得了。"他还挺坚强,攥着拳头说。

大腿其实不是人身体上文身痛感很强的部位,但每个人各个部位的痛感承受度都不一样,也没什么固定的标准。这哥们儿想法是好的,但估计是真的太疼了,中途还是扛不住,说今天就到这儿。

做了四个多小时了,要不最多也就再做两个小时,他说停,周罪当然同意,萧刻来了,他其实也不想让萧刻这么干坐着看他干活。

周罪收拾好机器，和萧刻一起出去了。时间还早，既然后面都没客户了，也不用闷在店里。楼下正好有两个跟风过来看看的小年轻，徐雯见着周罪下来赶紧说："那是我们老大，有事儿直接跟他说。"

周罪笑了一下，边走边说："我俩有事要出去，有什么事儿找陆老师。"

徐雯一时还没反应过来，脸上呆呆的："哪个陆老师？"

萧刻笑着接过来答："北老师。"

徐雯"扑哧"一声乐了，点头说："好的，老大拜拜，萧哥拜拜。"

萧刻一直到上了车都还在笑，侧过头笑着说："挺调皮啊，周老师？"

周罪看着他笑了一下，当时没说什么，过了好一会儿，萧刻思路都转到别地儿了，这人才慢慢开口说："最近有时候觉得自己很幼稚，很多事儿都是以前绝对不会做的，很多玩笑也是以前绝对不会开的，岁数越大越不着调。"

"嗯？"萧刻看过来，不知道他这话从何而来。

周罪抿了抿唇，闷声说："应该是受萧老师的正面影响了。"

萧刻看着这人，有点儿震惊。这不像他"爱豆"能说出来的话，但是听着又很顺耳。

周罪还不觉得自己说了什么，只是因为自己的幼稚而觉得老脸臊得慌。

俩人去吃了顿饭，群里林轩介绍的饭馆儿，的确不错。这地方正好离老曹的店很近，周罪就带萧刻过去了。

萧刻记得之前老曹说他是做手工的，倒一直还没去他那儿看过。到了才发现是在本地一个高端家居广场大楼外面的一家门市，店不算很大，但萧刻一进去还是有些被震住了，像进了艺术馆。

店里的确都是工艺品，大大小小都有。金属制品、木制品、竹制品、骨制品、石制品，都看得到。正对着门的墙上挂的一扇不规则金属片连接而成的巨幅挂件很吸睛，十分震撼。

门口店员是一个穿旗袍的姐姐，看着得有三十多岁，气质很不一般，很优雅。她看见周罪，笑着打招呼："周哥过来了。"

周罪笑着点头，问她："曹圆没在？"

"在呢，"美女姐姐看见萧刻，对他也亲切一笑，然后说，"你们先坐，我进去叫他。"

曹圆一出来看见他俩两边眉毛都扬得高高的，很惊讶，问他们："你俩咋来了？群里'怼'我不够还撑着上人家里'怼'？不做人了？"

萧刻让他给说笑了，摇了摇头说："顺路过来看看。"

曹圆坐他俩旁边，给自己倒了杯茶，说："那来都来了，也别空着手走，挑点东西拿走，当我送你们礼物了。"

萧刻一点没客气，跟他说："给我指几个你做的，我挑一个。"

曹圆指了大概十几种，最后萧刻还是挑了个金属片拼的挂品，跟墙上那个有点儿像，只是小一点。

怪不得第一次见面的时候，方禧介绍老朱和老曹，说他俩都是艺术家。现在看来的确很艺术，跟他平时那不着调的模样联系不到一起。

萧刻挑完，老曹说："我这儿不白送，你得给我钱。"

萧刻问他："给多少？"

"二百八。"

"太贵了，抹个零，给他二百块钱。"周罪说。

萧刻拿手机给转了二百元，转完说："谢了，曹老板。"

曹圆指了一下周罪，一脸嫌弃："你也太抠了。"

萧刻和周罪都笑，不理他。其实萧刻知道老曹就是闹着玩儿的收点钱，他这东西肯定不是这价格。他刚才扫见旁边一个立牌，上面标了价的，一个小金属摆件八千多块钱，他拿的这挂品估计得上万元。

老曹要送他们就收，朋友之间送个东西不考虑这些。

来都来了，晚上自然得一起吃个饭，老曹说想吃小米汤火锅，仨人开着车跨了三个区就为了去一家据说很好吃的店。周末的晚上没提前预约，前面排了二十多号，他们在车上边聊边等，排到他们的时候，老曹说他快饿抽了。

入了座，萧刻让他们先点东西，他去洗个手。曹圆说："我也去，一起吧。"

萧刻回头问："小姐妹啊？"

萧刻和曹圆一边开着玩笑一边往洗手间走，到门口正遇到有人洗完手出来，萧刻没抬头，侧了侧身，让他先行。

这人却突然在他身前站定，萧刻还没抬头，就听见曾经很熟悉的那个声音带着惊讶和难以置信开口："萧刻？"

即使很久不见面，但这声音，萧刻也不至于认不出来。他抬起头，淡淡一笑："林工？巧了。"

林安的视线在萧刻和曹圆身上来回转了两圈，曹圆打量着对面的林安。

林安问："这位是？"

萧刻说："是我朋友。"

萧刻也没想多介绍什么，介绍不着。

林安点点头，到底是高级知识分子，在外人面前那副清冷的样子始终在的。一直绷着下巴，后背和肩膀挺得笔直，人看起来总有那么点骄傲的意思。

萧刻无意多说，从任何角度考虑，他在这儿跟林安寒暄也不是那么合适，所以萧刻笑了笑，说："我洗个手。"

林安眼睛始终黏在他脸上，看得出来还有话想说，但萧刻这样讲了，又有其他人在，到底也没再多说，点了点头，先转身离开了。

萧刻抿着唇洗手，老曹在他身边也在搓手，从镜子里看他，问："刚刚那是谁啊？"

"以前的朋友，现在不来往了。"萧刻说。

老曹笑笑："要是我，估计都记不住脸了。"

萧刻心说，就他跟林安认识那么久，闭着眼睛也该记住了。

遇见林安的事儿没什么不能说的，但是也没什么好特意说的，萧刻甚至没怎么放在心上，以前那些物是人非是真的已经很淡了。

现在只要一起出来吃饭，周罪肯定会给萧刻点一壶热豆浆让他慢慢喝，甚至还体贴地兑了糖，知道萧老师喜欢稍微甜一点的。他自己和老曹一边喝着啤酒，一边还顾着给萧刻夹菜。

萧刻失笑着想，周老师对朋友跟对孩子似的。虽然萧刻是不用别人这么照顾的，但心意还是要收。

萧刻当时是真的没想到，林安竟然会刻意找过来。因为林安的性格一直挺内敛低调的，在外人面前不太愿意露脸。萧刻猜到他可能回去之后会联系自己，但没猜到这次直接来了个正面的。

林安直接走过来，手里拿了个酒杯和一瓶酒。

"喝杯酒吧，萧刻。"林安站在萧刻眼前。

周罪原本和老曹正说着话，已经收了音，安静地看这边。

林安说完给自己先倒了一杯，看着萧刻说："咱俩喝一杯，好久没喝过了。我敬你吧，敬……就敬你的天真、热烈、纯粹、浪漫、勇敢。"

每个词之间都有停顿，说完林安仰头就把酒喝了，萧刻手指抽动了一下，人还是没动。

"我没有你勇敢，所以我现在什么都没了。"林安又给自己倒了一杯，刚才应该喝了不少酒，看得出来是真的难过了，喉结轻轻抖动，顿了会儿他才继续说，"这杯敬你给过的情谊，也敬……敬命运给的一切所得却没能珍惜吧。"

林安手有些抖,要给萧刻倒酒。萧刻心里有一瞬间犹豫,敬的这杯酒他不该喝,因为命运给的已经跟敬酒这人毫无关系了。但是萧刻还是把杯里的豆浆先喝了,然后把空杯放在旁边,拿过周罪的酒给自己倒满了。

桌上始终安静,没有人出声,只有中间的锅在咕嘟咕嘟地冒着泡。

萧刻扯起嘴角笑了笑,说:"林工,这杯我敬你。祝锦绣前程,未来可期。"

他说完很利索地喝干了杯里的酒。

林安闭了闭眼,然后说:"你还欠我一杯。"

用手里的酒把萧刻杯子再次倒满了,把酒瓶随手放在桌上,林安用自己的杯子和萧刻的磕了一下,哑声说:"以前我不太愿意跟你喝酒,怕你胃疼难受。我下周的机票飞慕尼黑,今天遇上你想想可能是注定了的,就最后放肆一回吧。"

话说成这样,萧刻不可能差这一杯酒,他什么都没说,伸手去拿杯子。

——不过没能拿起来,一直坐在里边的周罪用手掌按住了杯口。

"就算了吧,再喝胃疼。"

萧刻看向他,林安也看向他。他抬起眼看着林安,淡淡地问:"你想怎么放肆?"

"我陪你。"

"你们俩随便敬,敬过往敬明天都行,酒往我这儿倒,我接着。"

第十一章

CHAPTER / ELEVEN

曹圆在一边捂着脸偷偷玩手机,想笑快憋不住了。他被迫吃了个瓜,挺过瘾。

他在桌子下面偷偷往群里发:咱们老周,老黄瓜都成炝黄瓜了!

群里都热闹起来等着听了,对面那三人还浑然不知。

林安微扬着下巴盯着周罪,又看看头都不抬压根儿不在意的曹圆。周罪也看着他们,手死死压着萧刻的酒杯,就没打算让他喝那杯。周罪拨开萧刻的手,把那杯子拿到了自己这边,淡淡地问:"你想怎么喝?"

林安摇了摇头,扯出个若有似无的笑,说:"我不和你喝。"

周罪直接说:"不和我喝那请回吧,萧老师胃不好。让他忍着疼也要陪你放肆一回,这话不合适。你是谁我不知道,你能豁出来让他疼也得喝这杯酒,我不能。我豁不出来,我不愿意。"

周罪说话的声音很低沉,每一个字都敲打着人的神经。林安手里还拿着自己的酒杯,微微有些发抖,也没再和周罪对话,只是眼神一直落在萧刻身上。

萧刻坐在中间,谁也没看,但是手在桌下轻轻晃了晃周罪的腿,默默地先安抚着周老师。

萧刻说到底还不是真能把事儿做那么绝的人,当着人面他不会让别人难堪,永远会给别人留三分脸面,更别提这人是林安。虽然他俩理念不合无法继续做朋友，但至少林安自始至终都是坦诚的。

萧刻不会让人太难堪狼狈，那不是他的性格，也不至于的。

于是萧刻最后还是笑了笑，站起来拿了个空杯，用周罪的酒给自己倒了满满一杯，转头跟林安说："林工，我从来不欠谁的，这你知道，你说我欠你一杯，那今天咱们把这杯酒喝完。"

萧刻扯了扯嘴角，继续说："你比我大，处处对我都照顾，我有时候不懂事儿，谢谢林工那几年宽待我。这杯酒喝完，咱们俩之间就彻底清了，我不欠你什么，你也不欠我的。"

萧刻在林安的杯上磕了一下，酒太满了，这一磕洒了一些。萧刻抿着唇，神情庄重严肃，用只有他们俩能听到的声音说了最后两句："我就还是那句话，祝林工前程似锦、步步高飞。从此以后，咱们就真的两不相干了——你是你，我是我。"

他喝干这杯酒的时候压住了林安的酒杯，没让对方有机会再喝，再喝的话，这欠来欠去的，可就还不清了。

萧刻放下杯子拍了拍林安的肩膀，笑了一声说："喝酒就别开车了，叫个代驾。"

这就是结束语了，林安怎么会不懂？点了点头，林安最后深深看了萧刻一眼，转身走了。步速不快不慢，气质一直在。

萧刻长长地吐了口气，坐下了。在他这儿，从前早就翻篇了，估计今天过完，林工那里也能翻篇了。

解决完一个还有一个，萧刻刚才没顺着周罪的意思，肯定让周老师心里不舒服了。但是萧刻只能那么做，林安是外人，不能仗着人多真正落外人的面子。

萧刻一抬头就看见老曹笑模滋儿地正看着他，一脸看戏的表情。萧刻也顾不上管他，给自己又倒了杯酒，跟周罪说："这杯给我周老师道歉了，别生我气，我浑身都是错。"

还没等他杯子拿起来,周罪就把他杯子按住了,下巴绷出一条严肃的线条,沉声说:"跟我用不着。"

萧刻心里很胀,知道这事儿怪他,拂了周老师的面子,但他也真的没办法。萧刻说得很认真:"用得着,都一样的,我周老师生气了,我更得赔罪。"

"我没生气。"周罪先是冷着脸说了这么一句,接着就不出声了。过了得有十多秒才突然皱着眉问:"跟谁一样?我跟他一样的?"

萧刻还没反应过来,老曹先在对面"扑哧"一声乐了。萧刻赶紧摇头说:"不一样不一样,我不是那意思。"

曹圆低着头把群名称改成了"你们不一样"。

从认识到现在周罪从来没和他生过气,萧刻不想因为林安的事儿惹他不开心,那不应该。但是事儿已经来了,萧刻也只能接着。萧刻觉得挺对不住周罪的,本来今天心情一直都挺好的,结果因为这事儿很明显他心情变差了。

萧刻还想说点什么,周罪把萧刻那杯酒拿过去喝了,把之前他从萧刻那儿拿过来的那杯也喝了,然后低着头说:"我说了,你敬谁都随意,我接着,我替你喝。"

那一瞬间,萧刻是真的鼻子一酸,他不得不转过头去,扛过那一阵强烈的感动。

老曹适时开个玩笑,问萧刻:"是不是你们高知喝酒都得先作首诗?哎哟,我的妈,真是挺有文化,我刚才差点儿唱出来。"

萧刻吸了一下鼻子,说话声都是哑的,"嗯"了一声:"我们博士都这么喝酒。"

热闹看够了,瓜吃了个饱,眼力见儿当然有,老曹没多大会儿就说吃饱了要回去。三个人都喝了酒,于是叫了个代驾先把曹圆送回家,然后再回周罪那儿。周罪在车上自始至终没出过声,就默默看着车窗外面,姿势都没变过。

下了车,萧刻笑着轻声道:"周老师别冷着脸了。"

周罪摇了摇头,说:"没有冷脸。"

周罪虽然说他没生气,但他的确是不说话了,也没什么表情,换完衣服就去洗澡了,进去洗澡之前也没跟萧刻说话,甚至都没看他。萧刻心里有点儿难受,也有点儿无力,就是再会说,现在也不知道到底应该怎么说才能让气氛不这么沉重。

这个澡周罪洗了挺久,他站在淋浴间里靠着墙,热水在玻璃上铺了满满一层的蒸汽,铺得多了就变成水珠流下来。周罪盯着水珠有些放空,不知道在想什么。

他出来的时候换好了衣服,黑色的短袖和短裤。屋子里过于安静了,周罪感觉有些不对劲。他来回找了一圈,没看见萧刻,是真蒙了,赶紧掏出手机想打个电话问问,结果上面有条萧刻发的消息。

——今晚我就不在这儿给你添堵了,你消气了,我再请罪吧。对不起啊。

周罪立刻把电话拨过去,无法接通。他皱紧了眉,想都没想就推开门,鞋都没想着换。

推门的动作太快,所以僵住的动作也收得急,脸上的慌张都还没收回去。

萧刻背倚在电梯门边正看着他,肩膀是垮的,人看起来很颓丧。从认识他到现在,除了第一天在酒吧遇见的时候,周罪没看见过萧刻有这种状态。萧老师始终都是活力满满的,眼睛带笑,很潇洒的。

"我就站着等会儿,"萧刻看到他出来,低着头笑了一下说,"你要是看见消息出来找我了,我不能让你找不着。你要是不出来我就回家,明天再找你。"

周罪闭了闭眼,几次开口都没说出什么,最后话音沉沉的:"抱歉，是我没控制好情绪。我真的没生气，当时就是不太乐意，后来心里是在想别的事儿。对不起萧老师，我脸色难看，让你误会了。"

话都说成这样了，萧刻当然也就顺着台阶下了。

还好这是一梯两户，对面那户空着没人住，不然萧刻还真有点儿不好意思闹这一出。回去之后，周罪跟他说："萧老师，以后不管什么问题你尽管说出来就是了，就算真有什么事儿我生气了，你也别走，何况我也没什么可跟你真的生气。"

周罪又开始一本正经地说话了，萧刻招架不住他这个，笑出声来，说："我知道了。"

周罪心里有些发沉。他刚才的确情绪很差，但不是因为林安，那么点小事儿不至于让他这么持久地情绪低落。

周罪就是想到了林安作为萧刻曾经的朋友，平时都那么没存在感，还是抹不掉，而他有一段那样的经历，身边的朋友特别是萧老师，该是什么心情？

萧老师那么骄傲的人，周罪觉得很对不起他的骄傲。所以刚才不敢看他，心里很虚。

他一直埋在这儿不说话也不出声，后来是萧刻绷不住笑了，问他："还不高兴啊？"

周罪闭着眼睛，顿了一会儿说："我有些话想说。"

"嗯？说。"

瞒着不是办法，周罪一直都不愿意有事瞒着萧刻，想把一切都告诉他，萧刻值得所有坦诚。

那天晚上，周罪坐在萧刻旁边，慢慢地讲他的困境，每一句话都说得很煎熬。话很难说出口——说他闭上眼睛会弄混身边的人，现实和幻境扭曲在一起；说他根本没法闭眼，闭上眼甚至无法呼吸。

他知道萧刻很介意这个，所以他说得很艰难，但还是都说了出来。

没想到萧刻听完之后那么淡定，甚至表情都没变，只是轻声问他："那你为什么现在才说？"

周罪说："不想说，怕你不舒服。"

"没什么舒不舒服的，你应该第一时间告诉我。"

周罪"嗯"了一声，过了会儿说："我找个医生看看吧。"

"心理医生？"萧刻挑眉，"你以前找没找过？"

"找过。"周罪很诚实，直接说，"没什么用。"

萧刻笑了："那我们就不找。"

周罪看向萧刻，萧刻直视着他的眼睛说："交给我，什么都不用怕。"

萧老师是万能的，萧老师能拯救一切。

那天晚上，萧刻跟他说："今晚你就睡房间里，我看着你睡。"

"嗯，"周罪低声应着，"好。"

萧刻说看着周罪，就真的看了一夜。他一夜都没关灯，把门厅灯开到最暗，让卧室里始终保持着有光但不影响睡眠的亮度。

周罪闭眼之后，萧刻能感觉到他整个人慢慢变得僵硬，于是低声说："是我。"

周罪立刻睁眼看他，萧刻依然笑得温和："睡吧。"

那一夜，萧刻就在周罪旁边，静静地守着他。周罪很久都没能睡着，不是那么容易的。但萧刻始终不慌不忙，持续稳定地用声音传递着自己的存在，让人觉得很安定、很踏实。

后来周罪竟然真的睡着了，只是睡得并不熟。萧刻眼都不闭，一直盯着他看。只要他有一丁点儿不安稳，萧刻就会马上用轻缓的语调在旁边说："是我，不怕，我是萧刻。"

就这么持续了一整夜。这一夜不漫长，萧刻不觉得难熬也不觉得是负担，反而觉得有种别样的成就感。萧刻还自嘲地笑了笑，真是没处说了。

周罪早上睁眼之前还听见萧刻轻声说："继续睡，陪着你呢。"

他睁眼就看到萧刻带着浅浅笑意的脸，以及那双熬了整夜布满红丝的眼睛。周罪意识回笼，沉在萧刻的视线里两秒，然后开口，声音低沉沙哑："……一直没睡？"

萧刻笑笑，声调是扬着的，带着点小骄傲，问他："先别管我睡没睡，我就问问，你是不是睡了整夜？"

周罪闷声应着："嗯。"

"萧老师说到做到。"萧刻又笑了两声，然后打了个哈欠，懒懒地说，"本来今天打算回我妈那儿吃饭，就还是算了吧，我去店里补个觉。"

周罪很久都没能说出话来，从没被人这么用心地对待过。

萧刻主观上不觉得疲惫煎熬，但毕竟年龄在这儿，没有十几二十岁出头的精力，最近两年越来越熬不起夜。这么一宿没睡的后劲是很强的，到了店里连陆小北都能看出来，盯着萧刻的脸问："昨晚没睡好？"

萧刻打着哈欠点点头。

那天周罪继续做着前一天那个半全身，大兄弟依然光溜溜地往床上一趴，周罪戴着口罩，一脸冷漠地割线。

但也只是脸上冷漠而已，心里不仅不冷漠，反而很柔软。

虽然萧刻话说得很笃定，一切都交给他，但其实这种事儿谁心里也都没谱，到底能不能真把周罪这毛病给治好了是真的不知道。但萧刻就是不信邪了，一个月不行就俩月，俩月不够就一年，一年不够就三年五年，靠时间堆也得堆出个成果来。

开玩笑呢，萧老师可有毅力了，拼不过谁啊？

这点自信，萧刻还是有的。

这得慢慢来，不是着急的事儿。所以萧刻还是跟之前一样，工作日不去找周罪,他得上班,周罪也有事儿,治病不急于一时,以后时间那么长,急什么。

方奇妙有天下班后直接在萧刻学校门口等着,把人接走。萧刻一上车,方奇妙就冷嘲热讽:"谢谢萧爷赏光陪吃饭,见个面好不容易。"

萧刻笑了,斜眼瞥着他:"好好说话,别阴阳怪气。"

方奇妙于是说:"我现在见你一面还得提前约,你这样以后就没朋友了。"

萧刻还是笑,心情很不错:"别扯了行吗?你约我了吗?我接着你电话了还是拒收你微信了?"

"那是我体贴,知道你忙,不好意思占你时间。"方奇妙哼笑两声,"反正你今天得陪我去参加个聚会,我自己去就得尴尬死我,里边有个人想求我办事儿,我不想给他机会跟我说话。"

萧刻靠在椅背上,比了个手势:"萧爷给你解决。"

方奇妙过会儿问他:"你看周老师这人咋样?"

萧爷闭眼靠着,一脸惬意:"好着呢。"

"留个心眼儿吧,"方奇妙的话点到即止,不多说,"你年龄小,还是搞不过那些老油子,别让人耍着玩儿,别吃亏。"

萧刻当时只是笑笑,顺着方奇妙的话点了点头,"嗯"了一声。但他当时在心里想:你说的老油子那就是个大孩子,他会耍谁啊?他连撒谎都不会,心里装着一丁点儿事没坦白都觉得自己罪该万死对不起萧老师,对不起人家一片赤诚。

唉,实在是太老实了,我们的周老师。

萧刻饭桌上一滴酒没喝,其实他不是每次喝酒都会胃疼,但还是没想喝。

吃完饭去唱歌的时候,萧刻给周罪发消息问他:忙不忙?

周罪回他:不忙,回家了。

于是萧刻唱歌之前把电话给周罪拨了过去，跟他说："萧老师给你唱歌听。"

手机开着免提，萧刻攥在手里，一首慢歌唱得十分用心。别人不知道萧刻通着电话呢，嗷嗷叫着让他接着唱。萧刻看了一眼时间——都快十一点了，于是摆摆手笑着开门出去挂电话了。

第二天是周五，下了班，周罪已经在门口等他了。连着两天门口有豪车接，萧老师觉得自己很不低调。但也没什么办法，不低调就不低调吧。

萧刻安全带都没系就先眯眼笑着说："礼物今天挺帅的啊。"

周先生平时衣服多数是深色系的，基本都是黑的，今天穿了件白色POLO衫，看着很正经。萧刻平时上班也习惯穿得稍微正式一些，毕竟为人师表呢，不穿白大褂的时候他基本都穿衬衫。衬衫也很挑人，但是萧老师还没什么撑不起来的衣服，再挑他也架得住，"萧帅"不是白叫的。

周罪低低笑了两声，萧刻知道这人又不好意思了。

其实周罪也是故意这么穿的，前几天特意让陆小北给他买了好些衣服，明确表示了要看着年轻的。前段时间周罪洗脸的时候对着镜子打量自己，越看越不满意，觉得自己活得太糙，脸也不好看，文化水平也就那样，天天不修边幅的，看着得比萧刻老十多岁，本来没差几岁，往一处一站生生给弄成大叔和学生了。

陆小北笑了俩小时，连干活的时候都在笑。那天刚好做的就是个小字母，做完，陆小北就走了，约了个人去逛逛，天黑才回，给他大哥拉了一后座的成果回来，逛了一天，刷卡刷了小十万块钱。

"穿吧，去我萧哥面前显摆。"陆小北累了一天，但看到他大哥那张冷冷淡淡的脸就还是想笑，"换季我再给你买，反正咱唯一的优势也就剩有钱了。设计师赶一个月图不如咱扎一个花臂来得实在。"

周罪摇头说:"不是那么比的。"

陆小北说:"不这么比也没别的能比了,我这是安慰你呢,心里有点儿数。"

萧刻不知道这些,只当周罪是临时起意换个风格,看着还挺新鲜的,衬得周老师很帅很年轻。直到晚上,萧刻去衣柜里拿衣服的时候,看到那一堆纸袋才有点儿蒙,随手翻了翻,然后蹲在地上笑了好几分钟。

周罪洗完澡出来,萧刻已经恢复正常了,只是还有点儿想笑。

这晚萧刻早早就犯了困,周罪看见说:"累了就快睡。"

萧刻说:"我不睡,你赶紧收拾完了过来,萧老师还等着治愈你呢。"

周罪摇了摇头,说:"你睡你的,我自己睡。"

他攒了一周的精神就是为了这两天陪周罪治疗的,不可能同意。

这样的夜晚让人有一种归属感,很踏实。后来见周罪快睡了,萧刻和他拉开一点距离。周罪深呼吸了几次,萧刻轻声说:"放松,萧老师给你唱个歌儿。"

萧刻的嗓音很好听,周罪早就听过的,但是每次听都是在KTV那种嘈杂的环境里,透过麦克风把他的声音无限放大。这样的夜里,萧刻安安静静地低声在他旁边唱歌,这种感受很奇妙,心情真的就慢慢舒缓下来。

萧刻唱了一首英文歌,节奏舒缓,周罪会跟着他的节奏慢慢调整呼吸。一首歌没唱完,周罪竟然已经睡着了。

萧刻无声笑了笑——所以其实并没有那么难是吧。

那晚他还是几乎整夜都没睡,一声一声刷着存在感,让自己的声音保持清明,让周罪就算在睡眠中听觉神经也能分辨出他的声音。会有点儿辛苦,但萧刻不觉得累。

这样的生活持续了很长一段时间，萧刻起初来这儿的每个晚上都是不睡的，但尽管他一直盯着守着，周罪有时候还是会惊醒，会抗拒身边有个人存在。这样的时候，萧刻就会唱歌。陷入梦魇，他说什么都没用，可唱歌是有用的。

这能第一时间把萧刻和那个人区分开，他的歌、他的声音都是有温度的，这种嗓音只属于萧刻。

后来周罪波动的间隔变长了，萧刻可以趁着间隔的时间打个盹儿，不过就算是睡着了也是很浅的程度，只要周罪一醒，他也会瞬间醒过来，安抚一下这人，跟他说两句话，或者唱几句慢歌。

陆小北知道这事儿以后嘴都闭不上，很震惊。他愣了半天，眼睛都红了，后来双手合十比了一下手势，想要说点什么，但是什么也没说出来，找不着语言。最后他只憋出了一句："辛苦了，哥。"

萧刻笑着摆了一下手，很潇洒，毫不在意："不辛苦啊，不算个事儿。你以为你大哥不辛苦吗？他比我还累。"

这个世界上没有那么多容易的事儿，都很不容易。虽然他这么陪着哄着，但是周罪就算睡着了也都睡得很累，精神始终是紧绷的，他会整宿做梦，睡着也不比醒着轻松。

可是既然都下定决心走这条路，那就得走好，前期辛苦点把杂草都拔掉，以后就是坦途，走得才更坦荡、更舒服。

连陆小北听到的时候都红了眼睛，触动那么大，周罪就更过意不去了，每天早上醒过来的时候都很歉疚，但他不能辜负萧刻这么深重的情谊，他只能放松自己不去想太多，尽量让自己每个晚上都能睡得更熟。

但有的时候还是会觉得负罪感太重，尤其是本来平稳一些的睡眠又莫名其妙地变差，甚至有一天刚睁眼看到旁边有人的时候他还伸手推了萧刻一把。

没有控制力气，萧刻脖子都被他推得响了一声。

萧刻当时刚睡着就突然被推醒也吓了一跳，不过眼睛睁开，他的第一反应就是说："不怕，我是萧刻。"

这事儿让周罪低沉了一天，一句话都不说。很有挫败感，他很着急。

说到底还是太过意不去了——萧刻都熬瘦了，下巴颏儿都尖了。

那个晚上，周罪洗完澡直接去了别的房间，安安静静，一声没吭。

萧刻站在他房间门口，倚着门笑着冲他勾手指："走了，睡觉。"

周罪摇了摇头，沉声说："今晚我在这儿睡。"

萧刻抱着胳膊故意道："萧爷要是半夜做噩梦醒了旁边都没个人。"

"做噩梦，"周罪低着头，淡淡地说，"你连眼睛都不能闭，你怎么做梦？"

萧刻不跟他废话，拍了拍门叫他："你赶紧给我过来，别等我过去扯你。"

周罪轴劲儿上来了，不想让萧刻每个晚上都那么煎熬，动也不动，只是摇头。

萧刻在门口跟他对峙半天，后来耐心没了，也沉了脸，声音低了下来，开口问他："周老师，以后都用不着我了，是吧？"

周罪脑子一抽，竟然点了头。

萧刻难以置信，都让他给气笑了。最后萧刻点了点头，说："好的周老师，我知道了。"

萧刻回了房间把门反手就给锁上了，门锁"咯噔"一声响。

萧刻回屋坐床上，让这人给气得脑壳疼。要不是上回答应他有什么矛盾都不走了，按照萧刻的脾气，这会儿肯定换衣服走了。反正你也用不着我，我还在你这儿干吗啊？

他在床头靠着坐了一个多小时，外面连点动静都没有，萧刻气着气着就气得心如止水了,这人咋回事,脑子真是木头啊?不知道回话啊?

周罪也不是不知道回话,他坐那儿想了很久,越想越不是滋味儿,很后悔。萧老师天天都为了谁啊?都是为了他。自己这么半途而废退缩了,很愧对萧老师。周罪下了床走了出去,在萧刻门口沉吟半天,然后轻轻敲了敲门。

萧刻听见他敲门,没打算理。萧老师气头没过呢,不太想理你。

周罪声音透过门板传过来,试探着在问:"萧老师……睡了?"

萧刻往床上一躺,一声不吭。就怕你不来,只要你来了,我就舒坦了。

萧刻这天是真的生了气,到最后也没给周罪开门。周罪当然有钥匙。但是萧刻不给指示,他硬是把钥匙攥在手里没敢开门。在门口问了几声没得到回应之后,周罪就在沙发上坐着,直到入了夜,萧刻房间里都没有一点声音,估计是真睡了。

周罪摸过手机给萧刻发了条消息:萧老师,我错了。

然而萧刻早就睡着了,每天晚上不能好好睡觉身体早就很疲惫了,他也有心要晾一晾那木头,在屋里睡得很香。

周罪没有办法,只能回了房间,最后给萧刻发了一条:你别生气。

萧刻早上醒来看见那两条消息还撇了撇嘴,没打算理。睡了一觉不怎么生气了,但是有心要借着这次板一板周罪有事儿没事儿就想太多的毛病。

接下来周罪都不太敢跟萧刻说话,因为萧刻沉着脸一直不理人,也不正眼看他。到了店门口他连车都没下,让周罪下去之后直接开车就走了。

周先生觉得很受伤,萧老师还从来没跟他冷过脸,这滋味儿很不好。

萧刻就是故意的。萧老师常年温温柔柔的，你是不是就以为我真的没有脾气收拾不了你？萧刻本来也是决定今天要回他爸妈家的，没这事儿他也得回，只不过周罪不知道。

他回去的时候，人家夫妻俩正看着电视吃西瓜，老萧把西瓜切成一块块的小四方形，用牙签戳着吃。他开门一进来，俩人齐齐看过来，看见他还有点儿惊讶，老萧问："你咋回来了？"

"我咋不能回了？"萧刻把水果都搬进来，换了鞋又搬去了阳台。

徐大夫问他："你是不是放暑假了？"

"嗯，放了。"萧刻去洗了洗手，然后也坐沙发上吃西瓜，问徐大夫，"你今天不去医院？"

徐大夫说："今天我轮休。"

萧刻两周没回家，但并没有感受到家庭的温暖和家人对他的想念。人老两口该干什么干什么，讨论着法治频道播的案情，萧刻想参与一下都插不进去嘴，人也不带他。

"还能不能给点尊重了，两位？"萧刻都笑了，又戳了块西瓜吃了，跟他爸妈说，"你们是不是不欢迎我？"

"还用欢迎？"徐大夫看了他一眼，很明显就是不怎么在意，"你咋这么多事儿，还得放个鞭炮怎的？"

萧刻捂着心口，觉得最近自己在家的地位简直都低到地缝里了，爹不疼妈不爱说的就是他。

不过徐大夫说是这么说，但下午还是去给买了螃蟹，新鲜的六月黄，中间切一半蘸上面粉炸着吃，炸得香香脆脆的，萧刻从小就爱吃这个。

晚上萧刻吃了好几只，徐大夫又给他夹了半只放他碗里，说："吃完这个就别吃了，太凉，回头你再胃疼。"

"没事儿。"萧刻说。

老萧吃过饭先下了桌,只剩下萧刻和徐大夫。徐大夫给他夹了块小排骨,看着他问:"怎么了你?遇上什么事儿了?"

萧刻眨眨眼:"没有啊,怎么突然这么问?"

"跟我就别装了,"徐大夫淡定地说,"我再看不出你可完了。"

萧刻顿了一下,然后笑着摇了摇头,说:"果然徐大夫对小萧还是有爱的,不过我真没事儿。是真的没有,有我就跟你说了,别担心我,我都三十岁了。"

"嗯,"徐大夫也没深问,萧刻不说的事儿她从来不会多问,"没有就好,有事儿可以跟我说,别管你是三十岁还是四十岁,只要我们还活着,你就都是个孩子。"

这句话戳到了萧刻的心,他对以后许多年的事儿从来不敢多想,很不能接受失去爸妈的那天。萧刻抽了张纸擦了擦手指,扯起嘴角笑了笑说:"那我希望我永远都是孩子。"

徐大夫也只是笑笑,没说什么。萧刻吃完晚饭还不走,赖在沙发上哼哼唧唧地说吃多了,跟爸妈耍赖,故意忽略兜里振动着的手机。

一天时间,周罪发了好几条消息,萧刻都没回复他。这会儿眼见天都快黑了,他还是坐不住了,打了电话过来。

老萧指了指萧刻的兜:"你电话响。"

萧刻笑着说:"我知道。"

"跟人闹矛盾了?"老萧偷着瞥他两眼,接着又问,"还是动手了?"

"动什么手?"萧刻失笑,"什么年代了,萧老师。再说真动手我打不过谁啊?我以前那拳是白练的啊?"

老萧看了看他,没说更多。兜里手机又响了一轮,萧刻本来还想熬一会儿,但是想想周老师不开心时的表情,还是不忍心,差不多就行了。于是他去阳台接起电话,淡淡地"嗯"了一声。

周罪的声音里透着小心,叫了一声:"萧老师?"

萧刻一听见他声音就忍不住想笑，努力绷着脸也绷着声音，应了一声："有事儿啊？"

周罪低声问："在哪儿？今晚来这边吗？"

萧刻打开窗户，把头探出去聊电话，轻轻抠着玻璃缝："我过去不过去能怎么啊？有区别？"

"有区别。"周罪的声音听起来那么老实，他说起话来很诚恳，低声回着，"我错了。"

憋了这么半天已经是萧刻极限了，他其实本来也不生气了，就是想让周罪记住这事儿才装了这么久。他笑了一声，说："还在店里？我接你？"

"好。"周罪立刻回答。

萧刻接完电话就说要走，老爸老妈没搭理他，头都没抬，只说了句"开车慢点"，萧刻穿完鞋摆了摆手就跑着下了楼。

那晚洗完澡，周罪非常自觉地过来，大气不敢喘，萧刻不给他个眼神，也不理。

后来周罪还是没忍住挪了过来，轻轻抽走萧刻手里的书，认认真真地服个软："我有错，我钻牛角尖了，别生我气了，萧老师。"

萧刻皱眉："下次你再耍赖？你小孩儿啊？再有下回我穿鞋就走啊，到时候我可不在门口等你了。"

周罪又点了点头。

真正让人意外的是这一晚周罪竟然很快就睡着了，呼吸始终平稳绵长，没见有什么波动。萧刻低头看着他，微微张着嘴，很吃惊。

早知道发个火能有这种效果，他何苦熬了这么多天不睡觉。

这天晚上算是个转折，周罪不再抗拒闭眼时的接触，虽然很多时候还是睡得不安稳，但是比之前已经强太多了。

萧刻每次想到这事儿都很想笑，太神奇了。

这个暑假,萧刻哪儿都没去,一整个假期都干正事儿了。白天在店里忙工作的事儿,看数据做模型写论文,往期刊上投了好几篇论文。晚上就好好说两句话,顺利的话,周老师能睡一整宿都不会惊醒。

这天周罪照常在店里给人做文身,萧刻写完东西下楼,绕到周罪那边给倒了杯水。陆小北在另一头说:"萧哥,我也要。"

萧刻给他也倒了一杯喂嘴里。

陆小北的客户是个姑娘,可爱系的,黑头发刚过耳朵,挺潮的。两只手腕一边一张图,左边是个啥萧刻不认识,右边是只灰色小猫,小猫是按照她给的照片画的图。

陆老师扎图向来安静,今天却主动跟人开口聊天,问人家:"美女,这猫是你的不?"

"是啊,是我小宝贝。"小姑娘疼得咝咝哈哈的,还是回答了他。

"这是什么猫?"陆小北问她。

小姑娘说了个品种,陆小北也不了解。

他"哦"了一声,接着扎图,过会儿又开了口:"哎,美女,我有个照片,你帮我看看跟你这个是不是一个品种的呗?我看着挺像的,但是我不懂猫。"

萧刻挑眉看过来,难得见陆小北说这么多话,挺意外。

小姑娘很痛快地答应了,文身间隙,陆小北摘了手套,掏出手机找到一组照片递了过去,问她:"我想买只这种猫,你看是不是你这种?"

"你要买猫啊?"小姑娘笑着接过去,"那太萌了,犯规!酷男养猫要人命了……"

"不是我养,我要送人,他的猫去世了。"陆小北摸了摸帽子,问她,"是一样的不?"

小姑娘看了几张照片,笑着摇头:"不是,这个是蓝猫!哪里像啦？完全不一样的好吗！"

"哦，是蓝猫吗？"陆小北又问人家，"我应该去哪儿买？我看有的猫得去猫舍交申请，这个用不用？好买吗？"

小姑娘说："放心吧，这个很好买，我朋友圈还有给小蓝猫找家的，就是这种小猫咪，不过好几天了，不知道找着了没有，我帮你问问？"

"好的谢谢，"陆小北点了头，过会儿又说，"要不你还是先给我看看照片，我想要好看点儿的，美一点儿，贵点儿无所谓，多贵也无所谓。"

"懂！我懂！"小姑娘很激动，"我先给你找照片你看！你看完我再帮你问，我觉得还行，那个猫舍是我同学弄的，很靠谱！帅哥，你'苏'死我了！"

陆小北看完照片的确很满意，让小姑娘帮他问了，然后一起订了两只——订了只长那样的蓝猫，也订了只脸那么大那么圆的加菲，约好了过两天去取。

小姑娘走了之后，萧刻弹了一下陆小北的光头，弹完按着晃了晃，叹了口气问："我北爷要送谁猫？挺用心啊！"

陆小北仰头问他："萧哥，你养过猫吗？我没养过那东西，我见了毛茸茸的东西都难受。"

萧刻摇头："我也没养过，我家老萧对细毛过敏。"

陆小北烦躁地抓了抓他的光头。

北爷心说：死了一只我再给你两只，两只不够十只八只都行，只要你别再拉着脸了。哭什么啊哭，不就一只猫？

萧刻有幸见到过那两只猫，陆小北取猫回来先回了趟店里，猫兜里边是两只奶猫，萧刻隔着猫兜看了一眼，真挺可爱的。

周罪当时在别人大臂上做达摩蛋，看了萧刻两眼，见他一直微笑着看猫,问他:"喜欢?"

萧刻赶紧摇头:"不喜欢,我就看看,我可不要。"

萧刻怕死了这些脑子一根筋的糙爷们儿,万一有天他下班回来突然发现家里有只猫,那可够让人崩溃的。

暑假结束之前,萧刻过了三十一岁生日。到这天,他认识周罪就整整一年了,想想去年这天他还是狼狈又颓废地在酒吧里一个人买醉,一年时间过得还是很快的,但这一年萧刻收获了很多。

生日那天,周罪去他家做客。老萧和徐大夫对文身师这个职业依然不太了解,加上周罪本身的气质,总觉得这人太凶,过后还私下里跟萧刻偷偷说:"觉得你们俩不是一路人。"

萧刻笑着安慰他们:"其实他跟长相不符合,那就是个大龄儿童,没脾气的。"

老萧和徐大夫还是不能完全放心,但还是相信萧刻的判断。

深秋初冬的时候,一伙人还跟去年一样,找了个地儿聚了聚。老曹还是贱兮兮地跟萧刻乱开玩笑、说周罪坏话,周罪懒得搭理他,只是有时候真心烦了就皱着眉让他闭嘴。

那个冬天,周罪也过了生日,他生日很好记,是很热闹的一天。那天一伙人闹到深夜,周罪喝了挺多酒,但这人还是没醉。散场之后,萧刻没回家,拉着周罪回了店里。整条街都是黑的,路灯也早就熄了,只有他们店里亮了灯。

周罪一步一步细致地做着准备工作,上机器,调色。周罪说过比起现在文身师都在用的马达文身机,他还是更习惯老式线圈文身机,他说用太多年了,用着顺手。线圈文身机比起马达文身机更像画笔。

萧刻一条腿屈着,脚踩在一张小凳上,在文身椅上坐得端正,后背挺得直直的。周罪抬头深深看着他,沉声说:"很疼。"

萧刻无所谓地笑了笑:"萧老师不怕疼。"

周罪点点头。萧刻从来没怕过,他总是那么执着又勇敢,一往无前,热烈天真。

萧刻对他笑着,微微扬着下巴,带着那么点儿惯有的骄傲自信:"来吧周老师,随你弄。"

他要留点儿什么,就像周罪腿上那个"昨日死今日生",那是他想要蜕变,想要重生的证明。

周罪额头上有一小层薄薄的汗,他伸手给抹去了,然后调整了一下文身椅的角度,调了一下灯光。

周老板扎图从来不用起稿,平时画手稿只是为了让客户看看图。他只要手里拿着线圈机,图在他脑子里就是完整的,每一个部位都有最适合的图,他能让皮和图融在一起,让每一个作品都浑然天成,都是完美的。

萧刻的肤色很白,脚踝那么漂亮,这条小小的疤颜色已经很浅了,算不上什么遮盖,随便勾个图就看不到了。周罪有一百种方式能让这个部位变得极端惊艳,萧老师不上班的时候很喜欢穿短裤,他能给萧刻做一个最漂亮的文身。

但是他没有。

周罪拿起线圈机手就没停过,第一针刺进皮肉,尽管萧刻有了心理准备,还是疼得一咬牙。脚踝就一层皮,对文身来说是很脆弱的部位。萧刻咬着嘴唇,看着周罪毫不停顿地在他脚腕上勾画着。

周罪低着头说:"文身很疼,针扎进肉里把颜料带进去,然后永久留存。

"我知道你疼,但是文身不怕疼,怕疼不文身。疼痛本身也是文身的意义。"

他的声音低沉且沙哑,但发声很稳,很淡定。他用棉片在萧刻脚踝上轻轻擦了一下,然后继续操动着文身机。寂静的夜里,他的嗓音伴随着机器的震动声,在萧刻心里烙了印。

那是一个匠人、一个艺术大师,他在打磨手中最满意的作品,皮肤的每一个纹理,他都细细观摩处理,边打磨边讲解,给作品注入灵魂。

"我是一个手艺人,我做了成千上万张图,也见过那么多人,我在每个人身上刺东西心里都是冷漠的。他们疼不疼、难不难受,我感受不到。我本来就是个凉薄的人。

"文身有多疼,我尝过两回。一回是我自己,我下每一笔都试图从身体里剜走腐烂的残留,把新的东西灌注进去,直到我死,直到我皮肉腐烂。

"一回是现在。我现在走的每一针、画的每一笔,我都很疼,我手心都出汗了。"

周罪又用棉片擦了擦那个部位,动作流畅又温柔。他的眼里带着对自己作品的深刻情感,庄重又虔诚。

"我的出生就是带着罪孽的,你是善,我是恶,谢谢你愿意倾听并分担我的罪孽。过完今天,我已经三十七岁了,认识你之后,我的生活改变很多,我希望我接下来的人生里也一直都有你在。"

周罪说每句话的时候都没有停手,他握着文身机的手不停地在动,一直都是平稳的。最后他踩了一脚开关,机器震动的嗡嗡声戛然而止。

周罪在萧刻脚腕上喷了泡沫,然后拿了条干净的毛巾缓缓擦掉。

萧刻低头看着那处,扯唇一笑,笑意直达眼底。

那是周罪惯有的肆意,下笔行云流水,一气呵成,几个小字母也带着浓浓的狂妄。不复杂,不华丽,不刻意。

——他仅仅在萧刻脚腕上写了个"Sin"。

番外一

EXTRA
—
ONE

陆小北这天排了仨客户,虽然都是小图吧,一个手背两个臂环,但这也依然挤满他一整天的时间。他向来不喜欢夏天,因为干活习惯戴口罩,夏天就算店里空调开得再凉,他也还是觉得闷,口罩里不透气。

"帅哥,我这个再有一个小时能完事儿吗?"

陆小北没抬头,扯了扯口罩,说:"能,半小时差不多。"

手背上的图他已经做完了,现在还差两个手指上的零星碎片和打雾。陆小北左手的拇指和无名指掐着客户的手指头,食指中指夹着棉片,他很专注地在做最后一点。裤子兜里的手机振了两下,干活的时候,来的消息他都无暇顾及。

最后一点做完,往手上喷了泡沫,擦掉之后,客户很满意。陆小北又拿着机器加深了几处颜色,然后松开客户的手,问他:"还行吗?有没有要改的?"

客户早就满意得不行了,比他最初预想的效果更好一些。他很痛快地掏出手机转了尾款,跟陆小北说:"厉害哇,我几个哥们儿也想文身,回头我让他们上你这儿排期。"

陆小北摘了手套和口罩,说:"谢了,感觉颜色淡了就联系我补色。"

"行。"

客户走了之后,陆小北拿出店里手机收了钱,又掏出私人手机看看之前的短信。屏幕上显示有两条微信消息，是"小傻子"林程，他打开看了一眼。

——哥，你什么时候有时间啊？

——我想请你吃个饭。

陆小北挑了挑眉，手指动了动回复他：有事说事。

下面的客户已经来了，陆小北回完这条一下午再没有机会拿手机。后面两个臂环都是姑娘，一对室友一起来文身，图也是闺密款。这两个环做完天都黑了，小姑娘们疼得都红着眼睛，陆小北跟她们说了一下注意事项，收了钱，把人送了出去。

他在口罩后面闷了一天，也扎了一天图，现在只想摊在沙发上不动，眼睛都懒得眨。很多人觉得文身师钱挣得快，画张图扎人身上去就能挣个大几千块钱或者上万块钱，大点的图甚至几十万块钱，抢钱一样。

但这钱挣得到底容不容易，累不累，只有文身师才懂。有时候一坐一整天，饭没时间吃，甚至厕所也不记得上。为了赶图，可能连续赶工几十个小时，赶完一个花背，浑身每块骨头都是僵硬的，每个关节都咔咔响，恨不得把全身骨头都拆了甩甩。

陆小北摸出手机举到眼前看，放下手机之前是跟林程的聊天界面，所以一解锁就还是这个，林程后来回复了他两条。

——没有事，就是想找你吃个饭。

——行吗，哥？

陆小北没回，又把别的未读消息都看了看，然后把手机揣回兜里闭眼继续摊着。

他大哥周罪的客户也走了，周罪送人回来送到他这边，顶了顶他膝盖："别睡这儿，起来吃个饭回家。"

陆小北睁开眼，哼哼唧唧地说："大哥，我累。"

周罪看着他笑了一声，说："我也累。谁不累？累就赶紧起来吃饭，吃完早点回家睡觉。"

对啊，谁不累？他大哥现在过了累的阶段，不需要再去积累经验，也不需要磨炼技术，但还是每天都在做图，有时候一天也十多个小时，更别提像他这个年纪的时候。入的就是这一行，没人不累，不累就得退步，就会停滞不前。都是自己选择的。

陆小北今年二十五岁，这么年轻能有现在的技术很厉害，这脱不开有个好师父。他跟了周罪十多年，刚认识周罪的时候他还没上高中。

那时候他爷开了个小卖部，周罪的店就在小卖部旁边，陆小北不上学的时候喜欢在他们店里待着，那会儿文身的人没这么多，周罪也有很多闲着的时候。

后来他爷心肌梗死突然去世，陆小北在这个世界上突然就没有亲人了。他爸妈早就不在了，他从小就只有一个爷，以及一个跟他不怎么亲近的叔。他爷去世之后，陆小北迷茫了一段时间，很坚定地知道自己得活着，但是不太知道到底应该怎么活，怎么才能活，怎么才能有指望。

小卖部盘出去的那天，陆小北蹲在店门口，那时候他上初二，长得也小，路人看见他还会讽刺地一笑——小屁孩不好好上学。周罪过会儿出来了，问他："你叔呢？"

陆小北说："不知道。"

隔了一会儿，周罪突然说："以后你就跟着我吧。"

陆小北转头看向他，有些不太理解："嗯？"

周罪伸手过去摸了摸他的头，按着晃了一把，然后说："你就跟着我。"

陆小北让周罪晃脑袋晃得脚底不稳，蹲着的姿势没保持住，差点儿从台阶上面栽下去。

从此他就有了个大哥，供他上学，供他吃住，还给他钱花。后来他再大点，周罪就开始教他画画，也教他一些简单的文身，让他上手做那些没什么难度的小字母和花纹，跟客户说："让小北给你做，不收费，做坏了我给你修。"

别人高中还在从家里要钱的时候，陆小北已经能挣钱了，还能给周罪看家。他出去学习，陆小北就守着店，白天上学晚上回店里画画。周罪对他没要求，你怎么开心怎么活，不想学习就不学习。后来陆小北没能考上好大学，勉强进了个专科学校，念了几年毕业了。不过这不重要，反正大学生也没他挣得多。

他对周罪是崇拜的，仰望的，"周罪"这俩字就是他的信仰。长久岁月里沉淀下来的是浓厚的情谊，陆小北从来不提周罪对他的恩情，这俩字太见外了，他和他大哥之间的感情用恩情来概括不对，不全面，也太冷漠了。

陆小北在十八岁生日那天单手在自己大臂内侧扎了俩字：不忘。

他不该忘的东西太多了。

一直到现在，陆小北从来没想过要从周罪这儿离开，只要周罪不撵他，他就得一辈子都在这儿，撵了其实也不一定撵得走，叫一声大哥一辈子都是哥。

陆小北跟周罪一块儿吃完饭回了自己家，他住的是个小公寓，自己买的，四十多平方米的一居室，去店里步行十分钟。周罪当时不让他买这个，让他买个大点的，陆小北执意买这个。他反正自己一个人，多大都一样。而且他的钱还得留着给周罪养老来着，虽然他大哥眼见着是用不着他的钱养老。

回去洗完澡摊床上的时候才摸过手机，又看了看林程给他发的消息，手指动了动，把聊天界面往下拉，翻看之前两人的聊天记录。最后几条消息，陆小北到现在都没回。

最初就是在店里微信上有联系，第一次文身之后，林程偶尔会发点消息，陆小北倒也每次都回，后来林程就时不时发过来一些傻视频或者段子，陆小北一边觉得这小孩儿好像有病，一边还每次都看得挺开心。

店里工作号，陆小北不怎么爱闲聊天，他让林程加了私人号。加完之后，林程就完全暴露了自己，刚开始还挺腼腆的，聊多了之后就绷不住了，完全就是个"神经病"少年，陆小北跟他说话得从"哈哈哈哈"里面挑字看，一页得有大半页都是"哈哈哈"，还能聊段子，动不动就跟陆小北瞎开玩笑。

按陆小北的性格来说，其实早该烦了，他这人没什么耐性，跟不熟的人聊不来。但林程他不但不觉得烦，觉得小男生傻了吧唧还挺有意思，好玩儿。林程说到他要搬宿舍，陆小北脑子一抽就问了哪天。

那是陆小北第一次迈进大学，正经的大学，而不是他当初那个不三不四的专科学校。他绕了两圈找到林程的宿舍，敲了敲门，林程问都没问，直接开了门，看见是陆小北之后很惊讶，一脸震惊。当时林程问他："哥，你怎么来了？"

陆小北还是那很酷的模样，淡淡地说："你不是要搬宿舍吗？收没收拾完？收拾完就搬。"

其实他那天没想太多，就是感觉林程那小身板倒腾东西费劲，而且要直接搬出学校外面，一趟一趟来回折腾，太心累了。陆小北帮他搬了几趟，然后一车就都拉走了，送到了他在外面租的小公寓。

陆小北问他为什么不住宿舍，他说洗澡不方便，寝室里不能洗澡，而且宿舍里不让养猫。

那是他们俩除了文身以外第一次见面，林程本人和他平时通过手机聊天的状态还是很不一样，没那么"神经"，看着还是很腼腆，但非常爱笑。用他自己的话说，就是他们家资源配置失衡了，他整天傻笑,他姐基本不怎么笑。家里一个傻子,一个酷姐儿。

林程有的时候给他挂语音,陆小北要是闲着就跟他说两句,有天他语音拨过来的时候,陆小北正把衣服往洗衣机里塞,接通之后闲扯了能有两个小时。

林程会说他学校的事儿,还有他家里人,以及他的猫。反正天马行空,想到哪儿说哪儿。陆小北就听他说,还听他抽风一样地傻笑。挂了语音之后陆小北才皱了皱眉,一边把衣服从洗衣机里掏出来挂上,一边觉得这人未免太能说了。

过了不大一会儿,他刷朋友圈的时候看到林程发了一条:聊天好开心。

陆小北看着那条状态,眨了眨眼,估计这说的除了是他也没别人了。

但是陆小北还真的没想跟林程走得更近,倒不是抗拒多交这么一个朋友,在他看来,林程就是个小孩儿呢,没定性,而且他自己性格也差,对小孩子没什么耐心。包括林程那个酷姐姐过来文身的时候,陆小北也是这么说的——想多了,不会深交。

陆小北有意拉开距离,林程是感觉得到的。小男生平时嘻嘻哈哈跟个神经病似的,但其实内心很细腻敏感,后来也不怎么发消息了。陆小北都习惯了没事摸过手机看看,真按他想的冷下来了,偶尔也觉得心里发空,拿着手机不知道干什么。

林程生日那天在自己朋友圈发了块小蛋糕,旁边有只趴在那里的胖猫。

——估计这是你陪我过的最后一个生日了,第十二个了,知足。谢谢你这一生。

陆小北知道他的猫快不行了,第一次文身就是把猫的名字文在手腕上,后来聊天的时候他也说过,猫很老了,吃东西都很费力。

陆小北在底下给他评论"生日快乐"。

林程后来回复他：谢谢哥！

这种不冷不热的状态一直维持到林程第二次来店里文身。因为要文的部位在大腿，所以他穿了条挺宽松的短裤。他的图，陆小北很早就设计完了，一把扇子，很清新，之前聊天的时候林程也闭眼吹过了。

陆小北自认是个专业文身师，给人文身的时候不管什么部位心中都毫无波澜。但是到了林程这儿，看着他又瘦又白的腿，陆小北竟然有点儿舍不得下手，大腿内侧是个扎起来痛感比较强的位置，陆小北拿着文身机，突然觉得不太忍心。

林程也很紧张，攥着挽起来的裤腿儿，眼睫毛颤啊颤的，小声问："哥，你怎么还不弄？"

陆小北看了他一眼，扯了扯口罩，没说话，低头下了针。

林程不自觉地就一哆嗦，腿很明显地抖了一下。

陆小北又抬头看了看他，接着没再停顿，开始割线了。

林程还是紧张，手一直攥着裤腿，每次停顿之后再走针，他腿都抖。陆小北头一次在文身的时候有不忍心的情绪，甚至不太敢下手。

过几天有个文身展，陆小北要带他大哥的作品出展，周罪让他带自己的作品，说到模特的时候，林程接了话："我可以啊。"

陆小北看向他，林程疼得一脑门汗，却还是笑嘻嘻地说："哥，我可以给你当模特，你随便弄吧，只要别是脖子手腕这种露外边的就行。"

陆小北理都没理他，全当没听见。

小傻子还在继续说："我真的可以啊，你找不着模特，我不是现成的吗？"

陆小北心说：你可以个头，皮这么敏感，巴掌大个小图疼得眼睛都红了，连带着我都一手心汗，不知天高地厚。

林程可能是为了分散注意力，一直找话题跟陆小北聊。说话声音不大，人看起来都很腼腆，陆小北想想他之前聊天时候那个"鬼畜"的样子，这反差让他在口罩后面无声笑了笑。

扇子主体做完还差边缘碎片的时候，林程默不出声，突然抬了手，碰了碰陆小北的耳朵。他应该是想摸耳钉，但准头不行，手指碰的是耳朵。陆小北正在换针头的手顿了一下，挑起眉看他。那眼神让林程很紧张，他缩起手指，很不自在，低声说："哥，你这个……好看的。"

陆小北还是盯着他。

几秒钟的时间，陆小北脑子里闪过很多念头，最后他闭了一下眼睛，然后凑近了，在林程耳边低声说了句："别跟我瞎闹。"

——北哥不是什么善良的人。

这个文身的尾款陆小北没收，林程执着地发了三次转账，陆小北都没点开。他给林程发语音说："别发了，哥送你。"

"不要，太贵了。哥，你收了这个，然后请我吃个饭行吗？"林程发了这段语音之后又发了一次转账。

当初交订金的时候还没聊过天，订金交了一千元，这次文身一共三个多小时，加上设计费，尾款还有三千出头，陆小北到最后都没要。三千多元钱对他来说不算钱，他跟林程都这么熟了，他不可能收，也真不想要。小傻子后来还特意来了趟店里，拿了三千元现金装了个信封扔在前厅给徐雯，让他转交给陆小北，然后转头就跑了。

徐雯给送进来的时候，陆小北正给人文身，徐雯放他眼前，他看了一眼，信封上还写了字：哥，我自己做主给抹了个零，我想用零头请你看个电影，还能买两大杯可乐，行不行？

陆小北皱起眉，抬头问徐雯："人呢？"

徐雯说："给我就跑了。"

陆小北皱着眉点了一下头，继续低头文身了。

那天晚上回去，陆小北给林程发了个语音："长能耐了？"

林程回消息很快:或哈哈哈哈哈哈哈哈或或或或或或或。

——哎,这输入法最近有毛病了,或什么啊……

——哈哈哈哈哈哈哥我机不机智?

陆小北看他那一大串"哈哈或或"就头疼,说:"你不要请我看电影吗?看。"

林小豆:真的啊!

陆小北:真的,但是我下周去上海,等我回来吧。

林小豆:啊啊啊啊啊啊啊啊好的!哥,你喜欢什么片?

陆小北心说:你想请我看吗?但是话说出口还是:随便,你想看什么买什么。

一场电影答应得莫名其妙,陆小北在上海参加展会的时候翻着林程朋友圈,看他天天活力满满的,觉得自己被文身展弄得恶心想吐的感觉都缓解了不少。他每天活在他大哥和萧哥身边,一直觉得自己还是个小孩儿,他大哥还整天叫他小崽子。但是看着林程照片的时候,陆小北倒感觉自己不年轻了,已经不是小孩儿了,人家这才是真年轻,确实是小孩儿,天天都快快乐乐的。

从上海回来,陆小北没急着排客户干活,歇了好几天。实在是对文身有心理阴影了,现在看见大图就忍不住想吐。文身展那地方,这辈子他是不想再去了,再高端再牛的图到后来他都看不出来了。

他找了一天约了林程出来,开车去林程学校门口等着。林程出来的时候还拿了一杯奶茶,一上车就递给他,笑得眼睛弯弯的:"哥,你先喝,我们学校刚开的,不腻。"

陆小北接过来喝了两口,的确还行,但是他对这些东西无感,不太喜欢甜。

当时是下午,俩人先看了场电影,然后才去吃了饭。电影是欧美大片,看电影就是字面意思这么"看",中途俩人没有任何互动,连句话都没说过。直到散场了，林程才笑着跟他说："咱们去吃饭啊？"

"嗯，你想吃什么？"

林程想都没想，就说他想吃日料。

林程是真的爱笑，谁跟他在一块儿估计都能挺开心，这小孩儿笑起来眼睛眯着，特别甜。他应该的确很高兴，兴致一直很高。吃过饭，陆小北送他回去的时候，他还有点儿不想走，跟陆小北说："哥，你来我们学校转转啊？我们学校挺大的，吹吹风挺舒服的。"

陆小北看他今天一直那么开心，也不忍心拒绝他，找个地方停了车就跟着下去了。林程在他旁边一直在笑，陆小北后来都没忍住，也笑了，问他："你怎么这么傻？"

"不知道，我妈说她怀我的时候吃感冒药了。"林程摸摸鼻子，"其实我还行，我就是偶尔会激动，平时挺正常的。"

他们学校的确不小，之前陆小北来过一次，但都在宿舍楼那边，这天他们走的是操场和湖边，好学校确实不一样，风景都很好。学校里一对一对的小情侣，晚上都在谈情说爱，陆小北的光头在学校里有点儿扎眼，经常会有人看他。每当有人看他的时候，林程就有意无意往他身边靠靠。

陆小北想到什么，突然说："手机我用一下。"

林程想都没想就掏出手机解了锁递给他，解完锁才迟疑了一下，但是陆小北已经伸手接过来了。

陆小北用自己手机把那三千元钱给他转回去了，用林程手机收了。林程在微信上给他的备注是"北哥"。

转完账，陆小北又说："你别拿我当什么正经人。我没有文化，也没素质，你离我远点儿，不然，我真收拾你。"

陆小北说完勾起嘴唇笑了一声，站直了身，捋了把自己的光头，转身走了。

林程在他身后呆立原地，陆小北走了很远，他都没动。

陆小北坐进车里半天都没打火真的走，趴在方向盘上发了会儿呆，想想林程刚才吓成那傻样儿，小脸儿都白了。陆小北坐起来打了火，嗤笑一声：北北，你够狠心的。

小甜豆就应该开开心心，单纯一点，跟自己这样的人混在一起算怎么回事儿。

结果陆小北没想到小甜豆这么快就给了回应，一晚上时间都没到。他回家之后澡都没洗完就收到了林程的消息———一大串。

——哥，我没怕，我就是没反应过来。

——我第一次见你的时候可激动了，可能主要是你第一眼太打眼了，你戴口罩可太帅了。你是不是真拿我当小孩儿了？我也二十岁了，你说的那些我不怕啊。

不算这天新收到的那几条，他们俩之间的聊天记录就停在这里。陆小北没给他回，也输入过文字，反反复复按不下去发送。

——没有事，就是想找你吃个饭。

——行吗，哥？

白天林程发的这两条陆小北还没给回应，他摸了摸脑袋，发楂儿又长出来了，明天还得刮。他叹了口气，点进林程朋友圈又看了看他最近的照片。

小孩儿的确讨人喜欢。

他正看着，林程又发了消息过来。

林小豆：行不行啊？

林小豆：行不行啊行不行啊行不行啊行不行行不行行不行？

林小豆：你再不说话我要闹了。

陆小北自己都没发现他笑了，眼角的弧度很柔和，坏坏的一双眼睛，笑起来也能很温柔。

陆小北：行。

本来屏幕上边是正在输入，结果这条发出去之后突然停了。片刻之后，手机开始叮叮当当响个没完。

林小豆：啊啊啊啊啊啊啊啊啊！

林小豆：啊啊啊啊！

林小豆：啊啊啊吓我一跳！那我们明天就去吃！

林小豆：哥，你想吃什么啊？还有就上回啊！我没害怕你，我一大小伙子，我怕什么啊！

陆小北"扑哧"一声就乐了，这话他真跟林程那张小脸对应不起来。人前怂得那样，隔着手机隔着网络能奔放出二里开外。

陆小北笑着回他：你说的啊，不怂？

林小豆：不怂！怂什么啊，正面刚！谁怂谁是小狗！

林程话说得漂亮，结果真到面前还是怂了，睫毛颤得跟眯了眼睛似的。

陆小北扯起嘴角笑了笑，什么都没说，只是伸手按着他的头晃了一把。北哥天天被人这么按头，终于有机会晃晃别人的头了。

北哥自己在周罪、萧刻眼里还是个孩子呢，结果也开始每天哄孩子了。只不过这孩子很乖，见面的时候特别听话懂事儿，不见面隔着手机逗闷子话一说就是一车。

陆小北把他的手机联系人、微信备注都给改了，改成"小程程"。

有活的时候干活挣钱，没活的时候哄孩子逗程程，北爷生活极其充实。

林程程的确是小甜豆儿，那是真甜。每天笑嘻嘻乐呵呵就是个开心果，世界都让他给笑亮了。

但是开心果也有伤心的时候，笑起来甜丝丝，哭起来也真够呛。

陆小北有天给人扎完花臂，边往家走着边给林程打电话，电话一接,陆小北就听出不对了。他挑眉问:"怎么了?"

他还没听过林程用这种语气说话,是真的悲伤,语气低沉,很难过:"北哥,我猫走了……"

陆小北张了张嘴,不知道怎么安慰。他知道林程很在意那只小猫,它叫爱美丽,是他小时候自己挑的,一直养到现在。虽然也做好它快走的准备了,但真到这天肯定还是难受。

陆小北见过那只猫,他去过林程租的那小公寓,很懒的猫。林程抱着它,它就搂着林程的胳膊有一下没一下地甩尾巴。

林程在那边无声地哭,但通过气息也还是听得出来。陆小北哪受得了这个?他捏着手机说:"别哭,不哭。"

"它从昨天开始就一直盯着我看,在我旁边都不动。"他声音哑哑的,慢慢地说,"我猜到了的,我今早课都没去上,我守着它了。"

"守着了就好,它不遗憾,你也不遗憾。"陆小北在心里长长地吐了口气,他是真的不会哄人,没哄过,想不到自己也有这么一天。

"嗯。"林程在那边答应着,也不用力哭,也不多说那些丧气的话,这么难过的时候也这么乖。

陆小北后来赶紧给买了两只新的小猫,买了一只跟爱美丽一样品种的,挑了个最漂亮最萌的,还买了一只胖脸加菲。他觉得这些小东西脸圆圆的,看着很喜庆,希望甜豆看它们两眼能开心吧。

林程的确很喜欢,爱美丽走了之后陆小北第一次见他露出笑模样,他抿着唇笑着跟陆小北说:"谢谢哥。"

陆小北摸了摸他的头,说:"可别再哭了,真受不了。"

"我不爱哭,我那天是太难受了。"林程把手也伸到自己头上去,摞在陆小北的手背上,浅浅笑着,"它陪我十三年,我要为它流一次眼泪。"

"嗯。"陆小北看着他,"你就当它们是新的爱美丽,它还陪着你。"

"那不行的，"林程摇了摇头，勾了勾嘴角，很浅地笑了一下，"爱美丽就是爱美丽，它是不能替代的。我也可以像对爱美丽一样用心养着它们，但是它们不是爱美丽。"

陆小北没养过猫，也理解不了这些勾勾缠缠的思维，反正林程说什么就是什么吧。其实他不喜欢猫，不喜欢这些带毛的东西，也不喜欢养宠物，觉得很麻烦。

但是林程喜欢，喜欢就喜欢了。

咱北爷大大咧咧浑不吝的样儿，脾气也很冲，压不住火的时候突突突跟个机关枪似的"怼"人。但有了个小弟后也是真疼，不比他大哥少疼人。

哪个爷们儿不疼小弟，你说对不对？

番外二

EXTRA
TWO

今年夏天格外热,已经连着一周天天三十多度了。

学校里不是所有教室都有空调,大部分没有,人民教师萧老师包袱重,每天上课衬衫西裤,一天不落。明明不爱出汗的人也经常一节大课下来后背附着一层汗。偶尔课排得满,从早到晚的,课上下来,晚上回了家看着就疲惫极了。

周五晚上,萧刻如常下班去了店里。

"哟,我萧哥来了。"陆小北正蹲在前台椅子上打手机游戏,店里空调开得凉,陆小北身上还随便披了件店里不知道谁的小毯子。

萧刻在跟蒸笼一样的教室里闷了一天,这会儿猛地从外面迈进温差十几度的环境里,顿时浑身都舒服了。

"你这看着也太自在了。"萧刻在他光头上弹了一下,"我酸了。"

"酸我干什么?孩子干活儿干一天了,累着呢。"陆小北嘴里含了块糖,回道。

人家那糖是林程特意给做的雪梨糖,刚开春那阵儿陆小北有点儿咳嗽,林程买了二十多斤梨,熬了锅糖出来,让他没事儿含一块儿。

"你大哥呢?"萧刻朝二楼看了一眼。

"干活儿呢,你上楼找去吧。"陆小北玩游戏分不出神抬头,低着头说了一句。

周罪手中一个活儿正在收尾,见萧刻来了,用下巴指了指自己旁边的椅子，让他坐。

萧刻也不客气，直接坐下了。坐下之后，胳膊往前面栏杆上一搭，侧过脸趴在那儿。

"怎么了？"周罪看他一眼，问。

"没怎么，歇会儿。"

"不舒服？"周罪两只手都戴着手套，想试试温度，又不太方便动。

萧刻看出他想干什么了，笑了一下："没烧，你好好工作。"

本来他确实只是有点儿累想趴会儿，等周罪下班一块吃个饭。但是周罪看他脸色觉得有点儿不对劲，正好陆小北一局游戏玩完上来转了一圈，周罪叫他过来。

"看看你萧哥烧不烧。"周罪示意道。

"别闹了，好端端的，我烧什么烧，我就是有点儿累。"萧刻失笑。

陆小北随手往萧刻额头上一试，刚要说没事儿，顿了一下，又往脖子上摸了摸，说："好像还真有点儿热。"

萧刻没觉得有什么，说："夏天体温高。"

周罪没摘手套，手太脏了，他用胳膊在萧刻额上贴了贴，皱了一下眉。

"快好好干活，别管我了。"萧刻笑着说。

萧刻本来真没觉得有什么，结果让这哥俩一闹，好像还真觉得越来越难受了，等到周罪最后几个线条处理完，萧刻已经趴在那儿昏昏沉沉地快睡着了。

他这状态，他们也没法出去吃饭，周罪把他拉回了家，临走之前，陆小北心疼够呛，说人民教师辛苦，都把他萧哥热出毛病了。

萧刻身体素质挺好，感冒发烧之类的都不多，一年也没个一次两次的。这次估计是在学校闷了一天，在车上和到店里之后冷气开得太强，一热一冷的，有点儿激着了。周罪想直接带他去门诊挂个号，他实在不想去，最后两人去了周罪家。

萧刻一进门就躺下了，烧得不算太厉害，周罪让他先吃了退烧药，过会儿又拿了片退热贴过来要往他额头上贴。

"你可快算了，"萧刻侧头往旁边一躲，笑起来都感觉有气无力的，"你在哪儿整的这个？往头上一贴，感觉我年纪就剩个零头了。"

周罪也挺无辜："那不是上次你买的吗？"

萧刻这才想起来，之前有次周罪感冒，去药店顺手拿了个这东西回来，要给周罪贴上，说是预防他发烧，先降降温。

周罪比他可配合多了，让贴就贴了，其实就是逗他玩儿。

萧刻想起来后自己笑了半天，笑完到底也没贴。毕竟萧老师包袱重，到什么时候形象都不能丢。

晚上林程在群里发：萧哥，你好点儿没？

萧刻当时刚吃了点东西，精神多了，正准备去洗个澡，看见消息回：好多了，没事儿。

林程：你想吃什么不？明天我做了给你带过去？

萧刻倒也不客气，回：上次做的那小饼干再给来点。

林程马上说：好嘞！

林程跟他们比就是个小孩儿，可可爱爱，萧刻很喜欢他，平时也愿意逗他玩儿。这小孩儿跟陆小北就两种相反性格，但是都挺好玩的。

萧刻洗了澡回来，感觉自己活过来了，刚准备去找周罪一块儿找部电影看，手机就又响了。

陆小北：没有黄油了，你做什么饼干？

林程：我买啦！

陆小北：买的都用完了，上次你不都用光了吗？

林程：我又买了，哥！昨天我让你收快递放冰箱你忘啦？

陆小北：……

林程：你没取？真忘了？

陆小北：取倒是取了。

林程：啊啊啊你是不是没放冰箱！哥！你能不能行了！

周罪看见他笑着出来，问他："笑什么？"

萧刻让他看了一眼群，周罪说了一句："不着调。"

"不挺有意思吗？天天俩小孩儿有滋有味的。"萧刻看他俩每天吵吵闹闹的还挺高兴。

群里半天没消息了，估计俩小孩干自己的事儿去了。

"还难受不？"周罪在萧刻头上又摸摸。

"不了，我皮实。"萧刻往沙发上一靠，晃了晃头，"今天是个小意外。"

"你课间的时候出去透透气，别一直在教室里闷着，空气不好。"周罪说。

萧刻很听话，配合着点头，还说"嗯嗯"。

周罪被他逗得笑了一下，问："明天跟我去店里？"

"去，"萧刻说，"我得去吃小饼干呢。"

陆小北实在挺坑的，快递取回来没给拆，就直接放着了。泡沫箱里面冰袋都化了，黄油化得哪儿都是，不能用了。

晚上睡前，林程才又在群里发：萧哥，我北哥给咱们黄油浪费了。我刚下单了，同城送，明天让直接送店里了。

萧刻说：让他赔。

林程：嗯嗯。

林程提醒陆小北：你赔！

陆小北：赔赔赔，我赔。

萧刻：哟，我北哥现在脾气这么好。

陆小北：那必须嘛！

萧刻本来还想再聊会儿，周罪在那边皱着眉拿起手机，发了一条：睡不睡了？

老大说话了，俩小的再不敢出声，也就萧刻不怕他，笑嘻嘻地发了一条：睡了睡了，这就睡了。

说完他还故意发了个表情包逗周罪。

老男人搞不明白表情包，过了会儿发了个系统自带的蓝色小月亮。

那俩小的也都跟了条"蓝色小月亮"。

消息都发完，群里就变成了又土又静谧的气氛。

——也挺可爱的。

图书在版编目（CIP）数据

刺青 / 不问三九著 . — 广州 : 广东旅游出版社， 2022.6
ISBN 978-7-5570-2743-8

Ⅰ . ①刺… Ⅱ . ①不… Ⅲ . ①长篇小说—中国—当代 Ⅳ . ① I247.5

中国版本图书馆 CIP 数据核字 (2022) 第 078975 号

刺青
CI QING

出 版 人：刘志松
责任编辑：梅哲坤
责任技编：冼志良
责任校对：李瑞苑

广东旅游出版社出版发行
地址：广州市荔湾区沙面北街 71 号首、二层
邮编：510130
电话：020-87347732
印刷：嘉业印刷（天津）有限公司
（地址：天津市静海经济开发区北区银海道 48 号）
开本：880 毫米 ×1230 毫米　1/32
字数：225 千
印张：9
版次：2022 年 6 月第 1 版
印次：2022 年 6 月第 1 次印刷
定价：48.00 元

【版权所有 侵权必究】

如发现图书质量问题，可联系调换。质量投诉电话：010-82069336